KIRA PAGE

DREAMLUST

EROTISCHE GESCHICHTEN

www.blue-panther-books.de

BLUE PANTHER BOOKS TASCHENBUCH
BAND 2223
1. AUFLAGE: FEBRUAR 2017

VOLLSTÄNDIGE TASCHENBUCHAUSGABE
ORIGINALAUSGABE

UMSCHLAGGESTALTUNG: WWW.HEUBACH-MEDIA.DE
GESETZT IN DER TRAJAN PRO UND ADOBE GARAMOND PRO
PRINTED IN GERMANY
ISBN 978-3-86277-588-0
WWW.BLUE-PANTHER-BOOKS.DE

INHALT

Mit dem Gutschein-Code

KP1TBNKCO

erhalten Sie auf **www.blue-panther-books.de** diese exklusive Zusatzgeschichte als E-Book in den Formaten PDF, E-PUB und Kindle. Registrieren Sie sich einfach online oder schicken Sie uns die beiliegende Postkarte ausgefüllt zurück!

Nur für eine Nacht

Es ist merkwürdig ... Ich kann mich nicht mehr richtig daran erinnern, warum ich John mitgenommen habe, was ich mir dabei gedacht habe, ob ich mir *überhaupt* etwas dabei gedacht habe. Auch wie er eingestiegen ist, weiß ich nicht mehr richtig. In meiner Erinnerung sitzt er einfach neben mir und wir unterhalten uns. Ich erzähle ihm, wie ich ein paar Tage in Neuengland herumgetrampt bin, als ich ungefähr in seinem Alter war.

John ist ambitionierter. Er will per Anhalter einmal quer durch die Staaten, sagt er. In New York ist er gestartet. Ungefähr die halbe Strecke hat er inzwischen geschafft. Er fragt mich, wohin ich unterwegs bin. Ich berichte ihm von meiner panischen Flugangst, die mich zwingt, sämtliche Reisen mit dem Auto zu unternehmen.

Und dann passiert es. Ohne besonderen Grund. Ohne besonderen Anlass. Einfach so. Als wären wir die engsten Vertrauten, fange ich an, John mein Herz auszuschütten. Ich erzähle ihm, dass ich für ein paar Wochen zu meiner Schwester fahre, um den Kopf frei zu kriegen. Ich rede von meiner Scheidung, die ich vor genau zwei Tagen hinter mich gebracht habe. Ich vertraue ihm an, dass ich seit Wochen nicht mehr richtig schlafen kann, dass ich wieder angefangen habe zu rauchen, dass ich mich so leer und ausgelaugt fühle wie noch nie meinem Leben.

Die persönlichsten Worte fließen wie von selbst aus meinem Mund. Währenddessen rauscht draußen die Landschaft vorbei und John sitzt ruhig und aufmerksam da und hört zu. Das ist das Erste, woran ich mich erinnere.

***

Irgendwann wird es dunkel und wir halten an einem kleinen Motel mit Diner. John besteht darauf, mich einzuladen. Erst will ich nicht, aber dann gebe ich nach. Wir gönnen uns Kaffee und Apfelkuchen. Unser Gespräch hat inzwischen eine Wendung genommen. Wir reden über undramatische, harmlose Dinge.

John gibt ein paar Anekdoten von seiner Reise zum Besten. Er ist ein wirklich guter Erzähler. Ich höre ihm gern zu. Er berichtet von einem komischen Kauz, der ihn ein paar Meilen mitgenommen hat. Der Kauz sei der festen Überzeugung gewesen, er könne Stimmen von Geistern auf Tonband aufnehmen. Er spielte John während ihrer Fahrt sogar einige seiner Aufnahmen vor. Es sei aber nur Rauschen zu hören gewesen, sagt John. Wir lachen.

Als er für uns noch ein Stück Kuchen bestellt, spricht uns eine alte Dame vom Nebentisch an. Sie fragt uns nach einem Museum in irgendeiner Kleinstadt in der Nähe, von der weder John noch ich jemals gehört haben. Wir können ihr nicht weiterhelfen. Dann fragt sie mich, wohin ich denn mit meinem Sohn unterwegs sei. Sie hält mich tatsächlich für Johns Mutter. Ich ringe mir ein Lachen ab und kläre das Missverständnis auf. Sie entschuldigt sich, trink ihren Kaffee aus und geht.

Als sie weg ist, steht auch John auf, sagt, dass er gleich wieder da sei, und verschwindet.

Ich schaue aus dem Fenster, auf die Lichter der Autos, die vorbeifließen. Meine Augen fühlen sich fest und müde an. Mein Kopf ist vollkommen leer.

John kommt und kommt nicht wieder. Ich denke, dass er vielleicht eine andere Mitfahrgelegenheit gefunden hat, verwerfe den Gedanken aber gleich wieder, weil sein Rucksack noch in meinem Wagen liegt. Trotzdem rechne ich fest damit, dass sich unsere Wege hier im Diner trennen werden.

Dann ist John wieder da. Entgegen meiner Erwartung fragt er mich, ob ich noch etwas essen möchte, was ich nicht will, und fasst mich bei der Hand. Seine Berührung erschreckt mich. Ich schaffe es nicht, darüber nachzudenken.

Wir gehen zurück zum Wagen, aber nicht, um einzusteigen. John sagt, ich solle meine Sachen aus dem Kofferraum holen. Er habe uns im Motel eingecheckt.

Ich protestiere. Ich will in Bewegung bleiben und nicht allein in einem Zimmer sein – und schon gar nicht in einem, das mir ein trampender Student bezahlt. John sagt, dass ich mich verhört habe: Er hat uns *ein* Zimmer gebucht. Eins. Er nimmt seinen Rucksack, drückt mir meine Tasche in die Hand und führt mich zum Zimmer Nummer 15.

Als die Tür hinter uns ins Schloss fällt, lässt John seinen Rucksack zu Boden gleiten und packt mich. Er drückt mich an sich und lässt mich seine Erektion spüren. Mir wird sofort schwindelig von dem Gefühl, und ein Haufen Zahlen schwirrt durch meinen Kopf. Ich überlege, wie viele Stunden ich nicht mehr geduscht habe und gleichzeitig, wie viele Jahre mich und John trennen. Sind es zwanzig – oder vielleicht ein paar mehr? Ich muss doppelt so alt sein wie er.

Er haucht einen Kuss auf meine Lippen und sagt, dass er mit mir schlafen will. Bevor ich irgendetwas entgegnen kann, küsst er mich ein zweites Mal. Er will, dass ich mein Make-up loswerde.

»Bitte«, flüstert er.

Als ich »Okay« sage, lässt John mich los und sieht mir dabei zu, wie ich mit meiner Handtasche ins Badezimmer wanke.

Ich stelle mich vor den Spiegel, sehe mich an und frage mich, was hier eigentlich los ist. Mein Atem geht schwer. Plötzlich sehe ich, wie John hinter mir auftaucht. Er ist vollkommen nackt. Das Bild seines Körpers wischt all meine Gedanken beiseite. Irgendetwas in mir will mich davon abhalten, seinen Penis anzuschauen, aber ich tue es trotzdem. Ich starre ihn regelrecht an – wie eine Idiotin. In meinem Kopf rauscht es.

John stellt sich dicht hinter mich. Seine Hand gleitet auf meinen Po. Er bittet mich noch einmal darum, mein Make-up abzuschminken.

Willenlos fange ich damit an. Meine Hände zittern entsetzlich dabei. John beobachtet jede meiner Bewegungen, während er meinen Po streichelt.

Als ich mein Make-up los bin, drückt er sich fest an mich und sagt, dass ich wunderschön sei. Meine Kehle schnürt sich zu. Ich bringe kein Wort heraus. Dann lässt er mich im Spiegel beobachten, wie er meinen Körper umarmt, um meine Bluse aufzuknöpfen. Für jeden Knopf, den er öffnet, gibt er mir einen Kuss auf den Nacken. Die Kussgeräusche kommen mir merkwürdig laut vor. Mein ganzer Kopf ist voll damit und mein Körper fängt zu pumpen an. Ich spüre, wie meine Brüste fest und warm werden. Sein bloßer Penis reibt sich an meinem Rücken.

Ich sehe sein Gesicht im Spiegel, während er meinen BH löst. Es sieht jung aus – furchtbar jung neben mir. Einen Augenblick habe ich das Gefühl, gegen all das protestieren zu müssen – John zurückweisen zu müssen. Aber dann sehe ich seine Augen. Sie blicken streng und voller Lust, und nehmen mir den Willen zu protestieren.

Er zieht mich ein wenig zurück. Jetzt kann ich im Spiegel sehen, wie seine Hand von meinen Brüsten bis zu meinem Schoß streicht. John öffnet den Kopf an meiner Jeans und zieht den Reißverschluss auf. Dann gleitet seine Hand in meine Hose. Sie wandert in meinen Slip und legt sich auf mein Geschlecht. Der Schweiß bricht mir aus – und nicht nur der Schweiß! Durch die Berührung seiner Hand fange ich zu fließen an.

Johns Hand und seine Augen erforschen mich. Seine Finger streicheln meine Klitoris und fahren vorsichtig zwischen meine Schamlippen. Welche seiner Berührungen mich besonders erregen, liest er an meinen Augen und meinem Atem ab, die er konzentriert im Spiegel beobachtet. Als er sein Glied noch fester gegen mich drückt, stöhne ich auf.

Er kniet hinter meinem Rücken nieder und zieht mir die Schuhe und die Socken aus, dann meine Hose und den Slip. Ich fühle mich völlig entblößt und sehe im Spiegel, wie John auf meine Scham schaut und zärtlich darüber streicht. Er erhebt sich. Seine Hände greifen mich an der Hüfte und schieben mich aus dem Bad. Bei jedem Schritt, den ich gehe, spüre ich, wie zittrig und schwach ich geworden bin.

John legt mich sanft auf dem großen Bett ab. Ich sehe, wie er nach mir auf das Bett steigt und ein paar zarte Küsse auf meine Oberschenkel haucht. Dann senkt sich sein Kopf mit den kurzen braunen Haaren zwischen meine Schenkel. Seine Hand legt sich auf meinen Venushügel und strafft ihn, um meine Klitoris herauszulocken. Wieder taucht in mir das Gefühl auf, protestieren zu müssen. Mir rauscht das Bild von der alten Dame durch den Kopf, die denkt, ich sei Johns Mutter, und gleichzeitig denke ich, dass ich für ihn furchtbar schmecken muss. Ich fühle mich unsauber. Doch seine Berührung wischt all diese Gedanken weg. Er liebkost mich, lässt mich seine Zunge spüren und stöhnt genüsslich, wenn mein Körper vor Lust zusammenzuckt. Ich fühle, wie sich vor Erregung meine Hände verkrampfen, meine Füße taub werden und die Feuchtigkeit nur so aus mir herausläuft. Johns Schultern und

Nackenmuskeln spannen sich, während er mich verwöhnt. Jetzt lässt er auch noch einen Finger in mich gleiten. Mein Schoß glüht und strahlt Hitze in jeden Winkel meines Körpers. Ich werde unter seiner Zunge und seinen Lippen kommen – direkt vor seinem Gesicht. Das habe ich bei meinem Mann nie getan. Das habe ich überhaupt noch nie getan! Aber jetzt, mit diesem Jungen ...

Mir entfährt ein Schrei. Mein ganzer Körper bäumt sich auf. Alles explodiert, fließt wieder zusammen und ich sinke seufzend auf die Matratze.

Johns junger, glatter Körper schiebt sich über meinen und sein Gesicht lächelt mich an. Er flüstert, dass er mich spüren will. Während er spricht, drückt er sein Glied zwischen meine Schenkel. Es gleitet einfach hinein. Tief. Es fühlt sich so natürlich an, als würde er genau dort hingehören.

John massiert mich mit sanften gleichmäßigen Stößen, die die Mattigkeit aus meinem Körper treiben und die Lustkrämpfe zurückbringen. Mein erschöpftes Seufzen wandelt sich in ein erregtes Stöhnen.

Eine seiner Hände greift fest in mein Haar und er lässt sich auf mich sinken. Ich werde vollkommen wirr von diesem Gefühl, ihn in mir zu haben, und lasse mich ganz von seinen Händen leiten. Sie bitten mich auf die Knie und wieder auf den Rücken. Sie lassen mich auf Johns Gesicht reiten und auf seinem Penis. Ich spüre seine Zunge um meine Brustwarzen kreisen, bis mich ein Orgasmus ergreift.

Irgendwann liege ich auf den Bauch, John tief ihn mir, und er fragt mich, ob er jetzt darf.

Ich sage: »Ja.« Das heißt, ich stöhne etwas, das »Ja« bedeuten soll, und lasse mich von ihm zu einem weiteren Höhepunkt tragen.

Als er mich freigibt, stehe ich wie automatisch auf und husche ins Bad. Nachdem ich meinen Schoß gewaschen habe, gehe ich zurück und lasse mich neben John ins Bett fallen. Er wirft die Decke über mich und sein warmer Körper kuschelt sich an meinen. Ich bin ganz ohne Kraft und meine Beine scheinen Tonnen zu wiegen. In meinen Schoß hallt das Gefühl nach, Johns Glied in mir zu haben. Er sieht mich an, ohne ein Wort zu sagen. Ich will mit ihm reden, aber die Worte gleiten mir weg, bevor ich sie aussprechen kann. Eine bleierne Müdigkeit sickert in meine Augen und ich weiß, dass ich nichts gegen sie unternehmen kann.

***

Ich wache auf und das Erste, was ich wahrnehme, ist sein Geruch. Er ist überall ... in der Decke, in den Kissen, sogar meine Haare riechen nach ihm. Ich atme ihn tief ein, rieche so konzentriert ich kann. Ich will für immer diesen Duft in der Nase haben.

Neben mir geht Johns ruhiger Atem. Ich weiß, dass er auch wach ist. Als ich meine Augen öffne und zu ihm blicke, rutscht sein bettwarmer Körper eng an mich heran. Seine Hand streichelt über mein Gesicht. Wir lächeln, aber ich fühle diese traurige Leere in mir aufsteigen, die mich seit Wochen begleitet. John scheint sie aus meinen Augen herauslesen zu können. Er blickt fragend.

Ich will wissen, ob er aus Mitleid mit mir Sex gehabt hat oder weil er glaubt, er schulde mir etwas. Ob er denn nicht sieht, dass ich viel zu alt für ihn bin, frage ich ihn. Das Sprechen ist mühsam. Meine Stimme ist ganz heiser und brüchig.

Anstatt zu antworten, nimmt er meine Hand in seine, küsst sie und führt sie unter die Decke, direkt zu seinen Lenden. Er legt sie um sein erigiertes Glied, zieht mich noch fester an sich heran und flüstert: »Ich will in dir sein.«

Der ernste Klang seiner Stimme und das Gefühl in meiner Hand holen sofort den Rausch der letzten Nacht zurück.

Während wir uns küssen, massiere ich sein Glied mit meiner Hand. Es ist ganz hart und wenn ich fester drücke, spüre ich ein leichtes Pulsieren darin. John schlägt die Decke von mir und mustert meinen nackten Körper. Seine Hände streicheln über mich. Sie scheinen keine Stelle an mir auslassen zu wollen. Einer seiner Finger stellt fest, wie feucht ich bin, und John klettert über mich.

Ich spreize meine Beine und John gleitet vorsichtig in mich. Er lässt mir Zeit, mich ganz zu weiten und ihn aufzunehmen. Eine Weile verwöhnt er mich mit kleinen kreisenden Bewegungen, dann stößt er mich hart und ausdauernd. Ich muss mir auf die Lippen beißen, um nicht das ganze Motel zusammenzuschreien. Seine Hände ergreifen meine Brüste und pressen sie bis an die Schmerzgrenze. Plötzlich zieht er sich zurück und schnellt an mir hinunter. Ein Wirbel rast durch meinen Kopf. John liebkost mich zu einem Höhepunkt und lässt mich dann wieder sein Glied aufnehmen. Ich kralle mich in die feste, junge Haut an seinem Po und lasse mich von ihm stoßen, bis es fast unerträglich wird. Ich sage ihm, dass ich will, dass er kommt, und endlich ergießt sich sein warmer Samen in mich.

Ich spüre, wie sein Körper sich entspannt und sehe in sein Lächeln. Er sagt: »Guten Morgen.«

Wir lachen und reiben unsere Gesichter aneinander. Dann zieht John mich aus dem Bett. Verschwitzt gehen wir miteinander duschen, küssen uns, während wir uns gegenseitig waschen. Es dauert nicht lange, bis sich Johns Glied unter meiner Berührung wieder hebt. Er dreht mich zur Wand, sodass mir das Wasser auf den Nacken regnet. Mein Körper will sich ihm hingeben, ihn aufnehmen. Ich greife mir eine seiner Hände und lege sie auf mein Gesicht, damit ich sie küssen und in sie stöhnen kann. Unsere nassen Körper klatschen aneinander. John sagt etwas, das ich im Rauschen des Wassers nicht verstehe. Mit einem Mal federt sein Glied aus mir heraus. Er dreht mich um, drückt sich fest an mich, presst mich zwischen seinen Körper und die Wand der Dusche und dringt wieder in mich. Ich habe Mühe, Luft zu holen, hyperventiliere und meine Hände sind zu kleinen festen Pfötchen verkrampft. Ich will, dass es sofort aufhört und niemals aufhört. Das warme Wasser der Dusche prasselt auf meinen Kopf. John bedeckt mein Gesicht mit seiner Hand. Als ein warmer Strahl in meinen Schoß fährt, verschwimmen wir ineinander.

Nach einer Weile lösen wir uns. John haucht ein paar zarte Küsse auf meine Lippen. Jeder für sich waschen wir uns und gehen aus dem Bad. Schweigend ziehen wir uns nebeneinander an, verlassen das Zimmer und melden uns an der Rezeption ab. John kauft mir einen Becher Kaffee und begleitet mich zu meinem Wagen.

***

Es ist merkwürdig ... Ich weiß nicht mehr genau, worüber wir dort geredet haben, oder ob wir überhaupt geredet haben. Auch wie wir uns endgültig verabschiedeten und ich losgefahren bin, weiß ich nicht mehr richtig. In meiner Erinnerung sitze ich einfach in meinem Wagen und die Landschaft rauscht an mir vorbei.

Geheime Sünde

»Oh, entschuldigen Sie bitte, Miss.« Kenneth MacLean verlieh seinem durchdringenden Blick eine Spur von Schuldbewusstsein. »Habe ich Ihnen wehgetan?«

Stacey schüttelte den Kopf.

»Ich war in Gedanken und habe nicht aufgepasst, da sind Sie mir irgendwie entgangen. Ich muss ...« Er hielt inne und schnupperte.

Stacey sah, wie sich seine Nasenflügel sachte bewegten. Jetzt roch sie es auch. Während sie beide auseinandergetaumelt waren und Kenneth gesprochen hatte, war eine Duftwolke vom Boden aufgestiegen. Stacey kannte den Geruch, diese aufregende und weiche Note, die sie so gern mochte. So intensiv hatte sie diesen Geruch allerdings noch nie wahrgenommen. Die Duftwolke schien sich im gesamten Treppenhaus ausgebreitet zu haben.

»Auch das noch«, seufzte Kenneth. »Ich habe Ihr Parfüm erwischt.«

Stacey lächelte versöhnlich. »Ich hätte ja auch aufpassen können«, sagte sie.

»Nein, ich bin aus der Tür gestürmt wie ein ... Tut mir leid.«

»Schon gut. Es ist ja nichts Schlimmes passiert.«

»Ihrem Parfüm schon.«

Vor Schreck war Stacey ihre Tüte entglitten, als Kenneth sie angerempelt hatte. Schon das Klirren hatte ihr verraten, dass die kleine Phiole den Sturz nicht überstanden hatte. Die Duftwolke, in der sie sich jetzt befanden, beseitigte die letzten Zweifel. Sie und Kenneth standen im zweiten Stock, direkt vor Kenneths Tür. Er bewohnte die Maisonettewohnung, die Staceys kleinem Apartment gegenüberlag.

Kenneth bückte sich und hob vorsichtig die kleine Tüte auf, aus der jetzt durchsichtige Flüssigkeit rann. Leise war das Geräusch von Glasscherben zu hören, die aneinanderrieben.

»Das werde ich Ihnen ersetzten«, sagte er, während er sich wieder aufrichtete.

»Das brauchen Sie nicht.« Stacey nahm ihm die durchweichte Tüte aus den Händen. Der Duft war jetzt noch intensiver.

»Doch, das möchte ich«, entgegnete Kenneth und sah sie freundlich, aber durchdringend an. »Nennen Sie mir einfach die Marke Ihres Parfüms.«

»Sie brauchen wirklich nicht ...«

»Ich bitte Sie, Miss Green!«, sagte er nun eindringlich.

Kurz stockte sie, dann sagte sie: »›Secret Sin‹.«

Ein ironisches Lächeln umspielte plötzlich seinen Mund. »Tatsächlich?« Augenscheinlich amüsierte ihn der Name.

Stacey stieg ein Anflug von Röte ins Gesicht. Sie hatte lange nicht mehr darüber nachgedacht, dass sie sich mit etwas parfümierte, dessen Name »geheime Sünde« lautete.

»Miss Green duftet also nach ›Secret Sin‹ ...«

Kenneths Augen und seine dunkle Stimme hatten angefangen, mit ihr zu flirten, was ihre Röte und die Wärme im Gesicht noch steigerte.

Stacey strich sich über ihren Hals. »So ist es. Aber, wie gesagt, Sie brauchen nicht ...«

»Übermorgen bringe ich Ihnen eine neue Flasche vorbei«, unterbrach er sie. »Oder haben Sie heute schon etwas vor, das mit *Secrets* und *Sin* zu tun hat?«

Stacey blickte verlegen zu Boden. Sie traute sich jetzt nicht mehr, sich zu weigern, das Parfüm von Kenneth ersetzen zu lassen. Er würde es sich ohnehin nicht ausreden lassen. Außerdem gefiel ihr der Gedanke, wenn Kenneth bei ihr vorbeischaute.

Schon seit er eingezogen war, hatte Stacey ihn anziehend gefunden. Er war stattlich gebaut und sehr groß. Seine Haare waren hellblond, fast golden. Er trug sie zu einem Seitenscheitel gekämmt. Seine Kleidung war – immer, wenn sie ihn sah – vollständig schwarz. Heute trug er eine schwarze Lederjacke und einen leichten Schal um den Hals. Es war schwierig zu sagen, wie alt Kenneth war – vielleicht Mitte oder Ende dreißig. Er kam Stacey etwas älter vor, als sie es selbst war. Das mochte natürlich auch nur an seiner selbstsicheren Art und seinem Blick liegen. Sie wusste es nicht genau.

Damals, als sie begriffen hatte, dass Kenneth ihr Nachbar geworden war, hatte sie mit dem Gedanken gespielt, all ihren Mut zusammenzunehmen und ihn auf einen Drink einzuladen. Dieser Plan hatte sich allerdings zerschlagen, als sie kurz darauf bemerkte, dass Kenneth regelmäßig Frauenbesuch bekam.

Die ersten Wochen, in denen er im Haus lebte, war es eine elegant gekleidete Frau mit roten Locken gewesen. Stacey hatte sie ein paar Mal zufällig im Treppenhaus getroffen. Bei ein oder zwei Gelegenheiten hatte sie auch durch ihren Türspion beobachtet, dass die Rothaarige bei Kenneth klingelte. Dann blieb sie fort und eine Frau mit langen braunen Haaren betrat das Feld. Auch sie hatte eine beneidenswerte Figur besessen – lange, schöne Beine, ein zartes Gesicht, einen schlanken Körper. Offenbar war ihr aber nur ein kurzer Auftritt in Kenneths Leben beschieden gewesen. Sie war nach zwei oder drei Wochen aus dem Spiel. Nach ihr kam eine Zeit, in der Kenneth – auch wenn Stacey das nicht beschwören konnte – abwechselnd von einer farbigen und einer Frau mit kurzen blonden Haaren Besuch bekam.

Ihr Nachbar lebte offenbar in einer Welt, die ganz anders war als ihre. Partnerschaften und Sex waren Dinge, in denen sich Stacey bis heute noch sehr unerfahren fühlte. Dass Kenneth allem Anschein nach mehr als reichlich Erfahrungen gesammelt hatte, schüchterte sie ein und zog sie gleichzeitig an, mehr noch als sein Äußeres. Selten war ihr das so bewusst wie jetzt, da sie so dicht vor ihm stand.

»Übermorgen reicht völlig. Ich habe noch eine kleine Reserve. Für Notfälle«, brachte sie endlich heraus.

Kenneth lächelte sie an. »Okay. Das ist strategisch klug. Habe ich sonst noch etwas kaputt gemacht?«

»Nein.«

»Wirklich nicht?«

»Wirklich nicht.«

»Und bei Ihnen ist ganz sicher alles heil?«

»Ja.«

»Dann bin ich erleichtert. Und eine gute Seite hat das alles wenigstens.«

Stacey blickte ihn fragend an.

Kenneth ging an ihr vorbei – näher als es nötig gewesen wäre – und stieg die Treppe hinab. Er blieb stehen und wandte sich ihr wieder zu. Jetzt, da er eine Stufe hinabgestiegen war, befanden sie sich in etwa auf Augenhöhe.

»So gut hat es in unserem Treppenhaus noch nie gerochen.« Er lächelte ihr noch einmal zu und ging mit schnellem Schritt die Treppen hinunter.

Stacey wartete, bis sie hörte, dass die Haustür hinter ihm zugefallen war. Gerade wollte sie in ihre Wohnung gehen, als ihr ein kleines Stück Papier auf dem Boden auffiel. Sie bückte sich und hob es auf. Es war ein mehrfach zusammengefalteter Zettel. Als sie ihn auseinandergefaltet hatte, sah sie, dass er von oben bis unten mit Zahlen bedruckt war, und zwar in

Kolonnen zu je fünf Ziffern. Die meisten waren mit Bleistift durchgestrichen. Der Zettel konnte Kenneth bei ihrem Zusammenstoß heruntergefallen sein. Das Papier war sehr staubig. Vermutlich war es einfach Müll. Aber zur Sicherheit könnte sie ihren Nachbarn ja fragen, wenn er übermorgen bei ihr vorbeischaute. Sie steckte den Zettel in ihre Handtasche und schloss mit einem Lächeln die Tür zur ihrer Wohnung auf.

***

Stacey trat auf die Bremse und trommelte ungeduldig mit ihren Fingern auf dem Lenkrad herum. Die Ampel vor ihr war gerade auf Rot gesprungen. Sie schnaufte genervt. Ihre Stimmung hätte kaum schlechter sein können.

Die Tage kamen und gingen und schienen an ihr vorbeizurauschen, so, als wäre sie nicht richtig anwesend. Sie war ständig müde und alles um sie herum kam ihr trist vor. Auch bei ihrer Arbeit in der Agentur hatte Stacey Mühe, sich auf irgendetwas zu konzentrieren. Ihre Gedanken bewegten sich schwerfällig, aber auch in alle Richtungen gleichzeitig. Sie hatte keine Lust auf irgendetwas. Alles war einerlei und öde, aber deswegen nicht weniger anstrengend.

Die Ampel sprang auf Grün und sie fuhr an. Es war schon seit vielen Stunden dunkel und Regen fiel. Bestimmt hatte ihre schlechte Stimmung auch etwas mit diesem trostlosen Wetter zu tun. Irgendwo hatte Stacey einmal einen Spruch aufgeschnappt. Er lautete sinngemäß: »Nichts auf dieser Welt ist so düster wie der Frühling in Chicago.« Wer auch immer sein Urheber war, er hatte es auf den Kopf getroffen.

Das Wetter in dieser Stadt war eine Zumutung. Die letzten Wochen waren nasskalt und grau gewesen. Die Sonne hatte sich rar gemacht. Man hatte kaum Licht gesehen. Die Häuserschluchten waren gefüllt mit Dunst, einer widerlichen Melange aus Abgasen und Nebel. Laut Kalender war angeblich Mai.

Das Wetter war aber nur eine Sache, ihr Job eine andere. Eigentlich wollte Stacey schon vergangenen Herbst für ein paar Wochen Urlaub machen, aber dann musste sie ein Projekt übernehmen und im Anschluss gleich noch eines. Stacey war Texterin in einer kleinen Werbeagentur. Diesen Job hatte sie inzwischen seit über zehn Jahren. Sie wurde immer noch beinahe wie eine Einsteigerin bezahlt, wickelte aber ganze Projekte im Alleingang ab. Erst vor zwei Tagen war ihr die Leitung für ein weiteres Projekt übertragen worden. Die Arbeit schien kein Ende zu nehmen und ihre Kraft ging langsam zur Neige. Heute hatte Stacey gute vierzehn Stunden in der Agentur zugebracht, und fertig war sie trotzdem nicht geworden. Sie würde am Wochenende noch ein paar Dinge erledigen müssen. Die Homepage des neuen Kunden musste begutachtet und ausgewertet werden. Es handelte sich um eine Softwarefirma. Sie bot Programme an, mit deren Hilfe man anonym im Internet surfen konnte.

Wieder musste Stacey auf die Bremse treten.

Sie steckte fest in einem Dunst aus Chicago, nichtssagenden Routinen, öden Alltäglichkeiten, Nieselregen, Nebel und roten Ampeln.

Zum Job-Stress und dem trostlosen Wetter kam noch etwas Drittes. Es war nur eine Kleinigkeit, nervte aber trotzdem. Kenneth MacLean hatte ihr die versprochene Flasche »Secret Sin« nicht zukommen lassen. Weder am Samstag, wie er es angekündigt hatte, noch an einem anderen Tag. Er hatte überhaupt nichts getan. Es gab keine Notiz in ihrem Briefkasten, keine Nachricht an ihrer Wohnungstür. Dieses Nichts war für Stacey eine eindeutige Botschaft: »Du interessierst mich nicht, Kleines.« In seiner Welt kam sie wahrscheinlich überhaupt nicht vor. Sie war allerhöchstens die kleine Miss Green, der er nebenbei im Treppenhaus zuwinkerte, wenn er zu einer seiner Gespielinnen unterwegs war. Er war nicht einmal höflich genug, um sein Versprechen einzulösen.

Objektiv betrachtet war das natürlich völlig egal. Genaugenommen ärgerte sich Stacey weniger über Kenneth gebrochenes Versprechen, als vielmehr darüber, dass sie über ihn nachdachte und sich über ihn ärgerte. Am besten wäre es, die Geschichte einfach zu vergessen. Er konnte ihr gestohlen bleiben!

Die Ampel sprang auf Grün und Stacey fuhr an.

Der Verkehr floss zäh und stockend. In Chicago wollte man auf Partys oder in Tanzclubs. Es war bald Mitternacht und alle hatten etwas vor – die meisten vermutlich etwas Besseres als sie.

Inzwischen war sie schon eine gute halbe Stunde unterwegs. Trotzdem hatte sie nicht einmal den halben Nachhauseweg hinter sich gebracht. Und wieder eine rote Ampel! Stacey bremste und sah aus dem Fenster. Unweit von ihr stieg eben ein großer Mann aus seiner schwarzen Limousine. Es war Kenneth!

Ein Schalter legte sich in ihr um. Sie handelte, ohne nachzudenken. Als die Autos vor ihr anfuhren, zog sie nach rechts und stieß in eine Parklücke. Sie stieg aus und lief Kenneth nach. Ihr Nachbar schlenderte den Bürgersteig entlang. Seine Kleidung war wieder einmal komplett schwarz gehalten. Er passierte ein paar Restaurants und Kneipen, vor denen Menschen standen, um zu rauchen. Dann bog er in eine kleine Gasse ein. Stacey blieb stehen und beobachtete, wie Kenneth die Gasse entlangging. Sie war nur schwach beleuchtet, sodass sie den Mann in Schwarz bald nur noch schemenhaft erkennen konnte. Dicht vor einer Häuserwand blieb er stehen. Er schien einen Arm auszustrecken. Dann war er verschwunden. Dort musste eine Tür sein.

Stacey setzte ihre Verfolgung fort. Sie lief bis zu der Stelle, an der sich Kenneth ihrem Blick entzogen hatte. Tatsächlich: Da war eine Tür. Direkt daneben befand sich eine kleine Tastatur an der Wand. Ein Zahlenschloss, schlussfolgerte Stacey.

Plötzlich fiel ihr der kleine Zettel ein, den sie im Treppenhaus gefunden hatte. Sie kramte in ihrer Handtasche und fand ihn. Im schwachen Licht war es schwierig, die Zahlenkolonnen zu erkennen. Ihre Augen brauchten eine Weile, bis sie die Ziffernfolgen durchgegangen waren.

Ihr war immer noch nicht klar, warum sie ihrem Nachbarn nachgegangen war. Auch nicht, warum sie jetzt anfing, eine der beiden Zahlenkolonnen, die nicht durchgestrichen waren, in die Tastatur einzutippen ...

Ein kurzes mechanisches Knacken war zu hören und Stacey konnte die Tür aufdrücken. Warmes, angenehmes Licht flutete ihr entgegen. Sie betrat einen Raum, der wie die verkleinerte Lobby eines modernen Luxushotels wirkte. Der Boden war aus weißem Marmor. An den Wänden aus rauem Beton waren Leuchtröhren eingelassen, die von der Decke bis zum Boden reichten. Gegenüber der Tür, durch die Stacey hereingekommen war, stand eine junge Frau hinter einem Tresen aus mattem Glas. Sie trug ein dunkles Kostüm. Einige Meter rechts von dem Tresen ging ein Flur ab.

Stacey schaute zu der Frau, die sie freundlich, beinahe aufmunternd ansah.

»Guten Abend, Madam«, sagte die junge Frau, als Stacey vor ihr stand. Sie hatte einen leichten Akzent, den Stacey nicht zuordnen konnte. »Schön, dass Sie hier sind. Haben Sie einen speziellen Wunsch, was Ihr Kostüm angeht?«

»Mein Kostüm?«

»Ja, Madam. Ich meine Ihre Maske.«

»Ach natürlich«, sagte Stacey, als ob sie genau wusste, wovon die Rede war. »Meine Maske. Nun ...«

»Ich würde Ihnen Weiß ans Herz legen. Sie haben diesen schönen roten Lippenstift aufgelegt – da passt Weiß sehr gut.«

»Okay.«

Die Frau griff unter den Tresen und zog eine weiße Halbmaske hervor, wie Stacey sie auf Fotos vom Karneval in Venedig gesehen hatte. Sie bedeckte Augen und Nase und war am Rand mit kleinen weißen Federn geschmückt.

Stacey nahm sie, drehte sie einen Moment lang unschlüssig in ihren Fingern, setzte sie dann aber rasch auf. Die Maske hatte zwei Riemen, die sie fest anliegen ließen.

»Einen wunderschönen Abend, Madam«, sagte die Frau.

Stacey nickte und ging auf den Flur zu. Nach ein paar Metern führte er nach rechts. Stacey stand wieder vor einer Tür. Dahinter ging der Flur weiter. Auf der linken Seite war ein Vorhang zu sehen. Ihre Schritte stockten, als sie hörte, dass Stimmen und Stöhnen hinter dem Vorhang hervordrangen.

Langsam ging sie vorwärts, ergriff den Vorhang und zog ihn vorsichtig ein kleines Stück zur Seite.

Vor ihr tat sich ein großer Saal auf. Staceys Blick fuhr über zwei, drei Dutzend nackte Körper, die Dinge miteinander taten, die sie unmöglich tatsächlich tun konnten!

Sofort ließ sie den Vorhang fallen und taumelte ein paar Schritte rückwärts. Ihr Verstand prüfte, ob das, was sie gerade gesehen hatte, Einbildung war.

Nein, das war es nicht. Das passierte wirklich! In dem Saal lief eine Orgie ab – und alles, was zwischen dieser Orgie und Stacey lag, war dieser Vorhang.

Oh Gott, was habe ich hier bloß zu suchen?, dachte sie.

Langsam ging sie wieder vorwärts und riskierte einen weiteren Blick. Sie sah jetzt genauer hin. Es mussten an die drei Dutzend Menschen im Raum sein, Männer und Frauen. Kaum einer von ihnen trug mehr an sich, als eine jener venezianischen Masken. Sie standen, lagen und saßen, nackt wie sie waren, als Paare oder in kleinen Grüppchen, und schleuderten Staceys Sinne so viel Sex entgegen, dass ihr schwindelig davon wurde.

Ihr Blick begann, hin und her zuspringen. Er konnte sich nirgends lange aufhalten.

Kaum drei Meter von sich entfernt, entdeckte Stacey eine Frau mit einer roten Maske. Die Frau hatte sich mit weit gespreizten Beinen auf eins der flachen Betten gelegt, die im Raum standen. Um sie herum hatte sich ein Zirkel aus drei Männern zusammengefunden. Abwechselnd ließen sie ihre Hände und Gesichter in den Schoß der Liegenden tauchen. Bei jeder Berührung rieb sich die Frau lustvoll auf dem Bett und stöhnte.

Nicht weit davon entfernt, etwas links von Stacey, liebte sich ein farbiges Paar. Die beiden waren so eng ineinander verschlungen, dass sie wie ein einziger glänzender dunkler Körper wirkten.

Kaum war Staceys Blick über die beiden hinweggeglitten, entdeckte sie einen Mann, der auf einem Sessel saß. Sein Gesicht war hinter einer gelben Maske verborgen. Augenscheinlich beobachtete er die beiden Farbigen von seinem Platz aus, während ihn eine Frau, die eine Corsage trug, mit ihrem Mund zu verwöhnen schien.

Im Zentrum des Saales gab es ein Paar, das Staceys Aufmerksamkeit einige Zeit an sich band. Ein Mann mit schwarzer Maske saß auf einem Sessel. Gerade als Stacey hinsah, kletterte eine äußerst zierliche, feingliedrige Frau mit einer goldenen Maske auf ihn. Sein Kopf beugte sich zwischen die kleinen, festen Brüste der Frau und er saugte an ihren Nippeln. Gleichzeitig senkte sich die kleine Frau und ließ sein enormes Glied in sich stechen.

Stacey spürte ein banges Gefühl in sich aufsteigen – nicht nur aus Scham, sondern überhaupt hier zu sein und zuzusehen. Die Frau wirkte viel zu zierlich für diesen wilden Männerkörper und die Grobheit seiner Proportionen. Es war unglaublich, dass sie damit fertig wurde, und ein Wunder, dass ihr das gefiel, denn daran ließen ihr Wimmern und Stöhnen keinen Zweifel aufkommen. Dazwischen drangen einzelne hektische Worte und Satzfetzen aus ihr, wie: »Ja ... Fick mich ... Geil ... So geil ... Gut ...«

Der Mann gab während all dem keinen Ton von sich. Er war wie ein stummer, mächtiger Koloss aus Muskeln und Fleisch, der eine Elfe in den Händen hielt, um ein wenig mit ihr zu spielen. Im schummrigen warmen Licht wirkte sein Körper dunkelbraun und glänzend. Seine Haut spannte sich straff über seinen Muskeln.

Stacey spürte, dass ihre Lust sie zwischen den Beinen nass zu machen begann. Alles in ihr war in Aufruhr. Sie wollte gleichzeitig weglaufen und sich in die Ekstase im Raum hineinfallen lassen, sich in Luft auflösen.

Im Ergebnis blieb sie stehen und ließ ihren Blick ruhelos durch den Raum huschen.

Eine schwarz-weiß gemusterte Maske bedeckte das Gesicht einer Frau, die auf einem Sofa nahe der linken Wand saß. Vor ihr kniete ein Mann. Sie streckte ihr Bein und ließ ihren Fuß spielerisch gegen sein Kinn stupsen. Der Mann reagierte darauf, indem er ihren Fuß festhielt und anfing, liebevolle Küsse auf ihren Spann zu drücken. Dann zog die Frau ihren Fuß aus seinen Händen, lehnte sich vor und ließ den Mann, der wie ein Sklave vor ihr kniete, ihre Hände ablecken.

Der tiefe Lustschrei eines Mannes dröhnte durch die Luft, das helle Ächzen von Frauen, das Klatschen von Körpern, die gegen Körper prallten, flüsternde, lockende Stimmen, Stöhnen ...

Stacey schüttelte ihren Kopf, um irgendwie Ordnung in ihren Geist zu bringen und den Impuls zu verscheuchen, sich im Schutz des Vorhangs und ihrer Maske anzufassen. Ihr Gesicht war glühend heiß. Das Ziehen und Pochen in ihrem Schoß ließ sie ein paar Schritte auf der Stelle treten.

Ihr Blick huschte noch einmal durch den Raum. Erst jetzt begriff sie, dass sich an der rechten Wand eine Bar befand. Ein Mann, der Einzige im ganzen Saal, der noch Kleidung trug, stand dort mit einem Glas in der Hand. Hinter dem Tresen befand sich eine barbusige Frau mit einer silbernen Maske. Jenseits des hinteren Endes der Bar war eine Reihe von Türen zu sehen. Stacey wusste nichts damit anzufangen. Ihre Aufmerksamkeit sprang zurück zu dem ungleichen Paar im Zentrum des Saals.

Gerade ließ der Mann seinen Arm um die Hüfte der Frau herumfahren. Seine mächtige Hand bedeckte ihren Arsch und Stacey sah, wie einer seiner Finger sich zwischen die weißen, kleinen Backen schob. Unwillkürlich spannte sich der winzige, ringförmige Muskel auf ihrem Gesäß an. Berührte er diese Frau wirklich dort? Wollte dieser kleine Körper auch das noch aushalten?

Stacy schluckte und hörte, wie die Stimme der kleinen Frau sich überschlug. Von einem Lustkrampf ergriffen, warf sie ihren Kopf in den Nacken. Ihr zierlicher Körper bäumte sich auf.

»Du fickst so gut. Ich komme gleich«, rief sie, heiser vor Geilheit. »Noch ein bisschen ... Noch ein bisschen ...« Da drückte sie der Mann plötzlich von sich weg. Seine groben Hände packten sie unter den Schultern und hoben sie hoch. Er machte mit ihrem Körper, was er wollte. Sie war sein Spielzeug. Die kleine Frau stand nun auf den Sesselkanten und er drängte unsanft ihre Beine auseinander, sodass seine Hände und sein Mund ihre Mitte erreichen konnten. Er teilte sie mit seinen Fingern und Stacey sah, wie seine Zunge unter der Maske hervorschoss, um sich in die kleine Pussy zu schieben. Die Kleine warf den Kopf hin und her und biss sich in den Unterarm. Endlich zuckte ihr

Leib so schnell und wild, dass es keinen Zweifel mehr daran gab, dass ein Orgasmus die Macht über ihren Körper an sich riss. Stacey schlug die Hand vor den Mund, aus Angst, die kleine Frau könnte in ihrem Taumel auf den Boden stürzen, doch der Mann hielt seine Gespielin kraftvoll fest.

Die Zuckungen der Frau mit der goldenen Maske ließen nach. Die Spannung in ihrem kleinen Körper verlor sich. Einen Augenblick stand sie noch, gestützt von ihrem Liebhaber, dann bückte sie sich langsam und kletterte von ihm herunter. Wieder auf dem Boden, ging sie ohne weitere Worte in Richtung Bar. Stacey verlor sie aus den Augen.

Ihr Blick blieb bei dem Mann auf dem Sessel hängen. Sein fleischiger Penis stand steif und hart in die Höhe. Jetzt konnte sie sehen, dass sein linker Arm fast vollständig tätowiert war. Die Tätowierung zeigte schwarze Flammen. Der Atem des Mannes ging sehr ruhig. Sein Körper bewegte sich kaum. Er wirkte wie die Götzenstatue aus einem Lusttempel mit seinem aufragenden Phallus und seinen üppigen Muskeln. Das Bild war beinahe unwirklich: Dieser Kerl, und um ihn herum dieses hemmungslose Treiben, das sich in Staceys gespannter Wahrnehmung in einen einzigen Strudel aus Sex verwandelte.

Auf einmal kam Bewegung in ihn. Langsam griff seine Hand an seine Maske und hob sie an. Er fuhr sich über das Gesicht.

Stacey erstarrte. Auch als er seine Maske wieder aufgesetzte und seinen Blick durch den Raum schweifen ließ, stand sie noch immer wie geschockt da.

Eine leichte Berührung auf ihrem Po ließ sie zusammenzucken. Sie fuhr herum und schaute auf zwei blau-silberne Masken. Die eine gehörte zu einer dunkelhäutigen Frau, die andere zu einem Mann. Sie mussten den Flur heruntergekommen sein, ohne dass Stacey es gemerkt hatte. Beide trugen noch Kleidung. Stacey spürte eine Welle aus Panik.

»Wir haben uns eben gefragt«, sagte die Frau, »warum du nur dastehst, mit all diesen Klamotten an.«

»Oh ... äh ...«, stammelte Stacey. Es war unangenehm, mit der Maske auf dem Gesicht zu sprechen. »Ich ... na ja. Es ist so: Ich muss gehen.«

»Jetzt schon?«, fragte die Frau mit erotisierter, tiefer Stimme. »Es ist doch noch entsetzlich früh.«

»Das wäre eine Tragödie«, sagte ihr Begleiter. Seine Hand fuhr an Staceys Schenkel nach oben und wollte zwischen ihre Beine.

Stacey hatte den Impuls, sie sofort wegzuschlagen, aber sie hielt sich davon ab, um nicht noch mehr Aufmerksamkeit auf sich zu ziehen. Vorsichtig umschloss sie den Arm des Mannes und schob ihn weg.

»Entschuldige«, sagte er. Seine Stimme klang ehrlich. Er wandte sich an seine Begleiterin: »Die Dame wird wissen, was sie nicht will.«

Die Schwarze zuckte mit den Schultern und ihr großer, rot geschminkter Mund lächelte. Wie auf ein stummes Zeichen hin setzten sich die beiden in Bewegungen und betraten den Saal.

Stacey keuchte erstickt vor Aufregung. Sie musste raus hier, weg von alledem, und zwar so schnell wie möglich!

Sie eilte den Flur entlang. Als sie in der Lobby angekommen war, zog sie die Maske von ihrem Gesicht und legte sie auf den Tresen. Sie brachte noch ein kurzes Kopfnicken zur blonden Frau fertig, dann war sie wieder an der kalten Luft. Mit dem ersten Schritt in der dunklen Gasse trat sie in eine kalte Pfütze. Es kümmerte sie nicht, sondern sie hetzte zu ihrem Wagen.

***

Die Tür fiel ins Schloss. Stacey streckte ihre Arme aus und drückte noch einmal kräftig dagegen, als ob es galt, einen Rammbockangriff gegen ihre Wohnung abzuwehren. Sie atmete immer noch schwer. Ihre Nachhausefahrt hatte sie kaum wahrgenommen. Ihre Gedanken waren nur um das herumgewirbelt, was sie in jenem Saal gesehen hatte. Die Bilder suchten sie auch jetzt noch heim. Sie waren zu drängend, um sie zu ignorieren. Ihre Erinnerungen ließen sie nicht in Frieden. Ihr ganzer Körper stand unter Strom.

Stacey schleuderte ihre Schuhe weg und ging ins Badezimmer. Sie glaubte nicht, dass ein Bad sie entspannen würde, aber zu baden war das Beste, was man jetzt tun konnte. Sie drehte das Wasser auf.

Mit ein paar hektischen Handbewegungen entledigte sie sich ihrer Hose und zog ihr durchnässtes Höschen herunter. In jede ihrer Bewegung mischten sich die Erinnerungen an den Saal, an den Mann auf dem Sessel, wie er seine Maske hochgezogen hatte, sein Gesicht ... Kenneths Gesicht!

Ihr Slip hing noch zwischen den Knien, als zwei ihrer Finger auf dem Weg zur ihrer Perle über ihren Venushügel strichen. Sie erinnerte sich an die Frau, die sich von drei Männern gleichzeitig hatte verwöhnen lassen, den allgegenwärtigen Exzess im Saal und wieder an Kenneth, der diesen kleinen Elfen-Körper umhergewirbelt und gerammt und daran geleckt hatte. Wie musste sich das für die zierliche Frau angefühlt haben?

Stacey tropfte beinahe vor Nässe und ihre Muschi fing an zu schmatzen, als sie ihre zwei Finger benutze, um sich zu massieren. In ihrer Phantasie versuchte sie, noch mehr mit der kleinen Frau zu verschmelzen und sich vorzustellen, wie Kenneth in sie eindrang und ihren Schoß in Besitz nahm, während er an ihren Titten saugte. Zwar verurteilte Stacy sich für ihre geile Phantasie und ihre Lüsternheit, aber die Bilder, und der Drang nach Erlösung, waren übermächtig.

Sie kam rasend schnell! Aber sofort nach ihrem Höhepunkt wusste sie, dass er ihre Gedanken kein bisschen beruhigen konnte. Dazu war ihr Orgasmus zu flach und zu wenig gewesen. Sie würde immer wieder daran denken müssen, was sie gesehen hatte.

Stacey ließ ihren Slip von ihren Beinen gleiten und kickte ihn in den Wäschekorb.

Um wieder klar zu werden, würde sie sich alle Mühe geben müssen. Sie drehte das Wasser ab und ging in die Küche, um sich ein Glas Rotwein zu holen. Als sie zurückkam, ließ sie die Wanne volllaufen und stieg ins heiße Wasser.

Ob Kenneth diesen Club bereits besucht hatte, während er mit der Rothaarigen oder einer der anderen Frauen zusammengewesen war? Was hatte er wohl in jenem Saal getan, nachdem Stacy weggelaufen war? Was tat er jetzt gerade?

Stacey spürte, wie es in ihrer Brust zog und ihr Schoß wieder zu pochen anfing. Beides hatte jetzt etwas Schmerzhaftes an sich, weil es wirklich aufgelöst und nicht nur von einem flachen Orgasmus überdeckt werden wollte. Noch einmal fuhr sie sich mit ihren Händen zwischen die Beine. Einen Moment lang teilte sie ihre Mitte, so wie Kenneth es mit der Pussy der kleinen Frau getan hatte, und massierte ihre Perle, versuchte, sich tief genug fallen zu lassen, damit ihr jetziger Höhepunkt ihr endlich Erleichterung verschaffte.

***

Stacey ballte ihre Hände so fest um das Lenkrad, dass ihre Handknöchel weiß wurden. Von ihrem Parkplatz aus konnte sie die Gasse hinuntersehen. Dort, wo die Tür war, war es allerdings zu dunkel, um etwas zu erkennen.

In der Woche, die jetzt hinter ihr lag, hatte sie viele Stunden im Internet recherchiert, um herauszufinden, auf was sie da gestoßen war. Für ihre Recherchen hatte sie alles andere beiseitegeschoben, inklusive ihrer Entwürfe für die Softwarefirma. Herausgefunden hatte sie trotz aller Mühe nichts.

Letztendlich war es nicht schwer, Swingerclubs und Sex-Treffs in Chicago zu finden, aber dieser Club legte offensichtlich keinen Wert auf Bekanntheit. Wenn es überhaupt ein Club war ...

Es gab keine Internetseite, nicht einmal einen Namen, kein Forum, in dem sich irgendjemand über ihn ausließ. Bei ihrer Recherche hatte es einen Punkt gegeben, an dem sie sich gefragt hatte, ob sie es wagen sollte, noch einmal in den Club zu gehen. Mehrmals und lange hatte sie auf den Zettel von Kenneth gestarrt, besonders auf die eine Ziffernfolge, die noch nicht durchgestrichen war und die Stacy auch nicht eingeben hatte. Diese fünf Ziffern waren der Schlüssel zu einer anderen Welt – jedenfalls für eine Nacht – und Stacey hatte angefangen, darüber zu phantasieren, diesen Schlüssel erneut zu benutzen.

Das Phantasieren ging bald in die Planung über. Stacey hatte versucht, alle möglichen Hindernisse und Probleme zu durchdenken. Was ihr vor allem Sorgen bereitete, war ihr Abgang in der letzten Woche. Sie war zu rasch hinausgerannt, um nicht aufzufallen. Zwar schloss sie aus, dass es Überwachungskameras in der Lobby gab, aber da war ja noch die blonde Frau gewesen, die ihr die Maske überreicht hatte. Es konnte sein, dass Stacey ihr verdächtig vorgekommen war. Eventuell hatte die Frau, oder ein anderer Angestellter dieses Etablissements, sogar die Möglichkeit, den Türcode, den sie benutzt hatte, Kenneth MacLean zuzuordnen. Vielleicht hatte jemand ihn auf sie angesprochen ... Natürlich wusste niemand Stacys Namen. Und selbst wenn Kenneth befragt worden war – dass ausgerechnet *sie* mit Hilfe seines Codes in den Club gelangt war, darauf kam er bestimmt nicht! Trotzdem, die Gefahr, dass das Personal vorgewarnt war, blieb. Was, wenn die fünf Ziffern auf dem Zettel sogar schon wertlos waren, weil Kenneth seinen Verlust bemerkt und seine Türcodes gesperrt hatte ... Er selbst besaß ja offensichtlich noch eine Liste – oder eine neue Liste? Vielleicht verfiel auch die Gültigkeit der Codes mit der Zeit ...

Stacey hatte stundenlang alle Möglichkeiten in ihrem Kopf und hin- und hergeschoben. Am Ende hatte sie beschlossen, dass es nichts brachte, mit so vielen Vielleichts zu jonglieren. Sie musste einfach ihr Glück erneut versuchen!

Zerstreut knabberte sie an ihrem Mittelfinger. Sie wollte warten, bis Kenneth wieder in den Club gegangen war und ihm dann nach ein paar Minuten folgen.

Ein dunkel angezogener Mann, der an ihrem Wagen vorbeiging, zog Staceys Aufmerksamkeit auf sich. Sie sah ihm eine Weile nach.

Obwohl sie wusste, dass sie sich, wenn sie es in den Club schaffte, ausziehen und eine der Masken anlegen müsste, hatte sie sich zurechtgemacht, als plante sie, ganz normal auszugehen. Sie trug ihr enges, bordeauxrotes Kleid und roten Lippenstift. Kurz nach dem Parken hatte sie eine Idee von ihrem Parfüm aufgetragen und ihr Make-up im Rückspiegel kontrolliert. Das Meiste davon würde man unter der Maske nicht einmal erahnen können.

Stacey blickte auf ihre Hände, die immer noch auf dem Lenkrad ruhten. Jedes Mal, als sie in Gedanken durchgespielt hatte, was sie tun würde, hatte es sie erregt, dass sie eine Maske tragen würde und niemand, Kenneth nicht und niemand anders, sie erkennen konnte. Sie würde vollkommen frei sein. Es würde keine Konsequenzen geben. Geben würde es nur das, was sie ausprobieren und erfahren wollte.

Ein Laster brauste an ihrem Auto vorbei. Als sie sich wieder auf ihre unmittelbare Umgebung konzentrierte, sah sie Kenneth in die schmale Gasse einbiegen. Seine Kleidung war wie immer vollständig schwarz. Er schlenderte, als sei es ein ganz normaler Freitagabend, an dem er jede Menge Zeit hatte. Staceys Herz fing an, aufgeregt zu klopften. Als Kenneths Silhouette in der Tür verschwunden war, presste sie noch zehn Minuten lang nervös ihr Lenkrad.

Endlich stieg sie aus und ging, so ruhig wie es ihre Nervosität zuließ, die Gasse entlang. Mit wummerndem Herzen tippte sie die fünf Zahlen in die Tastatur ein. Es funktionierte. Ein Knacken war zu hören und die Tür ließ sich aufdrücken.

Erleichtert stellte Stacey fest, dass die Frau von letzter Woche heute nicht hinter dem Tresen stand. An ihrer Stelle warteten zwei junge Frauen. Die eine war blond, die andere hatte schwarzes, lockiges Haar. Mit ihnen zu reden, war die erste große Herausforderung, weil Stacey nicht genau wusste, wo und wie man sich im Club entkleidete.

Also ging sie zum Tresen und sagte: »Guten Abend. Geben Sie bitte noch einmal eine weiße Maske. Ach, und vor einiger Zeit ist mir bei Ihnen leider ein Knopf von einem Kleid abhandengekommen. Das hat mich ein bisschen geärgert. Gibt es vielleicht noch eine andere Möglichkeit, in Ihrem Haus die Kleidung aufzugeben?«

»Leider nicht, Madam.«

»Also muss ich sie wie gewohnt ...«

»... im Festsaal bei unserem Personal abgeben. Ja.«

»Gut. Haben Sie eine weiße Maske für mich oder denken Sie, ich sollte mal etwas anderes versuchen?«

»Ich würde Ihnen zu Weiß raten, Madam.«

»Okay.«

Die Frau legte Stacey eine weiße Maske hin und lächelte: »Hoffentlich verbringen Sie einen wundervollen Abend, Madam.«

»Danke.« Stacey nahm die Maske, ging zielstrebig den Flur entlang und bog in die Kurve. Das war schon mal nicht schlecht. Sie war gut. Niemand kam ihr auf die Spur. Sogar die Menschen, die ihr ins Gesicht sahen, durchschauten sie nicht. Wie sollte es erst werden, wenn sie ihre Maske trug?

Stacy ging wieder zu dem Vorhang, hinter dem Kenneth und die Versuchungen warteten. Dieses Mal würde sie nicht davonlaufen.

Stacey atmete tief, lauschte kurz den Geräuschen, die das Schauspiel hinter dem Vorhang ankündigten, und ging hinein.

Der Festsaal war so gut besucht wie in der vergangenen Woche. Womöglich waren es sogar noch mehr Menschen. Überall räkelten sich Paare und Grüppchen. Auf Anhieb meinte Stacey jene Weiße wiederzuerkennen, die sich in der letzten Woche von drei Männern hatte liebkosen und streicheln lassen. Sie lag an genau derselben Stelle und drei Männer hatte sie auch dieses Mal wieder um sich versammelt. Es waren drei Schwarze. Einer presste sein Gesicht in ihre Scham, die anderen beiden kneteten ihre festen Brüste und küssten ihren Oberkörper. Schräg dahinter nahm ein großer, gertenschlanker Mann eine Frau von hinten. Er sah wie einer jener Free-Climber aus, die Stacey sich dann und wann im Fernsehen und in Illustrierten angesehen hatte.

Das Rauschen ihres Blutes erfüllte Staceys Ohren. Sie fühlte sich schwindelig und überfordert. Ihre Füße schienen mit einem Mal endlos weit weg zu sein? Ob sie noch tun würden, was sie wollte?

Sie ballte ihre Hände zu Fäusten und hielt auf die Bar zu, immer darauf bedacht, den Pärchen und Grüppchen nicht zu nahe zu kommen. Hinter dem Tresen stand eine kleine, dunkelhäutige Frau mit festen Brüsten.

»Hallo«, sagte Stacey. Das Sprechen mit der Maske vor dem Gesicht war merkwürdig. Es fühlte sich aber nicht so schlimm wie beim ersten Mal an.

»Guten Abend, Madam«, sagte die Schwarze. »Möchten Sie ablegen?«

»Ja, bitte.«

»Dann darf ich Sie in eine unserer Kabine bitten. Sie können wählen. Im Moment sind alle frei.«

Die Schwarze deutete auf die Türen, die Stacey bei ihrem letzten Besuch am Rande wahrgenommen hatte.

Sie nickte, ging an der Bar entlang, öffnete die erste Tür und betrat einen kleinen Raum, der etwas heller beleuchtet war als der Festsaal. Eine kleine Bank und ein Korb – offenbar für ihre Kleidung gedacht – standen an der Wand. Es gab einen Spiegel, eine winzige abgetrennte Dusche und ein Waschbecken. An dem Korb war ein Anhänger aus Metall. Als Stacey ihn untersuchte, sah sie, dass eine Nummer hineingestanzt war. Vermutlich sollte man sie sich merken.

Sie entkleidete sich. Dabei kamen ihr ihre Bewegungen schrecklich unbeholfen und tollpatschig vor. Endlich aber war es soweit und Stacey ging zurück an die Bar. Sie stellte ihren Korb auf den Tresen. Dass sie dabei nackt war, störte sie weniger, als sie befürchtet hatte. Tatsächlich fühlte sie sich sogar etwas erleichtert. Sie fiel nicht mehr auf. Ihr Gesicht und ihre Identität waren verborgen. Ihr Körper war so wie die aller anderen. Zur Staceys Erleichterung nahm die Schwarze ihren Korb ganz selbstverständlich entgegen und stellte ihn zur Seite.

»Darf ich Ihnen einen Drink anbieten?«, fragte sie dann.

Stacey musterte die Regale hinter dem Tresen. Erst jetzt bemerkte sie, dass ein Regal keine Flaschen, sondern Dildos und Vibratoren verschiedener Größen und Farbe aufbewahrte. Einige Modelle waren riesig. Dazu kamen Dinge – Sexspielzeuge offenbar – die Stacey noch sie gesehen hatte.

»Ein Glas Sekt bitte«, entschied sie sich.

Als das Glas vor ihr stand, umklammerte sie es mit beiden Händen. Sie hatte es nun ein paar Minuten vermieden, in den Festsaal zu sehen, und seine Geräuschkulisse einigermaßen erfolgreich verdrängt. Jetzt kam alles ungefiltert zurück. Vor ihr lag der Raum, so vollgefüllt mit Sex, dass er zu platzen schien.

Ihre Augen suchten Kenneth, aber sie konnte ihn nicht entdecken. Doch er musste hier sein.

In der Hoffnung, endlich ihre Angst loszuwerden, stürzte Stacey ihren Sekt herunter. Noch bevor sie ihren letzten Schluck genommen hatte, bemerkte sie einen blau-maskierten Mann, der ihr Zeichen gab. Ihr Gesicht wurde heiß, als sie registrierte, dass er seine Gesten nicht weit von einem hart geschwollen Penis vollführte. Er hatte, wie alle Männer, die Stacey im Raum gesehen hatte, ein Kondom darübergezogen.

Es ging tatsächlich los!

Stacey spürte, wie sie instinktiv den Kopf schüttelte. Der Mann mit der blauen Maske zuckte mit den Schultern und drehte sich weg.

Das war einfach, aber ihr Herzschlag hatte noch einmal an Tempo zugelegt. Stacey ließ den letzten Schluck Sekt in sich fließen.

Da sah sie ihn. Kenneth! Er kam von der gegenüberliegenden Wand und setzte sich wieder auf den Sessel, der in der Mitte Saales stand. Er schien einer Frau zuzusehen, die auf dem Gesicht eines Mannes ritt.

Stacey stellte ihr Glas ab. Sie war sich nicht sicher, ob sie mit all dieser Nervosität unter der Haut wirklich Lust hatte, aber der Gedanke, Kenneth könnte jetzt eine andere Partnerin finden, trieb sie vorwärts.

Sie war keine drei Meter von ihrem Nachbarn entfernt, als sie eine Hand an der Schulter berührte.

»Darf ich?«, flüsterte eine Männerstimme. Sie gehörte zu dem Free-Climber-Typen, den Stacey beim Eintreten gesehen hatte.

»Was denn?«, gab sie leise zurück. Ob der Mann merkte, wie sehr ihre Stimme zitterte?

»Ich meinte so etwas.« Seine Hand fuhr ihren Bauch entlang und strich einmal behutsam über den kleinen Balken aus dunklem Haar, den Stacey bei ihrer Rasur stehengelassen hatte.

»Oh«, keuchte sie.

»Warum hast du so eine bildhübsche Pussy? Kannst du mir das mal verraten?« Er begann, sie zu massieren. »Und wie weich und zart sie ist ...«

Stacey stand da wie gelähmt. Plötzlich tauchte ein zweiter Körper hinter ihr auf. Sie sah, wie ein schwarzer, muskulöser Arm um sie herumwanderte und ihre linke Brust fasste. Gleichzeitig drückte etwas an ihren Po. Dieses Etwas war länglich, fest, lebendig und jagte einen Strom aus Kribbeln und Gänsehaut ihren Rücken herauf. Jetzt kam auch der Weiße so nah, dass sein Glied sie berührte. Stacey musste aufstöhnen.

Zwischen diesen beiden nackten Männerkörpern zu stehen, während sich ihre Schwänze an ihr rieben, ließ sie sofort feucht werden, aber in ihrem Körper war noch zu viel Angst, als dass sie sich hätte gehen lassen können. Sie war einfach zu nervös, um ihre Lust das Regiment über ihr Handel übernehmen zu lassen.

Erst als die beiden Männer sie fester berührten und beide leise aufstöhnten, kam wieder Bewegung in sie. Sie schwang ihren Arm nach hinten, griff nach ihrem Hintermann und zog ihn so fest an sich, dass sein Schwanz sich kraftvoll auf ihren Arsch presste.

Nun begann ein Spiel, wie sie es noch nie gespielt hatte. Abwechselnd massierten die beiden Männer ihre Klit und erforschten ihre Pussy. Ihre Hände fuhren sie ab, teilten sie und drangen ein. Stacey schloss die Augen und spürte nur noch. Immer wieder wechselten sich die Hände in ihrem Schoß ab, bis sie nicht mehr auseinanderhalten konnte, wer gerade in sie drang oder sie betastete.

Flüchtig streifte eine große Hand über ihren Hals und ein

leises, genüssliches Atmen tauchte dicht an ihrem Ohr auf. Es musste ein dritter Mann sein, aber Stacey sah nicht hin. Auch nicht, als die Körperwand, die sich um sie gebildet hatte, in Bewegung geriet. Etwas Warmes und Glattes glitt zwischen ihre Beine. Unwillkürlich schob Stacey ihre Füße auseinander, um Raum zu schaffen, für das, was da zu ihr wollte. Im nächsten Moment fühlte sie einen großen feuchten Mund auf ihre Klit gleiten. Ihr ganzer Unterkörper loderte und pulsierte. Zwei starke Hände griffen fest zu und kneteten ihre Brüste.

Überall waren jetzt Berührungen, weiche Haut und Wärme, Hände, Lippen und Zungen, Atem und Stöhnen. Alle Gedanken waren weg. Sie war nur ein Lustkörper in einem Strudel aus geilem Sex ...

Sie kam heftig! Aber noch während sie vor Erregung krampfte, wusste sie, dass das kein Orgasmus war, auf den Ruhe und Stille folgten. Ihr Höhepunkt war einer, der das Bedürfnis, sich intensiver und tiefer fallen zu lassen, noch mehr anheizte.

Sie biss sich auf die Lippen. Die Geräuschkulisse um sie herum versank in ihrem eigenen Stöhnen und dem Rauschen in ihren Ohren.

Da merkte Stacey, wie die Körper, die sie umgaben, sich zu entfernen begannen. Es war, als würde sie ausgezogen und langsam der Kälte preisgegeben werden. Sie öffnete die Augen. Sie war tatsächlich allein.

Nur hinter ihr stand noch jemand. Stacey spürte, wie er näher kam. Sein Atem strich an ihrem Nacken entlang. Bevor sie sich umwenden konnte, packte der Unbekannte sie und hob sie hoch. Staceys Füße lösten sich vom Boden. Sie bewegten sich auf die Mitte des Festsaales zu. Der Jemand, der sie gepackt hatte, ließ sie sinken und drehte sie herum. Stacey erkannte ihn sofort: Es war Kenneth. Er hatte sie zu seinem Sessel im Zentrum des Raumes getragen.

»Ist das okay?«, raunte seine tiefe Stimme.

Stacey nickte.

Kenneth setzte sich und zog sie mit sich. Sie kletterte über ihn, fasste – etwas hektisch – nach seinem Glied und führte es zu ihrer feuchten Pussy. Er drang in sie ein, dehnte sie langsam auf und glitt tiefer. Sie spürte, wie ihr Schoß seinen Schaft umschmiegte, festhielt und in sich einsaugen wollte. Noch nie war ihre Möse so gierig auf einen Mann gewesen.

Das drängende Bedürfnis, ihn zu küssen, stieg in Stacey auf, aber die Maske vor ihrem Gesicht war ihr im Weg und sie befürchtete, sie zu verschieben. Also verbiss sie sich ihre Küsse und schenkte alles, was sie hatte, dem Ritt, den sie nun begann.

Kenneth ließ sie nicht lange gewähren. Zu Staceys Überraschung hob er sie schon nach kurzer Zeit wieder hoch. Sein Körper erhob sich und schob sie auf eines der Betten. Kenneth begrub sie unter sich, griff fest in ihr Haar und glitt wieder in sie. Seine Stöße waren hart und lang. Er stieß sie ausdauernd, bis an die Grenze eines Orgasmus'. Kurz bevor sie explodieren konnte, hielt er jedoch inne, glitt aus ihr und wirbelte sie herum, sodass ihr Rücken zu ihm zeigte. Sie sollte vor ihm auf allen vieren knien. Sie tat es.

Er fasste sie mit einer Hand bei der Brust, die andere ließ er über ihren Kitzler fahren. Zwei seiner Finger begannen damit zu spielen – sie massierten und kniffen ihn zärtlich. Dann drang sein Glied wieder in sie. Tränen schossen ihr in die Augen. Sie sah jetzt alles verschwommen und unscharf, was den Eindruck, durch ein Meer aus Sex zu tauchen, noch verstärkte. Sie spürte, dass ihr Höhepunkt jetzt, genau jetzt, durchbrechen würde. Er flimmerte heiß und mächtig unter ihrer Haut. Ihr Körper begann, sich aufzubäumen, und sie stöhnte soviel Lust heraus, wie sie konnte. Kenneth nahm das als Anlass, sie abermals zu packen und ihre Position zu verändern. Als sie Kontrolle über ihre Motorik wiedererlangt hatte, wischte Stacey sich über die Augen. Sie erkannte, dass er sich rücklings auf das Bett legen wollte, und krabbelte ihm nach wie eine schmusebedürftige Katze. Doch als sie ihn wieder in sich versenken wollte, hielt er sie zurück.

»Reib dich an mir«, raunte seine Stimme. »Hiermit.« Seine Hand strich zwischen ihren Beinen entlang.

Stacey versuchte es. Sie presste ihre feuchte Möse auf Kenneths Brust und glitt so über seinen Körper, bis zu seinen Lenden, und langsam wieder zurück zu seinem Mund, wo sie seine Zunge empfing. Er ließ von ihr ab, schob sie ein paar Zentimeter herunter und sagte: »Tu das noch mal. Aber mach es fester. So fest, wie du kannst. Ich will dich überall an mir haben.« Stacey wiederholte ihre Wanderung. Schwer atmend rieb sie sich an Kenneth Körper. Sie legte ihr ganzes Gewicht hinein, um sich so fest wie möglich auf ihn zu pressen. An seinem Kinn schien ihre Feuchte einen dünnen Film zu hinterlassen. Als ihre Wanderung erneut bei seinem Schritt angelangt war, befahlen ihr seine Hände, sich zu erheben und seinen Schwanz aufzunehmen.

Jetzt, da er sie schon so lange gestoßen hatte, war sie klitschnass und weit offen. Trotzdem spürte sie deutlich den Druck, den Kenneths Schaft auf ihr Innerstes ausübte.

Stacey begann den Ritt, den sie bereits geplant hatte, noch bevor sie von Kenneth unterbrochen worden war.

Doch sie hatte kaum begonnen, als Kenneth sie schon wieder fest packte und etwas Neues von ihr verlangte. Ohne ein Wort zu sagen, ließ er sie aufstehen und sich umwenden. Ihren Rücken seinem Gesicht zugewandt, sollte sie weiterreiten. Sie tat es einige Minuten, war fast schon wieder bei einem Höhepunkt angelangt, als Kenneth sie auch aus dieser Position herausriss.

Offenbar wollte er mit ihr so viele Stellung wie möglich durchexerzieren. Sie sollte ihm auf seinen Schwanz etwas vortanzen. Er prüfte sie.

Kenneth bugsierte sie zurück zu seinem Sessel in der Raummitte. Noch bevor die beiden sich dort niederlassen konnten, bemerkte Stacey, dass eine Frau zu ihnen getreten war. Es war die zierliche Gestalt mit der goldenen Maske, mit der sie Kenneth in der letzten Woche gesehen hatte.

Staceys Kehle schnürte sich zu. Kenneth würde sie jetzt doch nicht stehen lassen und zu seiner Elfe gehen? Oder würde er sie beide gleichzeitig haben wollen? Nein, das durfte er nicht. Sie wollte ihn jetzt unbedingt für sich behalten. Der bloße Gedanke, seine Aufmerksamkeit für sie könnte durch irgendetwas abgelenkt werden, tat weh. Allzu gern hätte sie die goldene Maske mit ein paar schroffen Worten zum Teufel geschickt, aber sie traute sich nicht zu sprechen, um Kenneth ihre Identität nicht zu verraten. Auch eine Geste traute sie sich nicht zu, denn sie wusste nicht, ob man an diesem Ort mit derlei Dingen unliebsame Blicke und Fragen provozierte.

Die kleine Frau drängte sich an Kenneth und fasste ohne alle Umschweife auf seinen Arsch.

Zu Staceys Erleichterung schob Kenneth sie ruhig aber bestimmt beiseite und deutete mit einem Nicken auf Stacey. Die goldene Maske verstand. Sie drehte sich um und verschwand.

Jetzt gehörte er wieder ganz ihr. Freude kam in Stacey auf. Sie hätte beinahe aufgelacht, so froh war sie darüber, dass sich heute niemand mehr zwischen sie drängen konnte. Sie ergriff seinen Unterarm und drückte Kenneth in den Sessel. Jetzt war es auf einmal *sie*, die zupackte und führte. Sie kletterte auf ihn und versenkte sein Glied in sich. Jetzt gab es kein Umherwandern mehr, kein Experimentieren. Ihre Körper waren so verschwitzt von den Anstrengungen, dass sie aneinanderglitschten, wenn sie sich an seine Brust schmiegte. Endlich spürte sie, wie Kenneths massiger Körper sich unter ihr aufbäumen wollte. Ein unterdrücktes Stöhnen drang aus ihm. Er packte sie, biss so leidenschaftlich in ihre Brust, dass sie aufschreien musste. Dann ließ er sich sinken. Stacey fühlte, wie ihr beider Atem ruhiger wurde.

Der Druck von Kenneths Härte ließ nach. Es war, als ob sein Schwanz langsam, aber unaufhaltsam in ihrer Hitze zusammenschmelzen würde.

Ein mächtiges Triumphgefühl kam in Stacey auf. Es strahlte fast wärmer, als das Nachprickeln und Nachglühen, das in ihrem Körper war.

Was hatte sie da getan? Etwas, von dem sie vor zwei Wochen nicht einmal geträumt hätte. Und niemand konnte ihr deswegen irgendetwas anhaben. Niemand außer ihr wusste davon. Nicht einmal Kenneth. Sie hatte Lust auf ihren leckeren Nachbarn gehabt und ihn sich gegönnt. Sie hatte es vor seinen Augen und mit ihm getrieben. Er war nicht einmal gefragt worden. Es war geil gewesen!

Doch jetzt hieß es, aus dem Club zu entkommen.

Gerade als sie von Kenneths Körper klettern wollte, spürte sie seinen festen Griff an ihrem Handgelenk. Der Mann zwischen ihren Beinen hielt sie fest. Mit der anderen Hand zog er sich seine Maske herunter. Sein Gesicht näherte sich ihrem Hals und Stacey hörte, wie er konzentriert an ihrer Haut roch.

»›Secret Sin‹«, flüsterte er langsam, als würde er jede Silbe seiner Worte genüsslich auskosten. »Sie riechen nach geheimer Sünde, Miss Green.«

Geile Vertretung

Ich spüre einen Kloß im Hals und muss schlucken. Das soll die Vertretung für Marie sein?

Ich sitze im Wartebereich des Wellness-Salons und starre auf einen Kerl, der sich Tom nennt und gerade dabei ist, mein neuer Traummann zu werden. Zumindest was das Äußere angeht. Tom ist groß, breitschultrig und das, was sich da in seinem engen, weißen Pulli abzeichnet, ist ein Oberkörper, den man dringend auf einem Poster abbilden sollte. Seine Haare sind kurz und tiefschwarz. Neben seinen dunkelbraunen Augen zeichnen sich ein paar zarte Lachfältchen ab. Wow!

Er ist eben aus dem Service-Bereich aufgetaucht und hat mir eröffnet, dass meine Masseuse Marie heute leider krank ist. Jetzt könnte er meinen Termin übernehmen.

»Wenn das für Sie in Ordnung ist«, sagt er und präsentiert mir ein mildes Lächeln.

Und ob das für mich in Ordnung ist, schöner Mann!, entgegnet eine Stimme in mir. Zurückhaltend wie ich bin, sage ich aber nur verhalten »Ja« und erkundige mich noch danach, ob Marie etwas Ernstes fehlt.

»Nein«, sagt Tom in einem ruhigen, sympathischen Ton. »Sie hat nur eine Erkältung.« Während er spricht, dreht er sich etwas von mir weg und zeigt den Flur hinunter.

»Möchten Sie sich dann in Raum sieben fertig machen?«

Das möchte ich. Ich stehe auf und gehe, gefolgt von Tom, den Flur hinunter.

Im Raum sieben ist alles weiß, die Wände, die Massageliege, auch die kleine Bank, die an der Wand steht. Entspannungsmusik läuft. Man hört Meeresrauschen. Hin und wieder erklingt leise eine Gitarre.

»Sie wissen ja Bescheid, nicht wahr?«, will Tom wissen.

»Aber ja.«

»Dann bin ich gleich wieder bei Ihnen.«

Er zieht die Tür hinter sich zu und lässt mich allein.

So wie bei jedem Termin mit Marie streife ich meine Kleider ab. Aber etwas ist anders. Unter jede Bewegung, die ich beim Ausziehen mache, legt sich eine vibrierende Unruhe. Als ich endlich nackt bin und meine Sachen auf der kleinen Holzbank verteile, muss ich eine ganze Weile darüber nachdenken, wo ich meinen Slip hinlege. Ich will, dass Tom ihn sieht, wenn er hereinkommt, aber dann auch wieder nicht. Ich überlege hektisch hin und her. Meine Unentschlossenheit nervt mich schrecklich. Sie passt ganz und gar nicht an diesen Ort mit dem Meeresrauschen. Ich bin doch hier, um zu relaxen.

Schließlich verstecke ich meinen Slip unter meiner Jeans, greife mir das weiße, flauschige Handtuch, das wie immer bereitliegt, und drapiere mich auf der Massageliege. Das Handtuch landet auf meinem Po.

Tom lässt etwas auf sich warten, aber dann geht die Tür langsam auf und wieder zu und wir sind zu zweit.

»Also«, ertönt seine Stimme, »man hat mir gesagt, Sie mögen unser Mandarinenöl, ist das richtig?«

»Genau.«

»Schön«, sagt er.

Ich bitte ihn, die Musik abzuschalten, wie ich es bei Marie auch immer tue. Das ist so ein kleiner Tick von mir. Ich liebe dieses Geräusch, das man hört, wenn Hände über Haut streicheln. Für mich gehört das zu jeder Massage dazu. Und Toms

Hände will ich unbedingt auf meiner Haut hören.

Er geht zum Lautsprecher, der in der Raumecke angebracht ist, und schaltet ihn aus. Das Meeresrauschen verklingt. Jetzt gibt es nur noch die Geräusche unserer Körper und ich schließe die Augen, um sie zu genießen.

Ich höre Toms Schritte. Sie kommen zu mir und verstummen. Das Rascheln seiner Kleidung. Das satte Ploppen vom Verschluss einer Flasche. Dann fließt warmes Öl zwischen meine Schulterblätter. Ich strecke mich wohlig. Mandarinenduft hüllt uns ein. Plopp. Tom hat die Flasche mit dem Öl wieder geschlossen. Seine Hände reiben aneinander. Er berührt mich, gleitet mit seinen Handflächen über mich. Angefangen beim Nacken streichen sie meinen Rücken hinunter, bis an die Kante des Handtuchs, das meinen Po bedeckt.

Tom wiederholt die Prozedur. Einmal, zweimal, dreimal. Seine Hände gleiten immer wieder mit leichtem Druck meinen Rücken entlang. Aber sie bewirken etwas ganz anderes als die von Marie. Es gibt keine Entspannung. Mit jedem Streicheln und Drücken werde ich unruhiger. Erregter. Wenn er beim Massieren Smalltalk machen würde, würde mich das ablenken, aber so …

Als er mit einer langen Bewegung meine Wirbelsäule hinunterfährt, kann ich nicht mehr stillhalten. Ich seufze auf und fange an, auf der Liege hin und her zu rutschen.

»Bereitet Ihnen das Schmerzen?«, fragt er mich.

»Nein, nein. Alles in Ordnung.«

»Tatsächlich?«

»Alles in Ordnung.«

»Hm«, macht er nachdenklich. »Ich habe das Gefühl, dass Sie immer fester werden.«

»Ach, wirklich?«, frage ich so überrascht wie möglich. »Fühlt sich für mich gar nicht so an.«

»Aha«, sagt er und ich versuche, aus dem Ton seiner Stimme zu erfahren, ob er etwas gemerkt hat. Sicher bin ich mir nicht.

Seine Hände setzen sich wieder in Bewegung. Er arbeitet sich noch einmal streichend meinen Rücken entlang, löst sich von mir und setzt an meinen Schenkeln neu an.

Oh Gott, was sind das bloß für Hände?! Mein Schoß wird feucht. Ich muss wieder seufzen, kann dieses Mal aber jegliches Geräusch unterdrücken.

Als sich die Spannung in mir ein wenig legt, rast eine Frage durch meine Gedanken: Ob ich es schaffe, zu kommen, ohne dass er etwas davon merkt? Ganz still und heimlich? Wenn ich vorsichtig bin und mir das Zappeln verkneife, könnte es funktionieren, denke ich, aber dann streicht Tom an der Innenseite meines Schenkels entlang und mein ganzes Bein fängt an, vor Lust zu zittern.

»Oh«, sagt er verblüfft. »Hat Ihnen das wehgetan?«

»Nur ein bisschen«, hauche ich. Das scheint mir schlauer zu sein, als zu behaupten, es wäre gar nichts los.

»Hm«, macht Tom nachdenklich und legt seine Hand vorsichtig an meinen Schenkel. Einer seiner Finger wandert auf meiner Haut entlang.

»Tut es hier weh?«, fragt er.

»Nein.«

»Und hier?«

»Ein bisschen«, lüge ich.

»Aha. Und hier?«

»Auch ein bisschen.«

»Hier?«

»Nein.«

Tom legt wieder seine ganze Hand auf mich und reibt meinen Schenkel in einer kreisförmigen Bewegung.

»Oh Mann«, platzt es aus mir heraus.

»Tut das gut?«

»Ein bisschen«, sagte ich. Noch bevor ich die Antwort ausgesprochen habe, merke ich, wie dämlich sie klingt. Ein bisschen ... Das tut ein bisschen gut ... Völlig bescheuert! Zum Glück massiert Tom sofort weiter.

Ich kneife meine Augen fest zusammen und beiße mir auf die Lippen. Mein ganzer Körper glüht von seiner Berührung. Merkt er denn tatsächlich nicht, was mit mir los ist? Spürt er denn nicht, was seine Hände bei mir anrichten? Anscheinend nicht – aber eines ist sicher: So still kann ich neben ihm nicht mehr lange liegen bleiben. Irgendetwas muss ich jetzt tun. Ob es gutgeht oder nicht, spielt keine Rolle. Ich will nicht mehr nur einfach abwarten wie ein verstocktes Etwas. Das bin ich nicht. Ich bin ein Mensch der Tat.

Als er wieder in Reichweite kommt, strecke ich meine Hand aus und legte sie zwischen seine Beine. Toms Bewegung hält schlagartig inne. Ich streichele ihn vorsichtig und hebe meine Hand etwas höher, bis ich seinen Schwanz unter dem dünnen Stoff ertasten kann. Ein kurzes Abwarten. Fühlen. Dann ziehe meine Hand wieder weg.

Tom ist vollkommen still und es ist, als könnte ich seine Gedanken lesen. Tatsächlich: Ich habe das sichere Gefühl, dass ich ganz genau weiß, was in ihm vorgeht. Er spürt gerade meiner Berührung nach und prüft, ob es sich um ein Versehen handeln könnte. Nein, bestimmt nicht, denkt er, dafür war sie zu fordernd und gezielt. Dann überlegt er, wie ernst ich es wohl gemeint habe. Wieder fühlt er meiner Berührung nach – analysiert ihre Intensität. War es nur so etwas wie ordinäres Streicheln? Oder eine Einladung? Sein Verstand kommt zu dem Schluss, dass ich es sehr ernst meine. Und dann folgt endlich die eigentliche Preisfrage. Ich weiß einfach, dass es so ist, kenne Männer inzwischen gut genug. Tom überlegt, ob er darauf eingehen soll. Bestimmt beschaut er sich dazu noch einmal gründlich meinen Körper. Meine Schultern und mein ganzer Rücken müssen vom Öl glänzen. Tom sieht sie jetzt anders an als vorher. Vor ihm liegt keine Kundin mehr, sondern eine splitternackte Frau, die reichlich scharf auf ihn ist. Ich kann seine Blicke förmlich spüren, auch seine drängenden Gedanken. Vielleicht hat er sogar den Impuls, das Handtuch ein bisschen herunterzuschieben, um das, was da vor ihm liegt, eingehender zu begutachten. Aber er verkneift es sich, weil er weiß, dass das schon eine Einwilligung wäre.

Oder irre ich mich? Seine Hände ruhen immer noch zwischen meinen Schultern. Langsam bekomme ich Angst, dass ich ihn verschreckt habe. Vielleicht waren alle meine Überlegungen völliger Quatsch und er will gar nicht. Mein Herz klopft und pumpt Panik in meinem Körper. Gott, er könnte eine Freundin haben oder eine Ehefrau, schießt es mir durch den Kopf. Er könnte schwul sein. Warum denkst du erst jetzt an all diese Sachen – nachdem du ihn angetatscht hast! Angetatscht ... Dafür kann er dich anzeigen. Warum denkst du nie nach, bevor du etwas tust?

Endlich kommt wieder Bewegung in Tom. Die Stimme in meinem Kopf verstummt und ich konzentriere mich ganz auf das, was um mich herum vorgeht. Seine Hände lösen sich von mir und ich höre, wie er sich in Bewegung setzt. Er geht zu Tür. Ein scharfes Klicken ertönt. Er hat den Massageraum abgeschlossen und kommt zurück.

Seine Hände liegen wieder auf mir und fangen an, sich zu bewegen. Merkwürdigerweise hat sich die Art, mich zu massieren, nicht geändert. Ich spüre jeder seiner Bewegungen aufmerksam nach. Wirklich: Tom tut genau das, was er getan hat, bevor er die Tür geschlossen hat. Was wird das?

»Ich denke ...«, sagt er plötzlich.

Einen Augenblick lang herrscht absolute Stille und ich muss die Luft anhalten vor Anspannung.

»Ich denke ... hier müssen wir etwas tiefer gehen.«

Er entfernt das Handtuch von meinem Po. In mir mischen sich Erleichterung und Erregung. Eine merkwürdige Mischung.

Tom lässt seine Hände über meinen Hintern gleiten. Erst streicht er nur vorsichtig über meine Backen. Dann werden seine Bewegungen ausladender. Mutiger. Er gleitet zwischen meine Schenkel, streift knapp an meinem Anus vorbei. Ein Zucken geht durch meinen Körper. Mein Atem fängt an, die Geräusche seiner Massage zu übertönen. Seine Berührung legt einen warmen Film aus Öl auf meine Muschi.

»Darf ich Sie bitten, sich umzudrehen«, sagt er mit unüberhörbarer Süffisanz in der Stimme.

Ein Lächeln wandert auf mein Gesicht. Das Spiel gefällt mir. Ich drehe mich um. Das erste Mal, seit die Massage begonnen hat, sehen wir uns in die Augen. Er schaut mir direkt ins Gesicht, während er seinen weißen Pulli abstreift.

Er gehört wirklich auf ein Poster. Ein glatter, perfekt durchtrainierter Oberkörper kommt an die Luft, zart gebräunte Haut, an der man die einzelnen Muskelstränge abzählen könnte. Ich will seinen Bauch berühren und strecke meine Hand aus, aber Tom lässt mich nicht. Unter seinem Griff wandert mein Arm zurück auf die Liege.

Er massiert meine Brüste mit langsamen großen Bewegungen, gleitet über meinen Bauch bis zur meiner Muschi und streicht über meine Schamlippen. Ich strecke meine Hand aus und fühle nach seiner Härte. Dann dringt er mit einem Finger in mich. Mein Körper bäumt sich auf, sackt aber gleich wieder zurück. Während er mein Inneres zu massieren beginnt, wandert seine freie Hand wieder an meine Brüste und drückt sie abwechselnd so fest zusammen, dass es beinahe schmerzt.

Mein Körper ist so vorgeheizt, dass ich es nicht lange zurückhalten kann. Ich muss meine Finger von Toms Schritt nehmen, weil meine Streicheleinheiten zu unkoordiniert werden.

Oh Gott, was sind das verdammt noch mal nur für Hände?

Ich bin ganz in Toms Zärtlichkeiten versunken, gebe mich ihnen hin, bis mir die Ekstase die Luft raubt. Als sie zurückkommt, stöhne ich auf.

Tom zieht seine Hände von mir. Er lächelt zufrieden, was schön aussieht, aber mir nicht richtig passt. Es ärgert mich ein bisschen, dass ich so schnell gekommen bin. Es hat nicht viel Körpereinsatz von ihm gebraucht. So einfach sollte es eigentlich kein Mann bei mir haben.

Er beugt sich über mein Gesicht und küsst mich. Ich spüre seine Lippen. Sie fühlen sich groß an und sehr weich und schmecken nach mehr.

Meine Hand wandert zurück an seine Härte, während wir uns küssen. Sie ist jetzt deutlich spürbar. Sein Schwanz beult den Stoff seiner Hose aus. Tom schiebt meinen Arm weg und dreht mir den Rücken zu. Von meiner Liege aus sehe ich dabei zu, wie er sich entkleidet. Er legt den Traum von einem Hintern frei. Als er sich zurückdreht, steht sein stolzes Glied prall und fest von ihm ab. Seine Scham ist glatt rasiert.

Ich sehe, wie er wieder neben mich tritt und sich herunterbeugt. Im nächsten Moment senkt sich die Massageliege. Dann wandert Tom mit ruhigen Schritten an das Fußende der Liege. Ich öffne meine Beine. Zu meiner Überraschung macht er aber keine Anstalten, in mich zu dringen. Wieder fahren seine Hände zwischen meine Schenkel. Ein Finger gleitet in mich, ein anderer massiert meine kleine Klit.

Ein plötzlicher Lustblitz reißt meinen Kopf zur Seite. Ein kurzer ziehender Schmerz peitscht durch meinen Nacken. Er hallt noch nach, als Tom meinen eingeölten Körper zu sich zieht.

»Alles in Ordnung?«

»Ja«, stöhne ich, »aber jetzt ist genug mit den Händen.«

Meine Stimme klingt streng. Dabei will ich so gar nicht klingen. Zur Sicherheit schiebe ich ein schnurrendes »Bitte« hinterher.

Tom lässt mich nicht lange zappeln und den Schmerz in meinem Nacken vergessen. Ich spüre, wie sein Glied zwischen meine öligen Schamlippen drängt, und stöhne laut auf.

»Wir sollten leise sein. Hier im Salon ist doch Betrieb«, sagt er ruhig.

Ich nicke und verbiete mir sämtliche Geräusche, während er sein Glied in mich gleiten lässt. Einfach macht mein Körper es mir nicht, er zuckt und bebt vor Erregung und will mich permanent stöhnen lassen. Ich lege meine Hand in mein Gesicht, sodass ich im Notfall etwas habe, auf das ich beißen kann. Dann schließe ich die Augen und versuche beides: still bleiben und genießen.

Tom stößt mich sanft. Trotzdem rutsche ich, eingeölt wie ich bin, hin und her. Dabei nimmt er auch wieder die Massage meiner Klit auf. Zwischen seinen Stößen zeichnet er kleine Kreise darauf und elektrisiert damit meinen Unterleib. Das Prickeln flutet in meinen ganzen Körper und Toms Stöße werden fester und schneller. Unsere Körper klatschen zusammen. Das Geräusch erfüllt den gesamten Raum. Hat er nicht eben noch gesagt, dass wir leise sein müssen?

Ich öffne meine Augen und sehe Tom an. Sein phantastischer Körper glänzt vor Schweiß und dem Öl, das von mir auf ihn gewandert ist. Einen Moment lang spüre ich das Verlangen, ihn ganz dicht an mich zu ziehen. Ich will ihn überall an mir haben und nicht nur zwischen meinen Beinen. Aber dann muss ich mir plötzlich die Hand auf den Mund legen, um uns nicht zu verraten. Gedämpft stöhne ich etwas von meiner Lust heraus.

Plötzlich gleitet Tom aus mir und seine Hände ziehen mich

von der Massageliege. Als ich etwas unsicher zum Stehen komme, nutze ich die Gelegenheit und drückte mich fest an ihn. Wir küssen uns und pressen unsere öligen Körper aneinander. Seine Hände umfassen mich und setzen mich auf die Liege. Wir müssen unsere Umarmung nicht unterbrechen, damit er wieder in mich gleiten kann.

Dieses Mal stößt Tom sofort kräftig und tief. Umso wenige Geräusche wie möglich zu verursachen, vergrabe ich mein Gesicht an seiner Schulter. Als der Druck zu stöhnen überhand gewinnt, beiße ich hinein.

Offenbar hält er das für eine Art Anfeuerung und verschärft sein Tempo abermals. Gerade, als ich es kaum noch aushalte und ihn bitten will, sich zurückzuhalten, wird er langsamer und sanfter. Ich hebe meinen Kopf und sehe ihm in die Augen.

»Ob wir es gleichzeitig schaffen?«, fragt er mich mit etwas atemloser, aber klarer Stimme.

Ich nicke und strecke meinen Rücken so gut ich kann durch, um mein Gesicht auf seines zu drücken. Unsere Lippen finden sich, unsere Zungen spielen miteinander.

Die Lust in meinem Körper will sich unbedingt entladen. Endlich verfällt Tom in ein verhaltenes, aber stetiges Stöhnen. Seine Stöße werden ruckartig. Ich spüre noch, wie er in mich spritzt, bevor mein Orgasmus mich zwingt, ihm kräftig in die Schulter zu beißen.

***

Eine halbe Stunde später lasse ich die Tür des Wellness-Salons hinter mir zufallen. Ich bin noch nicht ganz bei meinem Wagen angelangt, als sich der stechende Schmerz in meinem Nacken zurückmeldet. Vorsichtig taste ich an die Stelle, an der es besonders wehtut. Ich fühle einen kleinen harten Punkt. Keine Frage: Eine ganz üble Zerrung habe ich mir da eingehandelt.

Eigentlich hätte ich jetzt dringend eine Massage nötig …

GedankenSex

Serena saß auf der Brücke ihres Raumfrachters und blickte durch das Fenster in die dunkle Weite, die sich vor ihr auftat. Der Anblick des Weltalls flößte ihr keine Ehrfurcht mehr ein. Die großen Gefühle im Angesicht der Unendlichkeit hatten sich über die Jahre erledigt, in denen sie als Frachterpilotin arbeitete. Inzwischen löste der Weltraum überhaupt nichts mehr bei ihr aus. Es war, als würde sie auf eine weiße Wand sehen. Weder gut noch schlecht.

Ihr Blick wanderte auf die grün und rot blinkenden Lichter auf der Steuerkonsole. Das bunte Blinken ließ sie plötzlich an einen Club denken, ans Ausgehen, Tanzen und an all das, was man nach dem Ausgehen und Tanzen so anstellen konnte. Noch ein paar Stunden und sie würde es tun. Sie würde nur die Landung und die Formalitäten beim litotischen Zoll hinter sich bringen müssen. Dann kam der Urlaub. Ihr Urlaub.

Serena ließ sich tief in den Sessel sinken und erinnerte sich: Damals auf der Pilotenakademie hatte es ihr gar nicht gefallen, wenn einer ihrer Ausbilder darüber schwadronierte, wie sehr er nach einer langen Tour eine Frau wollte und was sich in den einsamen Monaten für ein Druck aufbaute und dergleichen. Das war für sie nichts weiter als ordinäres Geschwätz gewesen. Damals hatte sie auch noch die Aussicht, allein durch die Weite des Alls zu fliegen, zum Träumen gebracht. Inzwischen musste sie sich eingestehen, dass an dieser Art von Geschwätz etwas

Wahres dran war. Sie würde niemals so reden, wie ihre Ausbilder es getan hatten, aber ihre Libido machte ihr tatsächlich zu schaffen. Da halfen auch die Spielsachen nichts, die sie in ihrer Kajüte im Schränkchen neben dem Bett verstaut hatte. Genauso wenig half der lächerliche Porno, den sie sich vor Jahren auf dem kleinen Mond Gongo gekauft hatte.

Jetzt, nach mehr als drei Monaten allein, war ihr Verlangen nach der Nähe eines Mannes so groß geworden, dass es sie nervös machte. Immer wieder glitt sie in ihre Phantasie ab. Sie verlor sich in Erinnerungen an Männerhände, warme Haut und das Gefühl, wenn ein Glied in sie gedrungen war. Sie rutsche in Tagträume über Typen ab, mit denen sie es getan hatte. Dieser und jener Schauspieler gingen ihr durch den Kopf. Es gab Momente, in denen sie sich ganz in diesen Phantasien verlor. Manchmal, wenn sie dann wieder zu sich kam, stellte sie fest, dass ihre Hände – wie von selbst – zwischen ihre Schenkel gewandert waren. Und auch, wenn sie eigentlich an etwas anderes dachte: Ständig war diese Unruhe da. Dieses Verlangen nach einem verdammten Kerl.

Serena zwinkerte und schob sich eine Haarsträhne hinters Ohr, die sich in ihr Gesicht verirrt hatte. Als sie wieder aufblickte, zeigte ihr das Fenster in der Ferne eine kleine blaue Kugel: Litos. Es würde noch eine knappe halbe Stunde dauern, bis sie die Atmosphäre des Planeten erreicht hatte.

Sie beschloss, sich vor dem Landemanöver noch einmal ausführlich auf ihre Ausgeh- und Vögelfertigkeit zu prüfen. Mit Schwung stand sie aus dem Pilotensessel auf und drehte sich um.

Das Innere des Raumschiffes bestand zum größten Teil aus dem Aufenthaltsraum. Darin befanden sich die Kochnische, ein Tisch mit integriertem Holoschirm und der Trainingsbereich. Backbord lagen die zwei Kajüten, gegenüber die Ein- und Ausstiegsschleuse des Schiffes. Ein schmaler Flur führte vom

Aufenthaltsraum zur Brücke, vom dem zur Steuerbordseite das Badezimmer mit einem großen Spiegel und – das war für Serena das Beste an Bord – der großen Dusche lag. Der Vorrats- und der Maschinenraum waren über eine kaum sichtbare Klappe im Flur zu erreichen.

Serena ging schnell ins Badezimmer und stellte sich vor den Spiegel. Sie hatte einen der grauen Overalls an, auf denen in großen roten Buchstaben »CulverLogistics« stand.

Rasch streifte sie den Overall ab und entledigte sich ihrer Unterwäsche. Dann stellte sie sich aufrecht hin und sah aufmerksam auf ihr Spiegelbild.

Im Licht des Badezimmers hatte ihre Haut eine haselnussbraune Farbe. Ihre Brüste erschienen ihr – so wie immer, wenn sie sich anschaute – etwas zu klein, etwas zu mädchenhaft. Sie wäre oben herum gern etwas üppiger und draller gebaut gewesen. Dafür gefielen Serena ihre Brustwarzen. Sie hatten beinahe dieselbe Farbe wie ihr Haar und hoben sich dunkel von der umliegenden Haut ab. Das mochte sie. Ihr Po hätte etwas – nur ein winziges bisschen – kleiner sein dürfen.

Immerhin gehörte sie nicht zu jenen Piloten, die sich während ihrer Touren gehen ließen und verschlampten. Serena hatte sich in den letzten Monaten jeden Tag aufgerafft und mindestens eine Stunde lang im kleinen Trainingsbereich des Raumfrachters geackert. Das sah sie sich jetzt an. Ihr Bauch war flach und fühlte sich straff an, als sie eine ihrer Hände darüberfahren ließ.

Sie hatte ein paar Sekunden ihren Blick über ihren Körper wandern lassen, als er an ihrem Schoß haften blieb. Erst vor ein paar Stunden hatte sie sich eine sorgsame Rasur verabreicht. Die Haare über ihrer Scham hatte sie kurzgeschoren und bis auf ein kleines scharfkantiges Dreieck abrasiert. Mit einem Fingerstrich prüfte sie seine Konturen, dann wandte sie sich um und zog den kleinen metallenen Hocker zu sich, der neben der Dusche stand. Sie setzte sich und spreizte vor dem Spiegel die Beine. Ihr Blick fiel jetzt auf ihre Schamlippen, die sich dunkel gegen die braune Haut ihrer Schenkel abzeichneten.

Serena lehnte sich leicht nach hinten. Aus dieser Perspektive sah ihr kleines Dreieck aus wie eine Pfeilspitze, die direkt auf ihre Klit deutete. Das hatte sie so beim Rasieren nicht gewollt. Was sie gewollt hatte, war ein exaktes Dreieck. Jetzt, als sie in ihrer Arbeit einen Hinweispfeil auf ihre Perle erkannte, musste sie schmunzeln. »Nicht gerade zurückhaltend, meine Gute«, sagte sie zu sich selbst. »Wirklich nicht gerade zurückhaltend. Obwohl, na ja, vielleicht gerät man ja an einen, der den Weg nicht kennt.« Sie lachte und schüttelte kurz den Kopf.

Um die Qualität ihrer Rasur abschließend zu kontrollieren, beugte Serena sich vor und fuhr mit ihren Händen von den Fußgelenken bis zu ihrer Pussy. Bis auf die kleine, stoppelige Pfeilspitze war ihr Körper vollkommen glatt.

Serena zog ihre Unterwäsche an und ging barfuß in ihre Kajüte, um noch einmal das kleine schwarze Kleid anzuprobieren, das sie sich für ihren ersten Landgang ausgesucht hatte. Es lag auf ihrem Bett. Daneben befand sich ein Magazin, das ihr beim Packen am Vorabend vor die Füße gefallen war.

Serena war, was das Lesen anging, ein bisschen nostalgisch. Sie las lieber von echtem Papier, das sie richtig anfassen konnte, als von einem Holoschirm. Deshalb kaufte sie bei jedem Landurlaub alte Magazine und Zeitschriften. Es spielte fast keine Rolle, worum es darin ging, Hauptsache sie waren aus Papier.

Das Magazin, das vor ihr lag, war ein fast achtzig Jahre altes populärwissenschaftliches Magazin. Sie hatte es vor Jahren in einem Antiquitätengeschäft auf Planea gekauft. Irgendwie hatte sie es anschließend wohl verkramt, denn gelesen hatte sie es noch nie. Auch letzte Nacht war sie nicht mehr dazu gekommen. Die meisten Artikel des Magazins behandelten, dem Titelblatt zufolge, das Thema Telepathie.

Serena warf es auf das kleine Schränkchen neben ihrem Bett und griff nach dem Kleid. Sie schlüpfte schnell hinein und ging zurück zum großen Spiegel im Badezimmer. Das Kleid erschien ihr zwar reichlich kurz und eng, aber sie war zufrieden mit dem, was sie sah.

Von der Brücke ertönte ein hohes Piepen.

»Sehr schön«, sagte sie und zog sich wieder um. Sie legte das kleine Schwarze behutsam auf den Hocker und ging zurück zur Brücke.

Litos war näher gerückt. Die blaue helle Kugel hatte die dunkle Weite verdrängt, die ihr Fenster all die Monate ausgefüllt hatte.

Serena setzte sich auf ihren Sessel und griff nach dem Steuerknüppel.

Die Oberfläche des Planeten Litos bestand zu neunzig Prozent aus einem Ozean. Die übrigen zehn Prozent machte der Kontinent Rodos aus. Rodos war in den Jahren nach seiner Besiedlung durch die Menschheit eine einzige gigantische Stadt geworden. Die ersten einzelnen Ansiedlungen hatten sich stetig weiter ausgebreitet, waren zusammengewachsen und bedeckten den Kontinent jetzt völlig. Weiter wachsen konnte die Stadt nur noch gen Himmel. Und das tat sie auch.

Als Serena ihr Schiff in die Atmosphäre des Planeten gelenkt hatte, erkannte sie die typischen Geschäfts- und Wohntürme, die bis in die Wolken reichten. Einige waren durch große Röhren miteinander verbunden. Dazwischen schossen, wie kleine Insekten, Gleiter und vollautomatische Drohnen hin und her. Es war ein regelrechtes Gewusel.

Ein kurzer Blick auf das Navigationsmodul verriet ihr, dass sie den Kurs korrigieren musste. Sie zog den Steuerknüppel behutsam zu sich, um den Sinkflug abzufangen, und hielt auf den nördlichen Raumhafen zu. Er bestand aus über einem Dutzend einzelner Landeflächen, die auf den Dächern von ebenso vielen gigantischen Türmen gebaut worden waren.

Serenas Frachtschiff hatte die Landezone sechs zugewiesen bekommen. Sie steuerte die Zone an und ließ ihr Schiff aufsetzen. Ein leichtes Zittern ging dabei durch den Schiffsrumpf. Als es abgeklungen war, aktivierte sie das Kommunikationsmodul. Ein kleiner Holoschirm baute sich vor ihr auf und zeigte nach wenigen Sekunden das Gesicht von Harry Culver. Es war genauso feist und unsympathisch, wie sie es in Erinnerung hatte.

»Bist du da?«, fragte Culver. Eine Begrüßung hielt er offenkundig nicht für nötig.

»Das bin ich.«

»Schön. Dann pass jetzt gut auf«, sagte Culver. Seine wurstige Hand kam ins Bild. Er wischte sich damit einmal quer über sein Gesicht. »Gleich wird bei dir ein gewisser Thomas O'Reilly auftauchen. Der Kerl muss nach Kalgan geflogen werden – und zwar sofort. Für Treibstoff, Proviant und so weiter ist gesorgt. Du wirst ihn an Bord nehmen und dich ohne Umschweife auf den Weg nach Kalgan machen. Alles klar?«

Serena spürte, wie sie nach Luft schnappte und sich ein Gefühl der Schwäche in ihrem Körper ausbreitete. Eine Haarsträhne rutsche ihr vor die Augen.

»Ich habe gerade drei Monate hinter mir!«, sagte sie endlich.

»Jetzt hast du eben noch ein paar Tage vor dir.«

»Ich habe Urlaub. Das ist mein Recht!«

»Tja, ich habe auch ein paar Rechte. Zum Beispiel, mir einen Piloten zu suchen, der seinen Job erledigt.«

Einen Moment war Serena sprachlos. Culver war genauso dreist, wie er fett war.

»Das stinkt«, zischte sie.

»Ach …« Culver schüttelte träge seinen großen Schädel und setzte einen müden, gelangweilten Blick auf.

Serena kannte und hasste diesen Blick. Er bedeutete, dass nicht weiter verhandelt würde.

»Stell dich nicht an«, brummte er. »So schwer hast du's nun auch wieder nicht. Außerdem weißt du, wie es läuft.«

Das wusste Serena tatsächlich. So wie es auf ihrem Konto aussah, hatte sie keine große Wahl. Sie konnte es sich nicht leisten, ihren Boss vor den Kopf zu stoßen. Er hätte es verdient gehabt, aber es ging leider nicht. Und dieser ermüdende Gedanke fuhr Serena durch den Körper. Aber ganz aufgeben wollte sie trotzdem noch nicht.»Ich habe hier kein Passagierschiff.«

»Ihr beide werdet euch schon arrangieren. Es gibt doch zwei Kajüten, oder?«

»Ja.«

»Na also. Räum dein Zeugs ein bisschen zusammen, dann geht's. Oder hast du dir unterwegs einen Swimmingpool eingebaut?«

»Aber das kann sich doch unmöglich für dich rechnen: Ein Frachtschiff für einen einzelnen Mann?«

»Schön, dass du dir meinen Kopf zerbrichst. Aber ich weiß, was tue.«

»Verrätst du mir wenigstens, warum er keinen Linienflug nehmen kann?«

»Weil er *sofort* nach Kalgan will. Und mit sofort meine ich: *genau jetzt*.«

»Aha«, sagte Serena. »Und warum?«

»Mach einfach, was ich dir sage! Ich schick dir jetzt den Unterlagenkram und die Visa rüber. Und dann fliegst du!«

Serena biss die Zähne zusammen.

Culvers massiger Schädel verschwand. Was übrig blieb, war das blaustichige Flimmern des Holoschirms …

Mit einem leeren Gefühl im Kopf schaltete Serena ihn aus. Das Flimmern verlor sich im Nichts. Dann ließ sie sich schlaff in ihren Sessel sinken und beobachte das Treiben im Raumhafen. Packroboter rollten um ihr Schiff herum und löschten die Fracht. Am Rand der Landezone erkannte sie ein paar Sicherheitsroboter. Aus der Ferne sahen ihre Proportionen wie die von groß gewachsenen Männern aus, nur ein bisschen kantiger. Sie waren von oben bis unten blau. Auf ihren breiten Brustpanzern war ganz klein die Flagge der Union zu erkennen.

Ein Trupp von Packrobotern rollte mit einem kleinen Container auf das Raumschiff zu. Kurz drauf ging eine leichte Vibration durch das Schiff, die Serena bis in ihren Nacken spüren konnte. Die Roboter mussten die Sauerstofftanks und das Proviantmodul des Schiffes neu füllen.

Serena stöhnte resigniert: Wenn Culver ihren Proviant bestellt hatte, konnte nichts Gutes dabei herauskommen. Der fette Ausbeuter versorgte seine Piloten mit dem Billigsten vom Billigen. Es war fast ein Wunder, dass sie die Luft, die sie an Bord atmete, noch nicht selbst zahlen musste. Vermutlich würde das noch kommen.

Die Vibration ließ nach und der Trupp Packroboter tauchte wieder in Serenas Sichtfeld auf. Er rollte geschlossen zum Rand der Landezone.

Plötzlich erschien ein kleiner Gleiter im Bild. Er schwebte dicht über den Boden auf ihr Schiff zu.

»Mr O'Reilly«, flüsterte Serena und blies sich eine ihrer störrischen Haarsträhnen aus dem Gesicht. »Der Mann, der es so unglaublich eilig hat. Muss ja ein ganz wichtiger Typ sein.«

Sie stand auf und schlurfte in den Aufenthaltsraum, um die Luftschleuse für ihren Passagier zu öffnen.

Als die Luke sich vor ihr auftat, wich Serena unwillkürlich zwei Schritte zurück.

Vor ihr stand ein Mann von vielleicht Mitte dreißig. Er war fraglos gut gebaut. Seine schwarze Lederjacke spannte über den breiten Schultern. Er musste eindrucksvolle Oberarme haben, denn auch dort spannte die Lederjacke. Sein Haar war schwarz und sehr kurz geschoren. Sein Gesicht hatte strenge, beinahe kantige Züge, gegen die sich ein breiter, sinnlicher Mund abhob. Serena hätte ihn sicherlich attraktiv gefunden, wäre da nicht dieses Kränkliche gewesen, das in seiner Erscheinung lag. Der Mann, der vor ihr stand – so athletisch er auch gebaut war –, hielt sich zusammengesunken und wacklig, als hätte er Mühe, aufrecht zu stehen. Dunkle Schatten umrandeten seine grünen Augen, die, als Serena sie fokussierte, leer und trüb aussahen. Seine Stirn legte sich immer wieder nervös in Falten.

Er ging wankend, ohne ein Wort zu verlieren, an ihr vorbei zu einem der Stühle, die am Tisch standen, und setzte sich.

»Mr O'Reilly?«

»Ja«, sagte der Mann. Er sprach mit einer tiefen, brüchigen Stimme.

»Äh«, druckste Serena. O'Reillys Auftritt hatte sie aus dem Konzept gebracht. »Geht es Ihnen gut?«

»Können wir fliegen?«, antwortete O'Reilly in einem Ton, von dem sie nicht wusste, ob er unfreundlich oder einfach nur erschöpft war.

Serena musterte O'Reilly noch einmal genau. Ihr fiel ein leichtes Zittern in seinem linken Arm auf.

»Ich weiß nicht«, sagte sie vorsichtig. »Entschuldigen Sie, dass ich das frage, aber sind Sie sicher, dass Sie reisen können?«

»Ja«, sagte O'Reilly, dieses Mal definitiv unfreundlich. Er richtete sich gerade auf und blickte sie direkt an. »Soweit ich weiß, sind Sie informiert worden.«

»Ja, aber ...«

»Wir starten!«, fiel er ihr ins Wort. »Es geht mir gut«, schob er etwas versöhnlicher nach.

Serena zögerte einen Moment, drehte sich dann aber um und ging zur Brücke. *Mach deinen Job*, dachte sie. *Mach einfach deinen Scheißjob.*

Sie aktivierte die Startsequenz. Es dauerte kaum zehn Sekunden, bis die Vibrationen des Schiffsantriebs den Frachter durchschüttelten. Langsam hoben sie ab. Serena blickte aus dem Fenster und sah, wie der Raumhafen unter ihr zusammenschrumpfte.

Als ihr Schiff die Wolkendecke durchbrochen hatte, vergaß sie für einen Moment den merkwürdigen Mann, der gerade an Bord gekommen war. Dafür schob sich ein anderer Gedanke in ihr Bewusstsein: Sie hatte auf Litos nicht einmal einen einzigen Atemzug frische Luft geatmet.

***

Sobald sie die Atmosphäre des blauen Planeten verlassen hatten, lud Serena die Sternenkarten des dritten und vierten Sektors in das Navigationsmodul und startete die Kursberechnung. Als der Rechner aufbrummte, stand sie auf, um nach ihrem Passagier zu sehen.

O'Reilly saß immer noch am Tisch und blickte müde auf den Boden. Inzwischen war er wieder in sich zusammengesunken.

»Mr O'Reilly?«

»Ja?«

»Erst einmal möchte ich Sie richtig begrüßen. Ich bin ...«

»Serena Chanzes«, sagte er leise. »Sie hatten eigentlich vor, Urlaub zu machen.« Er stützte sich ab und setzte sich etwas aufrechter hin. »Was nach drei Monaten allein in diesem Ding auch mehr als verständlich ist.«

»Oh«, sagte Serena irritiert. Culver schien ihrem Passagier einiges über sie erzählt zu haben. Vermutlich eine Taktik, um den Preis bei diesem Kunden hochzutreiben. Sie hätte gern gewusst, was O'Reilly seine Expresstour nach Kalgan kostete. Billig war seine Eile mit Sicherheit nicht.

»Ich musste dringend starten«, sagte er.

»Verstehe.«

»Meine Kajüte ist die linke?«, fragte er.

»Richtig.«

»Und das Badezimmer?«

Serena zeigte auf eine Tür, und er nickte schwach.

»Auf den Proviant habe ich über den Holoschirm links von der Kochnische Zugriff«, erklärte O'Reilly, als wäre er der Kapitän. »Hinter mir ist der Trainingsbereich. Es handelt sich um eines der alten Geräte mit Gummizügen. Unsere Reise dauert in etwa acht Tage. Sie haben viel auf der Brücke zu tun und sind natürlich der Kapitän hier an Bord, wobei Sie mich bitten, das zu respektieren.« Die letzten Sätze hatte O'Reilly mit müder Stimme, aber trotzdem merkwürdig schnell heruntergerasselt. Er sprach fast wie ein Roboter – einer, der kurz davor war, den Geist aufzugeben.

»Äh«, sagte Serena verblüfft. »Sie kennen sich gut aus.«

»Ich brauche etwas Ruhe. Die nächste Zeit werden Sie nicht viel von mir hören.«

Serena wusste nicht, was sie entgegnen sollte, nickte stattdessen nur.

O'Reilly ließ seine Hand fahrig über sein Gesicht streichen und stand auf. Serena bemerkte, dass sie vorhin seine Größe unterschätzte hatte. Er überragte sie um gut einen Kopf und jetzt, wo er halbwegs gerade stand, wirkte er wirklich ziemlich imposant.

»Sie entschuldigen mich«, sagte er, räusperte sich und wankte unbeholfen, als müssten seine Knie geölt werden, auf die Tür seiner Kajüte zu.

Als er dahinter verschwunden war, überfiel Serena für einen Augenblick das Gefühl, gerade etwas sehr Merkwürdiges erlebt zu haben. Was hatte der Kerl für ein Problem? Es musste irgendeine Krankheit im Spiel sein. Mit etwas Ansteckendem wäre er natürlich nicht durch den Bioscan vom Zoll gekommen. Aber irgendwas hatte der Typ ... Serena starrte auf die Tür seiner Kajüte. Vielleicht musste er wegen einer besonderen Behandlung nach Kalgan. Das würde die Eile erklären. Aber was für eine Behandlung sollte es exklusiv auf Kalgan geben? Der Planet war kaum besiedelt. Soweit sie wusste, gab es dort so gut wie nichts – außer Dschungel und ein paar Strände.

Ein schrilles Piepen von der Brücke riss Serena aus ihren Spekulationen. Sie ging hin und blickte auf das Display des Navigationsmoduls. Der beste Kurs, den der Rechner finden konnte, würde sie acht Tage kosten.

Es hätte schlimmer kommen können, dachte Serena. Acht Tage würde sie überstehen und Kalgan ... na ja, Kalgan war zwar nicht gerade ihr Traumplanet, aber irgendwie würde sie dort schon eine nette Ecke finden.

Sie schwenkte das Schiff auf Kurs und wollte gerade den Autopiloten anschalten, als auf der Steuerkonsole eines der Warnlichter aufblinkte. Einer der Schwerkraftgeneratoren war ausgefallen. An sich war das nicht tragisch, weil die anderen beiden genug Leistung brachten. Trotzdem würde Serena den Generator reparieren müssen. Das war Vorschrift. Serena hatte da so ihre Erfahrungen. Die Reparatur würde Stunden dauern. Wenn es schlecht lief, Tage. Wenn es sehr schlecht lief, würde sie es überhaupt nicht schaffen und auf Kalgan ein Bußgeld bezahlen müssen.

»Scheiße«, zischte sie leise, aber heftig, sodass ihr eine Haarsträhne ins Gesicht fiel. Serena strich sie zurück und hämmerte auf den Knopf, der die Diagnoseprogramme aktivierte.

»Das ist ja mal wieder großartig. Toller Tag! Das Scheißschiff löst sich in seine Bestandteile auf und ein Irrer kommt an Bord. Scheiß großartig!«

***

Serena mühte sich den restlichen Tag über an dem Problem mit dem Schwerkraftgenerator ab. Ihr kam der Verdacht, dass die Packroboter auf Litos das alles verursacht haben konnten.

Blöde Roboter, schimpfte sie im Stillen.

Nach etlichen Stunden hatte sie es geschafft und schleppte sich zurück auf die Brücke, wo sie das Diagnoseprogramm aktivierte. Als es durchgelaufen war, zeigte es, dass alle Generatoren in Ordnung waren.

Sie blickte auf die Uhr. Die Reparatur hatte sie zwölf Stunden gekostet. Sie gönnte sich eine Dusche, tapste in ihre Kajüte und ließ sich auf ihr Bett fallen.

***

Am nächsten Morgen wachte Serena mit einem merkwürdigen unruhigen Gefühl auf. Sie frühstückte einen einzelnen trockenen Toast, der verdammt billig schmeckte. Dann ging sie auf die Brücke, um einen kompletten Systemcheck durchlaufen zu lassen.

Das Programm hatte gerade siebenundvierzig Prozent der Diagnose abgeschlossen, als sie ihren Passagier im Aufenthaltsraum hörte. Offenbar machte O'Reilly sich im Trainingsbereich zu schaffen.

Sie wartete, bis der Systemcheck zu fünfzig Prozent abgeschlossen war. Dann stand sie auf. Als sie den Aufenthaltsraum betrat, sah sie, dass ihre Vermutung richtig gewesen war. O'Reilly stand im Trainingsbereich. Er trug eine schwarze Shorts und ein schwarzes T-Shirt. Sein Gesicht sah immer noch müde aus, aber um einiges frischer als am Vortag. Der Mann erholte sich – von was auch immer.

»Hallo«, sagte Serena.

»Hallo«, gab O'Reilly kurz und tonlos zurück. Der Klang seiner Stimme verriet Serena, dass ein Gespräch mit ihr so ziemlich das Letzte war, was er wollte. Na dann eben nicht. Serena griff sich einen der Becher und setzte die Kaffeemaschine in Gang.

O'Reilly hatte die Trainingsbank aus der Wand geklappt und einige der bunten Trainingsbänder in die Stange eingehängt, um Bankdrücken zu machen. Serena kannte die Widerstände der Bänder genau und ein kurzer Blick genügte ihr, um zu erkennen, dass O'Reilly eben das Äquivalent von einhundertzwanzig Kilo auf die Stange gelastet hatte.

Nicht schlecht, dachte sie.

O'Reilly platzierte seinen Körper auf der Bank und legte los. Relativ locker brachte er die Last achtmal zur Hochstrecke.

Okay, das muss man dir lassen, dachte Serena. *Du bist wirklich ein kräftiges Kerlchen.*

O'Reilly erhob sich von der Bank, schnaubte einmal verhalten und machte sich daran, die Bank wieder abzubauen. Als er damit fertig war, stellte er sich mit dem Gesicht zur Wand, beugte sich vor, wobei er seine Beine spreizte, und setzte seine Hände auf den Boden. Serenas Blick haftete sich unwillkürlich auf seinen Hintern. Es war ein guter, appetitlicher Hintern, allerdings saß O'Reillys Shorts zu weit, um wirklich etwas davon haben. Mit einer langsamen, kontrollierten Bewegung drückte er sich in den Handstand. O'Reilly ließ seine Arme einknicken, bis sein Kopf fast den Boden berührte und pumpte seinen Körper dann langsam wieder hoch. Er wiederholte das Manöver. Beim dritten Mal rutsche ihm sein T-Shirt bis zum Kinn und ließ ein paar Bauch- und Brustmuskeln sehen, die wie gemeißelt aussahen. Ein kleiner Streifen schwarzen Haars zierte die Haut zwischen seinem Bauchnabel und dem Hosenbund. Als er Serena auffiel, blieb ihr Blick daran hängen, lange – zu lange. O'Reilly konnte sie sehen. Sie wandte sich ab, öffnete geräuschvoll den Schrank und tat so, als würde sie darin etwas aufräumen. Dann nahm sie sich einen Lappen und wischte von links nach rechts, wobei sie O'Reilly aus den Augenwinkeln beobachtete.

Er war immer noch bei seiner akrobatischen Handstandübung. Serena sah, dass sein Oberkörper im Licht der Lampen glänzte. Wieder fiel ihr Blick auf den kleinen dunklen Haarstreifen an seinem Unterbauch. Er sah wirklich verdammt gut aus.

O'Reillys Bewegungen wurden mühsamer. Serena stellte fest, dass sein Gesicht rot angelaufen war – was ein bisschen albern wirkte. Sein Atem presste sich heraus.

Ein Lächeln huschte über ihr Gesicht. Sie unterbrach ihre Pseudo-Putzaktion und drehte sich zu O'Reilly. »Wenn es Ihnen zu anstrengend wird, kann ich die Schwerkraft ein bisschen runterregeln. Mit weniger Gravitation wird alles leichter.«

O'Reilly ließ sich zurück auf die Füße fallen, atmete zweimal tief und antwortete, ohne sie anzusehen: »Nein danke.« Er sprach nach wie vor mit tonloser, desinteressierter Stimme.

Humor hatte er offensichtlich nicht.

»War nur eine Idee«, rechtfertigte sie sich, ließ den Lappen fallen, machte kehrt und ging zurück zur Brücke. Als sie wieder auf ihrem Platz saß, fiel ihr auf, dass sie ihren Kaffee vergessen hatte.

»Shit«, fluchte sie leise.

***

Nach seiner Trainingseinlage hatte O'Reilly sich in seine Kajüte zurückgezogen und gab den restlichen Tag keinen Ton mehr von sich. Serena hatte eines der Triebwerke neu kalibrieren müssen und dann irgendwann allein zu Abend gegessen. Der Proviantraum hatte ihr eine pappige Pizza mit Mozzarella beschert. Danach hatte sie sich sehr lange die Zähne geputzt und war endlich zu Bett gegangen.

Kaum dass sie unter ihrer Decke lag, merkte sie, dass sie heute nicht so einfach einschlafen würde. Ihr Körper wollte etwas anderes als Schlaf, und Serena wusste, dass sie es ihm geben musste.

Sie streichelte über ihren Slip und ließ sich, so tief sie konnte, in ihre Phantasie sinken. Sie schoss die Augen und fuhr mit der Hand unter ihren Slip. Während sie das tat, schob sich in ihrer Phantasie ein Kopf zwischen ihre Schenkel. Einige Sekunden verharrte er dort und atmete seinen warmen Atem auf ihre Schamlippen. Dann, so phantasierte Serena, packte sie fest sein Haar und drückte ihn fordernd in ihren Schoß. Ein wohliger Schauer durchströmte sie bei dieser Vorstellung. Als er nachließ, bemerkte sie plötzlich, dass ihre Phantasie eine eigene Richtung genommen hatte. Ohne es zu wollen, war ihr O'Reilly in den Sinn gekommen. Er war es, der in ihrer Vorstellung zwischen ihren Schenkeln lag. Es waren seine Lippen, die ihre Pussy liebkosten.

Als Serena das klar wurde, riss sie die Augen auf. Mit einem Schlag fiel ihre Phantasie in sich zusammen. Über ihr war nichts anderes als die dunkle Decke ihrer Kajüte.

Sie fühlte sich ertappt. Es kam ihr unanständig vor, an ihren Passagier zu denken – noch dazu, wo er genau jetzt hinter der Wand schlafen musste. Es gehörte sich einfach nicht. Abgesehen davon, war dieser Kerl mehr als merkwürdig. Er mochte ganz passabel aussehen, aber ins Bett nehmen würde sie ihn nicht. Vermutlich taugte er dort sowieso nichts. Dazu war er definitiv zu arrogant.

Serena beschloss, sich an einen Mann zu erinnern, mit dem sie vor einem halben Jahr zusammengewesen war. Riccardo. Riccardo war in den letzten Wochen zu einer ihrer gut erprobten

Phantasien geworden. Die beiden hatten in einem Hotelzimmer auf Planea miteinander geschlafen. Sein Körper war nicht unbedingt spektakulär gewesen, aber Riccardo hatte sie auf eine Art und Weise berührt, die ihr wirklich gefallen hatte.

Serena presste ihren Kopf in das Kissen und erinnerte sich, wie sie ihm, durch ihre weit gespreizten Beine, dabei zugesehen hatte, wie er ihren Schoß liebkost hatte. Riccardo hatte immer wieder Pausen eingelegt, in denen der er ihre Pussy verträumt und gleichzeitig mit Verlangen in den Augen gemustert hatte. Das war ein Bild, an das sie gern dachte, wenn sie sich streichelte.

Sie schloss wieder ihre Augen und stellte es sich jetzt genau vor. Gleichzeitig streichelte sie ihre Pussy mit zwei Fingern und ließ sie auf und ab fahren. Es begann, in ihr zu fließen, aber nach ein paar Sekunden verwandelte sich Riccardo wieder in O'Reilly. Sein Bild war einfach da – ganz wie von selbst. Serena musste an sein Gesicht denken, dieses kantige Gesicht mit den sinnlichen, breiten Lippen. Und an seinen muskulösen Bauch mit dem kleinen schwarzen Haarstreifen. Sie hatte sogar seinen Geruch in der Nase, diese moschusähnliche Note, die seit seiner sportlichen Einlage im Schiff lag.

Sie schüttelte den Kopf und versuchte, ihren Passagier aus ihrer Phantasie zu verbannen und stattdessen der Erinnerung an Riccardo Leben einzuhauchen. Es gelang ihr auch, an damals zu denken, aber ihre Phantasie von Riccardo war blass. Leblos. Langweilig.

Verflucht! Serena schlug genervt ihre Augen auf. Im Grunde spielte es gar keine Rolle und bedeutete rein gar nichts. Und überhaupt: Nach dem Mist, der ihr passiert war, hatte sie jede Art von Vergnügen verdient. Sie musste sich nicht zusammenreißen. Sie konnte verdammt noch mal denken, was sie wollte! Serena schloss ihre Augen und ließ ihrer Phantasie freien Lauf.

Dort wartete O'Reilly auf sie. Er löste sein Gesicht, das er fest auf ihren Bauch gepresst hatte, wandte seinen Kopf und blickte ihr geradewegs in Augen. Langsam, seinen Blick zärtlich auf ihren Schoß gerichtet, schob er ihren Slip beiseite. Als er seinen Kopf zwischen ihre Schenkel senken wollte, hielt Serena ihn mit einer Hand zurück. Mit der anderen fuhr sie zwischen ihre Beine. Durch das Spreizen ihrer Finger zog sie ihre Schamlippen auseinander und zeigte O'Reilly ihr feuchtes Pink. Er sollte sie ansehen. Dort. Richtig ansehen.

In O'Reillys Augen funkelte eine Spur von Gier. Er drückte sanft ihre Hand beiseite und ließ seine Zunge über ihre Klit fahren. Serena malte sich jede kleinste Bewegung seiner Zunge genau aus und zog sie mit ihren Fingern nach. Es begann mit Kreisen, mit acht Kreisen seiner weichen, feuchten Zunge um ihre Klit. Dann glitt er langsam tiefer, ganz weich über ihre äußeren Schamlippen. Er tat es sehr langsam. Plötzlich ging ein Ruck durch seinen Körper, seine Zunge wurde fest und stieß tief in ihre feucht-heiße Pussy.

Serena spürte bei dieser Vorstellung, wie ihre Brüste schwollen. Ihr Schoß pochte heiß und wild. Mit einem Ruck zog sie ihre Beine an und streifte sich den Slip ab. Rasch holte sie aus dem Schränkchen neben ihrem Bett einen roten Dildo. Diesen fest in der Hand, rollte sie sich zurück auf den Rücken und schloss die Augen. O'Reillys Arme waren links und rechts neben ihrem Kopf auf die Matratze gestemmt. Sie ließ ihre Hand über seinen Bauch und den kleinen Haarstreifen fahren und sog seinen Geruch ein. Er roch wirklich gut. Erregend und behaglich.

Sachte biss er ihr in den Hals und ließ langsam sein Glied in sie gleiten. Einen Augenblick hielt er inne. Nur seine Eichel war in ihr. Dann glitt er tiefer. Mit ihrer freien Hand fuhr Serena in ihrer Phantasie über seine Brust und zeichnete die

Konturen seiner Muskeln nach. Noch ein kurzes Innehalten, dann stieß er sie rhythmisch und hart. Ein sattes Schmatzgeräusch drang aus ihrer Pussy. Serena hoffte, dass es nicht zu laut war. Doch die paar leisen Geräusche konnten unmöglich durch die Wand dringen. Sie ließ sich wieder in ihre Phantasie sinken und vollzog mit ihrem Dildo jeden der tiefen Stöße nach, die ihr O'Reilly gewährte.

»Ein bisschen tiefer«, forderte sie von ihrem Phantasiebild. »Komm tiefer …«

Er folgte ihrem Wunsch. Mit der freien Hand tastete Serena nach ihrer Klit und massierte sich fest. Gleich würde es soweit sein. »Gut so, ja. Komm jetzt …«

Wieder folgte O'Reilly ihr aufs Wort. Er ließ sich vollständig auf sie sinken, packte sie fest, und sein Glied in ihrem Schoß verwandelte sich in einen heißen Strahl, der von ihrem ganzen Körper Besitzt ergriff.

Ihr Orgasmus war so heftig, dass sie sich aufbäumte und langanhaltend stöhnte. »Fuck!«, entfuhrt es ihr dabei. Zum Glück war es eher leise. Der O'Reilly in der Nachbarkajüte konnte sie unmöglich gehört haben.

***

Als Serena am nächsten Morgen müde aus ihrer Kajüte schlurfte, fand sie zu ihrer Überraschung den Tisch im Aufenthaltsraum gedeckt. Kaffeeduft lag in der Luft.

Was sie aber wirklich erstaunte, war O'Reillys Auftreten. Er sah wie verwandelt aus. Die Müdigkeit in seinem Gesicht war fort. Er trug eine dunkelblaue Hose und ein T-Shirt, das so eng anlagt, dass sich darin deutlich seine Muskeln abzeichneten.

Er sagte schwungvoll: »Guten Morgen« und bot ihr einen Platz an.

Serena bedankte sich skeptisch, wollte aber erst unter die Dusche. Dort machte sie sich allerhand Gedanken über ihn, kam aber zu keinem Schluss, weswegen er auf einmal so gut drauf war.

Als sie zum Aufenthaltsraum zurückkehrte, saß O'Reilly mit einer Tasse Kaffee am Esstisch. Serena setzte sich und griff nach einem warmen Croissant.

»Sie leben also auf Kalgan, ja?«, fragte sie kauend. Wobei ihr bewusst wurde, dass Sprechen mit vollem Mund nicht gerade von gutem Benehmen zeugte. Die vielen Monate allein an Bord hatten offenbar ihren Manieren zugesetzt. Sie schluckte.

»Ja, auf einer Insel«, sagte O'Reilly freundlich.

»Auf einer Insel? Na so was ...«

Er nickte und schmunzelte.

»Und wie ist es da so? Auf Ihrer Insel, meine ich.«

»Ich würde sagen: Es ist ruhig.«

»Verstehe.« Serena griff nach ihrer Kaffeetasse und überlegte sich, was sie als nächstes sagen sollte. Aus irgendeinem Grund hatte sie ein drängendes Verlagen danach, zu reden.

»Was machen Sie eigentlich beruflich?«, fiel ihr ein.

»Ich arbeite als eine Art Berater.«

»So, so. Und wen beraten Sie?«

»Unterschiedlich.«

»Unterschiedlich?«

Er nickte.

»Und wobei – wenn ich fragen darf – beraten Sie? Oder ist das etwa auch unterschiedlich?«

O'Reilly lachte und Serena merkte, dass sein Lachen ihr ziemlich gefiel. Es war charmant und hatte etwas sehr Ansteckendes.

»Meistens berate ich in Fällen, bei denen ein gewisses Feingefühl gefragt ist.«

»Klingt geheimnisvoll«, sagte Serena.

»Ist es nicht. Es ist einfach: Ich bin telepathisch veranlagt.«

Serena hörte auf zu kauen und starrte den Mann an, um herauszufinden, ob er sie veralbern wollte. »Quatsch«, schoss es aus ihr hervor.

»Es ist die Wahrheit«, sagte er und schaute sie mit ruhigen, milden Augen an.

So recht glauben wollte sie ihm nicht. Aber ihr kam die Erinnerung an das Magazin, das in ihrer Kajüte lag. Irgendwie bereute sie jetzt, es niemals gelesen zu haben.

»Sie glauben mir nicht?«

»Sollten Sie das als Telepath nicht eigentlich wissen?«

Er lachte. »Das Ganze ist nicht so einfach, wie Sie vielleicht glauben.«

»Telepathen lesen doch Gedanken, oder?«

»Ja schon ...«, sagte O'Reilly etwas zögerlich.

»Also können Sie meine Gedanken jetzt lesen oder nicht?«

»Bruchstückhaft. Es hängt von verschieden Faktoren ab. Ich habe grundsätzlich eher einen Sinn für Emotionen und Empfindungen. Insofern sollte ich mich vielleicht besser Empath nennen.«

»Empath? Aha.« Serena witterte den Anfang einer Ausrede und freute sich darauf, sie wortgewaltig auseinanderzupflücken.

»Gelegentlich kann ich Gedankenbilder wahrnehmen«, fuhr O'Reilly fort. »Abstraktes Denken ist für mich das Schwierigste. Ich brauche jemanden, der sich intensiv auf etwas konzentriert. Außerdem kommt es sehr stark auf die Menschen an, die ich vor mir habe. Bei manchen sehe ich quasi überhaupt nichts, bei anderen mehr. Am klarsten werden die Dinge für mich, wenn jemand, zu dem ich einen Draht habe, sich in irgendeiner Weise aufregt. Ich will damit sagen: Was stark empfunden wird, kann ich am besten empfangen. Da sehe ich die Dinge deutlich und es gibt sogar Momente, da tauche ich in die Gefühle anderer ein. Ich weiß dann nicht nur um eine Empfindung – ich fühle sie sogar mit. Es ist eher Empathie als Telepathie. Verstehen Sie, was ich meine?«

»Ich glaube schon.« Serena kam der Gedanke, dass O'Reilly tatsächlich die Wahrheit sagen könnte. Sicher war sie sich allerdings nicht. Der Mann war schwer einzuordnen. Sie sah, dass ihre Kaffeetasse leer war, stand auf und ging zur Kochnische, um sich Nachschub zu holen. Als O'Reilly wieder anfing zu reden, blieb sie auf halben Weg stehen.

»Die Sache bringt ein handfestes Problem mit sich, das ich Ihnen erklären muss. Wenn man so veranlagt ist, wie ich es bin, sind Menschenmassen eine echte Zumutung. Sie verursachen so eine Art Lärm. Ich sage gern ›Gedankenlärm‹. Ich kann meine Wahrnehmung zwar ein wenig konzentrieren, aber ganz aussuchen, was ich wahrnehme und von wem, kann ich nicht.« Er nahm einen Schluck Kaffee und sein Gesicht wurde nachdenklich. »Haben Sie schon mal so lange über etwas grübeln müssen, bis Ihnen das Grübeln zum Hals raushing und Sie einfach nur Ruhe haben wollten? Ich meine: Ruhe im Kopf. Gedankenstille?«

»Sicher. Das kennt doch jeder«, meinte Serena gelassen.

»Das ist ungefähr mein Problem, mit dem Zusatz, dass das Grübeln dabei nicht einmal mein eigenes Grübeln ist, sondern die Phantasien und Gefühle anderer Menschen – und leider nicht unbedingt die Angenehmsten. Es gibt ein Medikament, das diese Eindrücke abschaltet, aber leider reagiere ich schwer allergisch darauf.« O'Reilly seufzte resigniert und fuhr fort: »Ein paar Tage in einer Großstadt, und ich bin erledigt. Ich brauche dann meine Zeit, um mich wieder zu sammeln und einen klaren Kopf zu bekommen.«

»Ich verstehe. Deshalb waren Sie auf Litos so ...« Serena suchte nach einem einigermaßen höflichen Ausdruck.

Noch bevor sie einen gefunden hatte, redete O'Reilly weiter: »Richtig. Und deshalb gefallen mir einsame Inseln und Flüge durch den Weltraum. Hier draußen habe ich meine Ruhe. Nicht so viele Gedanken in der Luft.«

»Es hat also mit Distanz zu tun. Ihr siebter Sinn hat sozusagen eine bestimmte Reichweite, ja?«

»Genau. Mein Wahrnehmungshorizont wurde mal auf knapp einen halben Kilometer gemessen. Je näher ich jemandem bin, desto mehr empfange ich von ihm oder …«, er machte eine kurze Pause, »… ihr.«

Serena bemerkte, dass sich sein Gesichtsausdruck verändert hatte. O'Reilly sah jetzt amüsiert aus, ohne dass sie wusste, weshalb oder worüber er sich amüsierte.

»Und wie gesagt: Wenn starke Empfindungen im Spiel sind, sehe ich manchmal ziemlich klar.« Wieder legte er eine Pause ein und lächelte sie an. »Wände spielen dabei interessanterweise keine Rolle«, fügte er hinzu.

»Was?!«

»Wände haben keinen Einfluss auf mich. Meine Wahrnehmung geht da sozusagen glatt durch.«

»Aha.« Serena fand seinen Blick und seine Bemerkungen beunruhigend. Hatte sie irgendetwas verpasst? Plötzlich schoss ihr ein Gedanke durch den Kopf, der sie rot werden ließ.

Er hatte sie gelesen! Letzte Nacht! Hatte ihre Gedanken gelesen! Durch die Wand! Starke Empfindungen … Na klar … Wenn O'Reilly die Wahrheit sagte, dann wusste er nicht nur, was sie getan hatte, sondern auch, woran sie gedacht hatte, als sie es sich selbst besorgt hatte …

Sie spürte, wie eine flammende Hitze ihren gesamten Kopf eroberte und ihr Herz zu rasen anfing. Gleichzeitig kam ihr der Gedanke, dass der verdammte Kerl bestimmt auch genau wusste, was in diesem Moment in ihr vorging – wobei, dazu musste er kein Telepath sein! Verdammt!

»Ich wollte Sie damit nicht in Verlegenheit bringen«, sagte

O'Reilly. »Im Gegenteil. Ich muss sagen, ich war und bin geschmeichelt. Immerhin habe ich den guten Riccardo ausgestochen. Das ist doch schon mal was, oder?«

Serena schnappte nach Luft. Dann war es also wahr! Er hatte sie gestern »gelesen«! Sie strich ihre Haare mit zitternden Fingern zurück und spürte den Impuls, sich irgendwo einzusperren und nie wieder herauszukommen.

»Na, das freut mich aber«, stieß sie spöttisch hervor und versuchte, unbeeindruckt zu wirken.

O'Reilly lächelte wissend. Dann sagte er ernst: »Ich muss gestehen, dass ich Ihnen dankbar bin. Bei Ihren Empfindungen gelange ich wirklich tief – so tief wie bei niemand anderem. So etwas wie letzte Nacht ist mir tatsächlich noch nie passiert. Außerdem: Ihre Lust ist ... wirklich packend. Verzeihen Sie mir, dass ich das so sage, aber Sie fühlen sich unglaublich gut an!«

Serena starrte auf den Fußboden. Er wusste nicht nur, was sie getan und sich ausgemalt hatte, er hatte alles sogar auf seine Art miterlebt, hatte gespürt, was sie gespürte hatte ... ihre Erregung, ihren Orgasmus. Sie hatte es letzte Nacht ihnen beiden gemacht. Es war vollkommen verrückt – aber genau davon redete der Kerl. Serena und er hatten es miteinander getan!

»Es war bloß ein bisschen zu wenig«, sagte O'Reilly. Dann stand er auf und ging auf sie zu.

Er kam dicht heran. In ihrem Kopf fing alles an zu rasen. Eine Gänsehaut überzog ihren Rücken. Deutlich spürte sie ein wildes Prickeln in ihrem Bauch. Ihr Atem wurde schneller.

»Ich denke nicht, dass wir das tun sollten«, hauchte sie und wandte ihm den Rücken zu.

»Soweit ich das beurteilen kann, denkst du das eigentlich doch.«

»Nein«, sagte sie leise, ging aber in einen erregten Seufzer über. Das Ganze klang total albern, denn O'Reilly musste ja tatsächlich genau wissen, was in ihr vorging ... Serena versuchte, ihren Atem unter Kontrolle zu bringen. Sie spürte, wie sie zu schwitzen anfing und ihre Brüste anschwollen.

O'Reilly stand jetzt fest an ihren Rücken gepresst. An ihrem Po bemerkte sie seine harte Erektion. Sein Körper schien ihr unermesslich groß zu sein. Seine Arme umfassten ihre Hüfte. Langsam wanderten sie höher, bis zu ihren Brüsten.

Leise seufzte sie, als er sie zu massieren begann. Seine Berührungen jagten ihr durch den ganzen Körper. Seine Hände wanderten langsam nach unten, ergriffen ihr T-Shirt und zogen es ihr über den Kopf.

Serena hörte, wie er einen tiefen Atemzug nahm und genüsslich stöhnte: »Mmh, wie du riechst.« Sein Gesicht berührte ihre nackte Schulter. »Warm und weich«, flüsterte er.

Sie spürte seine Nase und seinen Atem an ihrer Haut. O'Reilly löste ihren BH und Serena ließ ihn vor sich auf den Boden fallen.

»Darf ich dich küssen?«

Serena merkte, dass sie nickte.

Er gab ihr einen langen, sanften Kuss. Seine Lippen fühlten sich kühl an. Seine große Hand glitt ein kleines Stückchen tiefer. Einer seiner Finger berührte sie zwischen den Brüsten. Dann beugte er sich hinunter und senkte seinen Kopf dazwischen. Seine Küsse waren zärtlich und so sanft, dass sie seinen Atem deutlicher spürte als seine Lippen.

O'Reilly ging vor ihr auf die Knie. Während er ihre Hose aufknöpfte, blickte er ihr ins Gesicht. In seinen Augen lag jetzt Gier. Er zog ihr die Hose und Slip herunter, presste sein Gesicht gegen ihre Pussy, rieb sich daran und sog geräuschvoll ihren Duft ein. Ein geiler Schauer warf Serenas Kopf in den Nacken. Ein lautes Stöhnen entfuhr ihr, sie hatte sich nicht mehr unter Kontrolle.

»Zeig dich mir«, sagte O'Reilly plötzlich.

»Was meinst du?«

»Ich will dich ansehen – wie letzte Nacht. Ich will, dass du dich mir zeigst.«

Jetzt verstand Serena: Der verdammte Kerl hatte wirklich kein Detail ihrer Phantasie verpasst. Ihre Hand fuhr etwas zittrig in ihren Schoß und spreizte ihre Schamlippen. Er sollte sehen, wie feucht sie war. Alles sollte er sehen, und er tat es, indem er auf ihr feuchtes Pink schaute und sie dann darauf küsste. Seine Zunge beschrieb einen Kreis um ihre Klit und massierte sie sanft.

Blut pochte in Serenas Schläfen. Sie spürte, wie O'Reilly ihre Perle mit den Lippen umschloss und vorsichtig daran saugte. Sein großer Körper wandte und schlängelte sich zwischen ihren Beinen. Dabei fuhr seine Hand an ihren Arsch und knetete ihn. Ihre Beine machten sich selbstständig. Vor Lust fingen sie an zu zucken. Er leckte sie so gut, dass sich ein taumeliges Gefühl in ihrem Kopf ausbreitete. Tränen stiegen ihr in die Augen und zerlegten das Licht in ein helles Flimmern.

Als sie die Erregung kaum noch aushielt, zog sie O'Reilly an seinen Haaren nach oben. Schwer atmend blickte sie ihn an.

Er packte sie, hob sie hoch und trug sie in ihre Kajüte. Dort war es dunkel und kühler als im Aufenthaltsraum. Vorsichtig legte er sie auf dem Bett ab. Dann zog er mit einer ruhigen Bewegung sein T-Shirt aus und entledigte sich seiner Hose. Er war einer von den großen Jungs. Als er seine Boxershorts heruntergezogen hatte, wippte ein stattliches, hart geschwollenes Glied vor seinem Sixpack hin und her.

Er ließ sich auf das Bett sinken. Seine Hände neben ihrem Kopf auf das Bett gestemmt, küsste er sie. Dann senkte er seine Hüften, sodass sein Glied sanft auf ihre Pussy drückte. Aber er machte keine Anstalten, in sie zu gleiten, obwohl er sich steinhart anfühlte. Er ließ langsam, provozierend langsam, seine Hüfte kreisen und massierte so ihre feuchte Spalte mit seinem Schaft. Hin und wieder hob er seine Hüfte ein paar Sekunden von ihr ab, dann setzte er sie wieder auf und beschrieb kleine, langsame Kreise. Er wollte sie offensichtlich wahnsinnig machen – und das gelang ihm perfekt!

Sie griff ihm grob in den Nacken und biss in seine Unterlippe. Als er vorsichtig zurückgebissen hatte, drang er in sie. Auch das tat er langsam, schrecklich langsam. Zuerst ließ er sie nur seine Eichel spüren. Dann machte er eine Pause.

Hatte er auch das aus ihrer Phantasie gelernt? Serena genoss es, bis ihr Körper es nicht mehr ertragen konnte.

»Verdammt«, stöhnte sie. »Bitte ... Jetzt!«

Endlich gönnte er ihr alles. Sie spürte, wie er tief in sie fuhr und ihre Pussy dehnte. Er füllte sie voll aus.

»Gott«, brach es aus Serena heraus.

O'Reilly begann, sie rhythmisch zu stoßen. Als dabei sein Kinn in Reichweite kam, biss sie hinein. Als ob das für ihn ein Befehl war, wechselte er den Rhythmus. Er wurde schneller und grober, fickte sie nun hart. Dabei machte er nicht das geringste Geräusch. Alles was sie hörte, war ihr eigener hektischer Atem, ihr Stöhnen, das sie nicht mehr Kontrolle hatte, und das klatschende Geräusch ihrer Unterleiber.

Sie wusste, dass sie jetzt gleich so weit war. Es baute sich auf, wuchs und war fast nicht mehr zu ertragen. Sie spürte, dass ihre Hände verkrampften. Dann explodierte es in ihr.

»Fuck!«, rief sie und spürte, wie sich ihr gesamter Unterleib zusammenzog und ihr unglaubliche Lust bescherte.

O'Reilly nahm sich zurück und ging zu sanften kreisenden Bewegungen über. Er war offensichtlich noch nicht gekommen. Er ließ sein Gesicht auf ihren Hals sinken und sog mit einem langen »Mmh« ihren Duft ein.

»Du riechst wunderbar. Und du fühlst dich wunderbar an. Ich denke, wir brauchen mehr davon.«

Er glitt aus ihr heraus, kniete sich zwischen ihre Beine und streckte ihr seine Hände entgegen. Sie ließ sich von seinen Händen hochziehen. Als sie ihm gegenüber kniete, spürte sie, wie ein kleiner Tropfen an ihren Schenkeln hinablief. Sie konnte sich nicht erinnern, jemals so feucht gewesen zu sein.

O'Reilly fasste sie an der Hüfte und drückte ein bisschen. Er wollte, dass sie sich umdrehte. Sie tat es und ließ sich zitternd auf allen vieren nieder. Eine seiner Hände packte sie fest am Arsch. So drängte er sich erneut in sie und glitt sachte vor und zurück. Währenddessen wanderte seine Hand von ihrem Arsch um ihre Schenkel herum, fand ihre geschwollene Klit und kniff sie vorsichtig.

»Fuck«, stöhnte sie wieder und biss sich auf die Lippen.

Er stieß sie tief und kraftvoll und rieb unablässig ihre Klit. Mit jedem Stoß schickte er eine neue Welle aus Lust durch ihren Körper.

Serena wollte ihn schmecken. Kurzentschlossen schob sie ihren Körper nach vorn und spürte, dass O'Reillys harter Schaft aus ihr herausfederte. Auf allen vieren fuhr sie herum. Bedeckt mit ihrem frischen Saft wirkten sein Schaft und die Eichel vollkommen blank. Eine einzige dünne blaue Ader schlängelte sich an der Seite seines Gliedes entlang.

»Sie gefallen mir, Mr O'Reilly«, sagte sie.

Er lachte leise.

Vorsichtig ertaste sie mit ihrer Zunge das Loch auf seiner Schwanzspitze. Währenddessen strich sie mit einem Finger über den kleinen Haarstreifen, der zu O'Reillys Buchnabel führte. Dann umschmiegte sie seine Eichel mit ihren Lippen. Sein Geschmack war intensiv würzig. Ganz leicht spürte sie zwischen ihren Lippen, wie seine warme Eichel pulsierte. Sie gestattete sich einen vorsichtigen Biss, unter dem er zusammenzuckte. Danach spannte sie ihre Lippen fester und ließ sie, auf seine

Eichel gepresst, vor- und zurückgleiten. Als sie davon ablassen musste, um Atem zu holen, fuhr O'Reillys große Hand in ihr Gesicht. Er zog sie hoch und drehte sie auf den Rücken. Seine rechte Hand wanderte zwischen ihre Schenkel, schob sie auseinander und sie spürte wieder seinen Schaft, der sich groß und fordernd in sie drängte. O'Reilly stieß sie hart und wild. Sie ließ ihre Fingernägel über seine Brust fahren.

Tu's jetzt – tu's!, schrie sie in Gedanken.

Und er tat es. Er packte sie fest und ein Schwall aus Wärme schoss tief in ihr Inneres. Ein lustvoller Krampf erfasste ihren Körper und nahm ihr die letzte Luft.

Als er verklang, seufzte sie erleichtert auf.

O'Reilly ließ sich auf sie sinken, küsste sie liebevoll und strich ihr eine verschwitzte Haarsträhne aus dem Gesicht. Sie spürte, wie sein Glied langsam an Kraft verlor. Im Raum war nichts zu hören, außer ihrer beider Atem.

Ein schrilles Piepen von der Brücke riss Serena aus ihrer verträumten Stimmung.

»Verdammt. Ich muss gucken, was da los ist«, stieß sie hervor.

O'Reilly glitt aus ihr heraus.

Serena stand auf und eilte zur Brücke. Ihr Körper fühlte sich heiß an und zittrig. Gerade als sie die Brücke betrat, verstummte das Piepen. Ein Blick auf die Instrumente verriet ihr, dass der Autopilot vor ein paar Minuten eine kleine Staubwolke umflogen hatte. Der Frachter war inzwischen wieder auf Kurs.

Serena ließ sich in ihren Sessel sinken. Das Leder fühlte sich kühl und angenehm auf ihrer nackten Haut an. Sie seufzte und genoss den Anblick der Sterne, die im unendlichen Dunkel vor ihr funkelten.

Mitgerissen

»Liebe Abigail,

leider kann ich heute nicht zu unserem Treffen kommen. Du wirst ahnen, wie leid mir das tut – besonders, weil ich Diego nun schon so lange nicht mehr gesehen habe. Aber das verdammte Geschäft verschlägt mich an die Westküste. Ich kann nichts dagegen tun.

Trotzdem schreibe ich diese Zeilen mit einem Schmunzeln. Das junge Ding mit den rehbraunen Augen, das in diesem Moment vor Dir steht, ist meine Assistentin Francine. Ich habe Dir bei der letzten Party von ihr erzählt: Die kleine Brünette. Spießerin. Workaholic. Klug, aber endlos naiv. Ich bin mir sicher, Du erinnerst dich. Sie denkt, ich hätte sie wegen einer Vertragsunterschrift zu Dir geschickt. Ich habe ihr erzählt, Du seist eine exzentrische Künstlerin, die bei uns ausstellen will – selbstverständlich eine geniale. In Wirklichkeit wird Francine an meiner statt für mich heute Abend bei Dir einspringen. Allerdings nur, wenn Du es möchtest.

Was ich mir davon verspreche? Nun ja, nennen wir es: ein Geschenk. Für Dich wird es – da bin ich absolut sicher – ein schönes Spiel. Du hast mir doch erzählt, wie gern Du an unsere erste Nacht denkst. Damals war ich gar nicht viel anders als Francine. Du wirst es erleben.

Ein Geschenk wird es auch für sie sein, denn die Kleine kann ein paar neue Eindrücke sehr gut gebrauchten. Und dafür bist

Du bekanntlich die Richtige. In fünf Tagen bin ich zurück in Philadelphia, dann musst Du mir alles ganz genau erzählen.

In Liebe

Chloe

PS: Bitte gibt Diego und auch Roberto ein paar Küsse von mir.«

***

Die Tür öffnete sich und Francine sah in das Gesicht einer schwarzhaarigen Dame. Es war ein strenges, schönes Gesicht mit einem tief rot geschminkten Mund, einer feinen kleinen Nase und großen dunklen Augen. Die Dame trug ein schwarzes Kostüm, das sehr eng saß. Sie war ein klein wenig größer als Francine und mochte Mitte Vierzig sein.

»Ja, bitte?«, fragte die Dame.

»Miss Brown?«

»Ja?«

»Mein Name ist Francine Michaels. Ich komme von der Galerie. Miss Chloe Carter schickt mich. Ich bringe Ihren Vertrag.«

»Meinen Vertrag?«

Im Gesicht von Miss Brown zog sich eine Augenbraue nach oben, was ihr ein noch strengeres Aussehen verlieh – und eine Spur von Verächtlichkeit, die Francine ein bisschen einschüchterte. Sie öffnete eine Mappe und reichte Miss Brown den Briefumschlag, den Chloe Carter ihr mitgegeben hatte.

Miss Brown nahm den Brief entgegen. Er war – was auf Francine sehr altertümlich wirkte – mit einem roten Siegel versehen. Miss Brown brach es auf, zog einen Zettel aus dem Umschlag und richtete ihren Blick darauf. Eine Weile wanderten ihre Augen konzentriert über das Papier. Dann änderte sich ihr Gesichtsausdruck. Die Verächtlichkeit verflüchtigte sich und Francine meinte, ein leichtes Lächeln zu sehen, das ihren Mund umspielte.

»Ach ja, der Vertrag. Natürlich«, sagte Miss Brown, als wäre ihr alles auf einmal wieder eingefallen. »Kommen Sie doch herein.«

Francine folgte Miss Browns Einladung und betrat einen hell erleuchteten Flur. An der Wand sah sie ein Gemälde. Ein Wirrwarr aus grauen und schwarzen Linien. Eine der Ecken barg einen blutroten Farbklecks. Daneben hing ein Foto. Es zeigte ihre Chefin Chloe Carter mit Miss Brown. Die beiden mussten, als das Foto aufgenommen worden war, gut zehn Jahre jünger gewesen sein. Sie schienen sich auf einem Reiterhof zu befinden. Im Hintergrund waren Gebäude zu sehen, die Francine für Ställe hielt, und Miss Brown hielt eine Reitgerte in ihren Händen.

»Ich nehme an, Sie haben den Vertrag dabei«, riss Miss Brown Francine aus ihren Gedanken.

»Aber ja«, sagte sie schnell und zog den Vertrag aus einer Mappe. Sie sah den Blick der Dame kurz über das Schriftstück huschen.

»Natürlich muss ich alles noch einmal in Ruhe prüfen. Die Zeit haben Sie wohl noch?«

»Sicher«, sagte Francine.

»Folgen Sie mir.«

Sie gingen durch den Flur in ein Wohnzimmer. Es war ein großer Raum mit großen Fenstern, hinter denen jetzt die Lichter der Stadt funkelten. Das Licht im Zimmer war schummrig und angenehm. Man fühlte sich sofort behaglich, trotz der Größe des Raumes.

Miss Brown ging mit dem Vertrag in der Hand zum Sofa und setzte sich. Francine nahm auf einem der Sessel ihr gegenüber Platz.

Als sie Miss Brown eine Weile dabei zugesehen hatte, wie sie durch den Vertrag blätterte, klingelte es an der Tür. Die Dame stand, ohne ein Wort zu sagen, auf und verschwand im

Flur. Francine blieb sitzen und ließ ihren Blick noch einmal durch den ganzen Raum gleiten. Miss Browns Appartement lag im sechzehnten Stock eines sehr exklusiven Hochhauses. Man hatte eine wunderbare Aussicht über die ganze Stadt. Der Blick reichte über die Indepence Hall hinaus. Mit ihrer Kunst war Miss Brown offenbar sehr erfolgreich. Eigentlich war es merkwürdig, dass Francine noch nie von ihr gehört hatte. Ob das Gemälde, das sie gesehen hatte, von ihr war?

Auf dem Flur waren leise Stimmen zu hören. Dann sah Francine aus den Augenwinkeln eine Bewegung in der Tür. Beim Anblick des Mannes, der jetzt neben Miss Brown ins Zimmer trat, zuckte sie kurz zusammen. Er war nur mit einer Jeans bekleidet. Sein Oberkörper war nackt und Francine starrte einen Augenblick lang auf das Muster, das seine Muskeln in die leicht gebräunte Haut seines Bauches zeichneten. Er hatte schwarzes kurzes Haar und ein ebenmäßiges Gesicht mit einem sehr kantigen Kinn. Er und Miss Brown kamen auf sie zu. Der Mann war barfuß und Francine hörte, wie seine bloßen Füße über den Parkettfußboden liefen.

Miss Brown und er setzten sich ihr gegenüber auf das Sofa.

»Das ist Diego, ein Freund von mir.«

Francine nickte dem Mann zur Begrüßung zu, ohne sich ihre Verwirrung anmerken zu lassen. Warum war er halbnackt?, fragte sie sich, schwieg aber.

Miss Brown hielt Diego den Vertrag hin, zeigte auf Francine und sagte etwas auf Spanisch – was Francine nicht verstand. Er nickte. Sein Blick streifte kurz über das Blatt Papier und richtete sich im Anschluss direkt auf Francine. Er musterte sie mit einem Lächeln, das sie noch unsicherer werden ließ.

»Sie sprechen kein Spanisch, oder?«, fragte Miss Brown.

Francine schüttelte den Kopf und zwang sich zu einem geschäftsmäßigen Lächeln.

»Gut«, sagte Miss Brown und ihr Blick heftete sich wieder auf den Vertrag.

Francines Hände krallten sich in den Sessel. Die Atmosphäre im Raum hatte sich grundlegend geändert. Der Eindruck der Behaglichkeit war fort. Stattdessen wirkte alles jetzt undurchsichtig, gefährlich und anzüglich auf sie.

War es normal, dass ein Freund zu Besuch kam und sich halb auszog, obwohl eine Fremde anwesend war? War es das, was Miss Carter mit exzentrisch gemeint hatte?

Francine merkte, dass sie vor Nervosität zu schwitzen begann. Warum starrte dieser Kerl sie eigentlich immer noch an? Was für eine Art Freund war das? Er war doch fast fünfzehn Jahre jünger als Miss Brown.

Ein erneutes Klingeln riss sie aus ihren Gedanken. Ohne einen Kommentar stand Miss Brown auf und ging in den Flur. Francine löste ihre Hände und schlug die Beine übereinander. Mit Erleichterung sah sie, dass der leicht bekleidete Mann aufgehört hatte, ihren Körper mit seinen Augen abzufahren.

Vielleicht war sie einfach nur zu altmodisch eingestellt für die Künstlerszene. Es spielte genau genommen auch keine Rolle. Gleich würde Miss Brown den Vertrag unterschreiben und sie würde gehen. Das wäre alles. Mochte Miss Brown mit ihrem Freund dann tun, was immer sie wollte.

Aus dem Flur drangen wieder Stimmen. Francine hörte Miss Brown und den Bass einer Männerstimme. Im nächsten Moment stolzierte ein braungebrannter Hüne durch die Tür. Halbnackt, nur mit einer Jeans bekleidet. Er hatte braune zu einem Seitenscheitel gekämmte volle Haare. Francine senkte den Blick und schaute starr auf den kleinen Glastisch, der vor ihr stand. Der Fremde ging, gefolgt von Miss Brown, zur Couch, grüßte kurz Diego mit einem Handschlag und setzte sich. Miss Brown nahm zwischen den beiden Männern Platz.

Francine fühlte sich wie vor den Kopf gestoßen. Was um in alles in der Welt war das hier?!

»Das ist Roberto«, sagte Miss Brown ganz selbstverständlich.

Roberto nickte Francine zu und begann zu sprechen. Spanisch. Miss Brown unterbrach ihn mit ein paar knappen Worten, woraufhin er lächelte und wieder nickte. Dieses Mal tat er es mit einem wissenden Ausdruck in den Augen. Dann stand er auf und ging zur Bar.

Er kam mit einem Tablett zurück. Francine sah, dass eine Flasche Rotwein und Gläser darauf standen. Ohne sie zu fragen, stellte er ein Glas vor sie hin und füllte es. Miss Brown beobachtete sie mit einem Schmunzeln.

Als Roberto alle mit Wein versorgt hatte, hob Miss Brown ihr Glas und prostete Francine zu. Wie automatisch ergriff diese ihr Glas und trank einen Schluck. Der Wein tat gut. Sie nahm gleich noch einen.

Miss Brown stellte ihr Glas zurück, ließ sich in die Couch sinken und spreizte ihre Beine. Francine fühlte eine heiße Röte in ihr Gesicht steigen. Ihre Hände umklammerten das Weinglas. Sie sah jetzt, dass Miss Brown unter ihrem Rock ganz entblößt war. Sie trug keinen Slip. Ihre Scham war glatt rasiert. Sie fuhr mit ihrer Hand zwischen die Beine, schob ihren Rock zurück und streichelte sich mit einer kurzen Bewegung zwischen den Schenkeln entlang. Dann hielt sie Diego ihre Hand hin. Er begann sie zärtlich zu küssen und mit seiner Zunge an ihren Fingern zu lecken. Es dauerte keine Minute, bis auch Roberto sich einmischte. Vorsichtig, fast untertänig, legte er seine Hand auf Miss Browns Blöße und begann sie zu massieren.

Francine starrte die drei ungläubig an. Etwas Unfassbares spielte sich vor ihr ab – und in ihr! Sie blieb sitzen, sprang nicht auf, lief nicht davon. Und es lag nicht an Miss Browns strengem

Blick, der noch immer auf sie gerichtet war. Das Liebesspiel zwischen der Frau und den beiden kräftigen Männern zog sie in ihren Bann. Francine spürte, wie der Anblick der drei Körper sie erregte. Ein wildes, gieriges Gefühl breitete sich in ihrem Schoß aus. Mit einem einzigen Zug leerte sie ihr Glas.

Miss Brown lächelte und wandte sich nun abwechselnd den Gesichtern der beiden Männer zu, um sich von beiden küssen zu lassen. Sie wirkte sehr zierlich und klein zwischen den zwei großen Körpern, die sie einrahmten. Trotzdem bestand kein Zweifel daran, dass sie die Situation völlig kontrollierte.

Nachdem sie beide mehrfach geküsst hatte, zeigte sie mit einer kurzen Geste zu Boden, woraufhin Roberto sich vor sie auf den Boden kniete. Er war so groß, dass er einen Augenblick lang Miss Browns Körper für Francines Blick ganz verdeckte. Schließlich beugte er sich hinab und fing an, Miss Browns Schenkel zu liebkosen. Währenddessen tauschte sie mit Diego leidenschaftliche Küsse. Francine sah die Zungen des Paares miteinander spielen. Der ganze Raum schien erfüllt von ihren Kussgeräuschen.

Plötzlich richtete Miss Brown ihren Blick wieder auf Francine. »Willst du dich nicht ausziehen?«, fragte sie.

Francines Mund zuckte nervös und ihre Hände krallten sich in das Polster des Sessels. Ausziehen? Ihrem Körper war schrecklich heiß geworden und er fühlte sich auch angestachelt an ... Doch sie konnte sich nicht bewegen. Sie versuchte, einen klaren Gedanken zu fassen, aber ihr Verstand ließ sie im Stich. Was ihr blieb, war dieses gierige Gefühl und der Drang, genau das zu tun, was Miss Brown verlangte.

»Soll Diego dir helfen?«, fragte Miss Brown.

Francine nahm wahr, dass sie ihren Kopf schüttelte. Ohne sich bewusst dazu entschlossen zu haben, stand sie auf und spürte, wie ihre Hände ihre Bluse aufzuknöpfen begannen.

Ihre Hände handelten von allein und sehr energisch. Was sie taten, fühlte sich gleichzeitig vollkommen logisch und total verrückt an. Ihre eigenen Hände ließen ihr keine Zeit zum Nachdenken, zogen ihr langsam, aber unaufhaltsam im Angesicht von Miss Brown und Diego die Kleider vom Körper. Dann stand sie nackt da. Sie spürte, wie es sie erregte, so entblößt dazustehen. Ihr Körper genoss die Blicke, die ihn prüften – besonders die, die sich unverhohlen auf ihre Brüste und ihre Scham richteten.

Ein kurzer spanischer Wortwechsel zwischen Miss Brown und den beiden Männern entstand. »Du gefällst ihnen«, sagte Miss Brown schließlich und fügte nach einer kurzen Pause hinzu: »Und mir gefällst du auch. Aber wir werden dich rasieren müssen.«

Was?! Francine senkte erschrocken ihren Blick. Sie hatte den Impuls, ihre Scham mit den Händen zu verdecken, aber etwas in ihr hielt sie davon ab. Sie sah, wie Miss Brown Roberto eine spielerische Ohrfeige verpasste und etwas zu ihm sagte. Der Hüne stand auf und verschwand im Flur. Ohne weiter Notiz von Francine zu nehmen, wandte Miss Brown sich Diego zu. Sie nahm seine Hand, führte sie an ihre Knospe und ließ sie sich von ihm reiben.

Francine stand immer noch unbeweglich da, als Roberto zurückkehrte. Er trug jetzt eine runde Metallschale voll Wasser. Außerdem hatte er sich eine kleine Box unter den Arm geklemmt. Er schob den Glastisch beiseite, kniete sich vor Francine auf den Boden, öffnete die Box und nahm Rasierschaum heraus. Das zischende Geräusch, mit dem der Schaum aus der Dose hervorquoll, ließ Francine erschaudern. Ein Kribbeln huschte über ihre Kopfhaut und ihren Nacken. Roberto glitt mit dem Rasierpinsel durch den Schaum und trug ihn langsam auf ihr Schamhaar auf. Bei seiner ersten Berührung streckten sich Francines Beine unwillkürlich durch. Sie keuchte, als sie das Rasiermesser sah, das der große Mann nun aus der Box nahm. Es war ein altmodisches Rasiermesser mit einer langen, glänzenden Klinge. Roberto tauchte es kurz in die runde Metallschale. Dann hob er es langsam hoch und näherte sich ihrem Venushügel. Tief in Francines Schoß begann es zu fließen. Als sie die Klinge ganz leicht, aber fest, auf ihrer Haut spürte, musste sie ein weiteres Mal keuchen.

Roberto straffte mit seiner anderen Hand ihre Haut. Die Klinge glitt langsam an ihr herunter. Francine hielt den Atem an, spürte dem Weg der Klinge auf ihrer Haut nach und hörte das leise Kratzen, unter dem sich ihr Schamhaar von der Haut trennte. Was Roberto mit ihr tat, war intim und gleichzeitig unfassbar ordinär. Sie sah, wie der Hüne zu ihren Füßen das Rasiermesser kurz im Wasser abwusch. Dann setzte er von neuem an und rasierte eine weitere Bahn ihrer Scham frei.

Als sie kurz aufblickte, erkannte Francine, dass Miss Brown und Diego nebeneinander auf der Couch saßen und ihre Rasur beobachteten. Miss Brown hatte ihre Hand in Diegos Schritt liegen und massierte abwechselnd seine Hoden und sein Glied, das deutlich seine Hose wölbte.

Nachdem Roberto zum vierten Mal die Klinge angesetzt und sie rasiert hatte, ließ er das Messer in die Schüssel fallen und zog ein Handtuch von seiner Schulter. Er trocknete ihre Scham und fuhr mit zwei Fingern prüfend über sein Werk.

»Das sieht gut aus«, hörte sie Miss Browns Stimme. »Komm her.«

Willenlos folgte Francine und ging zum Sofa.

Miss Brown nahm Francines Bein und zog es hoch, sodass sie einen Fuß auf das Sofa stellen musste. Sie stand nun mit gespreizten Beinen vor Miss Brown und Diego, die beide mit ihren Händen abschätzend über ihren frisch rasierten Venushügel glitten.

Miss Brown und Roberto wechselten ein paar Sätze auf Spanisch, dann beugte Diego sich vor und berührte ihre Pussy sanft mit seinen Lippen. Vor Erregung schnellte Francines Kopf zurück.

»Oh, du gefällst ihm wirklich«, sagte Miss Brown und lachte.

Diegos Berührung versiegte eben, als Miss Brown ihre Hand auf Francines Pussy legte und einen ihrer Finger langsam in sie schob.

Francine seufzte auf.

»Mmh – du bist ja schon bereit. Ganz schlüpfrig«, sagte Miss Brown und lächelte. »Roberto wird dich jetzt von hinten nehmen – aber nur ein bisschen, hörst du? Ich will nicht, dass du bei ihm kommst.«

Francine spürte, wie ein großer, nackter Körper sich an ihren Rücken drängte. Ohne darüber nachzudenken, kniete Francine sich auf das Sofa und reckte ihren Po in die Höhe. Als sie sich zwischen Miss Brown und Diego wiederfand, war sie selbst erstaunt darüber. Was zum Teufel tat sie da eigentlich?

Eine Hand packte sie grob am Po. Dann fühlte sie, wie Roberto in sie eindrang. Ihr Schoß dehnte sich, während er tief in sie glitt. Diego setzte sich genau vor sie, sodass ihr Kopf jetzt an seine nackte Brust drückte. Francine schmiegte ihr Gesicht an die warme Haut, die er ihr darbot. Dieses Gefühl und der große Schwanz, der sie nun sachte zu stoßen begann, nahmen sie vollkommen ein.

Diego packte ihren Kopf und zog in noch ein Stück höher, sodass sie ihm in die Augen blicken musste, während Roberto sie stieß. Er drückte ihr einen Kuss auf die Lippen und ließ seine Zunge in ihren Mund fahren. Gleichzeitig massierte Miss Brown Francines Brüste. Überall berührten sie jetzt Hände, Zungen und warme Haut. Sie wusste, dass sie Miss Browns

Forderung nicht würde entsprechen können, das Erlebnis war einfach zu intensiv. Francine spürte, wie ihr Pussy zu zucken begann. Ihre Brüste fingen unter der Massage an zu glühen. Ihr ganzer Körper war quälend heiß. Sie versuchte, die pochende Wärme in ihrem Schoß festzuhalten, einzudämmen, aber es ging nicht. Mit einer heftigen Bewegung schob sie Diego von sich. Die Geräusche um sie herum, ihr eigenes Stöhnen und Keuchen, hörten sich mit einem Mal dumpf an. Sie schrie auf und krümmte sich vor Ekstase, als ein Orgasmus ihren Körper packte und ihr die Luft raubte.

Als er verflogen war, zog sich Roberto aus ihr zurück.

Im selben Moment streichelte Miss Brown über ihr Haar. »Habe ich nicht gesagt, dass du warten sollst?«

Francine wusste nicht, was sie sagen sollte. Ihr Verstand war hellwach und trotzdem vollständig leer.

Aus Miss Browns Streicheleinheiten wurde ein fester Griff. Sie zwang Francine, ihr ins Gesicht zu sehen. Ihr Blick war streng, und die Verächtlichkeit, mit der sie Francine an der Tür empfangen hatte, war zurück. »Ich wollte, dass du zuerst mit mir kommst!«, zischte sie.

»Oh«, hörte Francine sich sagen.

Plötzlich entspannte sich Miss Browns Gesicht. »Na ja, es ist meine Schuld. Ich hätte wissen müssen, wie aufgeregt du bist.« Ihr Griff lockerte sich. Endlich ließ sie Francine ganz los und schob sie mit sanftem Druck von der Couch. Zitternd stellte sich Francine gerade hin. Ihre Lippen waren von den kraftvollen Küssen Diegos geschwollen und Robertos Glied hatte ein leichtes Brennen zwischen ihren Schenkeln hinterlassen.

Miss Brown befahl Diego mit einer einzigen herrischen Geste auf den Boden zwischen ihre Beine. Als sein Kopf sich in ihrem Schoß vergrub, merkte Francine, wie der Atem der Dame ein wenig aus dem Takt geriet.

Miss Brown begann, ihr Oberteil aufzuknöpfen. Noch bevor sie damit fertig war, sagte sie etwas auf Spanisch und zeigte erneut vor sich auf den Boden.

Auf Francines Schultern legten sich zwei große Hände und drückten sie sanft hinunter.

»Roberto wird dich noch einmal ficken, und zwar genau hier«, erklärte Miss Brown im Befehlston.

Francine überließ sich den großen Händen und fand sich auf den Boden kniend wieder. Auf einen Fingerzeig von Miss Brown packte Roberto sie fest am Arsch und drang in sie ein. Er stieß sie fast grob und griff ihr in die Haare, um ihren Kopf etwas in die Höhe zu ziehen.

Miss Brown beobachtete sie, während Diego ihr zu Willen war. Obwohl die Stöße von Roberto Francine hin und her wirbelten, sah sie, wie Miss Browns Mund sich öffnete und sie in ein kontinuierliches Stöhnen verfiel.

»Jetzt schnell!«, hauchte Miss Brown, griff in Diegos Haar und riss seinen Kopf mit Kraft zur Seite. Gleichzeitig packte Roberto Francine und beförderte ihren Körper zwischen die gespreizten Beine von Miss Brown. Sein Schaft rutsche aus ihr heraus.

Miss Brown griff nach Francines Haar und stöhnte: »Deine Zunge. Schnell.«

Sofort senkte Francine ihren Kopf. Sie war noch niemals einer Frau auf diese Art nahe gewesen. Direkt vor ihren Augen lagen die kleinen, leicht geöffneten Schamlippen von Miss Brown. Sie glänzten feucht. Auch ihre Schenkel schimmerten vor Nässe. Sie wusste nicht, ob es Miss Browns Flüssigkeit oder der Speichel von Diego war. Francines Zunge berührte vorsichtig die Schamlippen. Sie fühlten sich weich an. Francine glitt tiefer, ließ ihre Zunge in den kleinen Spalt gleiten, den sie ertastete. Ein strenger Geschmack erfüllte ihre Sinne. Sie musste schlucken. Aber während sie das tat, löste eine merkwürdige

Gier ihren Widerwillen auf. Ihre Zunge wollte sofort wieder hineintauchen. Francine spürte, wie der Speichel in ihrem Mund zusammenlief. Ihre Zunge schnellte vor und schob sich tief in die feuchte, weiche Haut. Während sie Miss Browns Pussy züngelte, begannen die braungebrannten Schenkel, die fast ihre Wangen berührten, zu vibrieren.

»Da oben«, hörte sie Miss Brown stöhnen und zog schnell ihre Zunge zurück, um Miss Browns Klit damit zu berühren. Sie fühlte sich wie ein kleiner, fester Knubbel an. Hier war der Geschmack anders, weniger intensiv.

Miss Brown stöhnte laut auf, schrie fast. Ihre Hände krallten sich in Francines Haare und schoben sie zurück. Ihre Kraft ließ nach, und Francine nahm wahr, wie der ganze Körper, der über ihr thronte, erschlaffte und in sich zusammensank.

Sie blickte auf. Die Strenge aus Miss Browns Gesicht verschwand. In ihren Augen war jetzt ein glücklicher, beinahe seliger Ausdruck. Eine Weile blieb Francine zwischen den beiden warmen Schenkeln hocken und ließ sich von Miss Brown über den Kopf streicheln.

»Komm«, sagte Miss Brown endlich, »wir wollen die Geduld der Herren nicht überstrapazieren.«

Sie machte eine Geste mit der Hand, woraufhin Roberto sich auf die Couch setzte und Diego seine Jeans herunterzog.

Francine wandte sich den Männern auf der Couch zu. Sie sah die zwei Glieder, die steif zwischen ihren Beinen abstanden. Auf einen Fingerzeig von Miss Brown kletterte sie über Diego und ließ ihn in ihrem Schoß versenken. Sein Glied war kleiner, als das von Roberto, aber als es in sie drang, versetzte es sie sofort in Ekstase. Es berührte irgendetwas in ihr, das genauso berührt werden wollte.

Neben ihr saß Miss Brown und ritt auf dem riesigen Körper Robertos.

Auch Francine begann auf dem Mann zwischen ihren Schenkeln auf und ab zu wippen. Sie schloss die Augen und spürte ganz dem Gefühl nach, das Diegos Schaft in ihr auslöste. Nach einer Weile verfielen Miss Brown und Roberto in ein gleichmäßiges Stöhnen.

Diego schloss Francines Hand in seine. Er führte sie an seinen Mund und seine feuchte Zunge schlängelte sich an ihren Fingern entlang. Eine kleine Hand legte sich auf ihren schweißnassen Rücken. Francine öffnete die Augen und sah in das lustverzerrte Gesicht von Miss Brown. Unter ihr bäumte sich Diego wie ein wildes Tier auf. Miss Browns Fingernägel kratzten über ihre Haut. Auch der Mann zwischen ihren Schenkeln wand sich in einem Höhepunkt. All diese Eindrücke flossen ineinander. Pochende Hitze stieg in ihren Schoß und flutete sie bis hinter die Augen.

Als das Beben in ihrem Körper vorüber war, ließ Francine sich auf Diego sinken und tauschte sanfte Küsse mit ihm, bis sie zitternd von ihm herabstieg.

»Du kannst dich anziehen«, sagte Miss Brown zu ihr.

Francine tat es. Als sie fertig war, stand Miss Brown in einem leichten Morgenmantel neben ihr und begleitete sie zur Wohnungstür.

»Ach ja«, sagte Miss Brown, als Francine gerade ins Treppenhaus treten wollte, »wegen des Vertrages ... Ich werde ihn noch einmal gründlich prüfen. Am besten, Sie kommen am Mittwoch erneut vorbei und holen ihn ab. Die Zeit haben Sie doch wohl, oder?«

»Aber ja«, hörte Francine sich sagen. »Gern.«

Die Verführerin

Als ich die Hotellobby betrat, musste ich ungläubig meinen Kopf schütteln. Ich hatte mit allerhand gerechnet, schließlich wusste ich, dass Taylor sich gern mit Luxus umgab, aber das hier war selbst für ihn ein bisschen zu dick aufgetragen. Es war ein moderner Traumpalast, in dem ich gelandet war. Alles um mich herum wirkte edel und so unheimlich teuer, dass man meinen konnte, schon das Anschauen müsste eigentlich etwas kosten.

Über der großen Lobby thronte eine Kuppel, die in ihren Dimensionen aus einem griechischen Tempel der Antike hätte stammen können. Große, dreieckförmige Lampen waren darin eingelassen. Das faszinierende Muster, das sie formten, fand sich auf dem Boden wieder. Weiße und schwarze Marmordreiecke griffen ineinander. Ein paar Pagen in dunkelgrauen Uniformen und einige Gäste – die sichtlich der High Society angehörten – gingen gemächlichen Schritts an mir vorüber. Der Tresen der Rezeption war mit Platten aus dunklem Holz verkleidet. Obwohl ich mich in diesem Ambiente schwer underdressed fühlte, setzte ich mich in Bewegung und steuerte darauf zu.

»Ja bitte, Madam?« Eine junge Frau in einem schwarzen Hosenanzug lächelte mich an.

»Sie haben eine Reservierung für Jessica Warren«, erwiderte ich prompt und wie selbstverständlich. Ohne ihr Lächeln einzustellen, ließ die Frau ihre Finger über eine Tastatur fliegen.

»Natürlich. Ihr Ehemann ist schon eingetroffen, Mrs Warren.«

Mein Ehemann? Es kostete mich einiges an Mühe, mir meine Verblüffung nicht anmerken zu lassen.

Bei unserem Job in Lissabon hatte ich Taylors Assistentin gemimt. In Madrid war ich als seine Schwester aufgetreten. Jetzt waren Taylor und ich also verheiratet und er hatte mir im Vorfeld keinen Ton davon gesagt. Na warte, Freundchen, dachte ich, das wird ein Nachspiel haben.

»Suite 965. Unser Page kümmert sich um Ihr Gepäck. Ich wünsche Ihnen einen angenehmen Aufenthalt, Mrs Warren.«

Wie aus dem Nichts tauchte ein junger Mann in schicker Uniform neben mir auf und nahm mir mit einem höflichen Lächeln meinen Trolley aus der Hand.

Fünf Minuten und eine Fahrstuhlfahrt später stand ich vor einer weißlackierten Tür mit Kartenschloss. Genau auf meiner Augenhöhe war die goldene Zahl 965 angebracht.

»Danke«, sagte ich zum Pagen und reichte ihm ein Trinkgeld. »Ab hier finde ich mich allein zurecht.«

»Madam«, sagte er und deutete eine Verbeugung an. Dann war ich allein. Ich schloss die Tür auf und ging hinein.

Das Erste, was ich sah, war Taylor. Er lag mit nacktem Oberkörper auf einem gigantischen Himmelbild und schaute in eine Zeitung. Die Vorhänge waren vorgezogen, sodass nur ein wenig diffuses Licht in den Raum fiel. Trotzdem bestand kein Zweifel, dass unsere Suite ganz dem luxuriösen Stil entsprach, den ich in der Hotellobby gesehen hatte.

Taylor warf mir ein Lächeln zu und drehte sich auf die Seite. Ich ließ meinen Blick über ihn schweifen. Er sah noch genauso aufregend aus wie in Lissabon, wo wir uns das letzte Mal gesehen hatten. Das Einzige, was sich seit damals geändert hatte, war seine Frisur. Taylor trug seine dunklen Haare jetzt sehr kurz, was ihm ausgesprochen gut stand. Sein Körper war so, wie er sich in meiner Erinnerung festgesetzt hatte. Ich spürte gleich, wie seine nackte, feste Brust und sein makelloser, straffer Bauch mich erregten. In den letzten Monaten hatte ich einige Male an diesen Körper denken müssen.

Ich erwiderte sein Lächeln, ging zu einem Stuhl, der wenige Meter neben dem Bett stand, und setzte mich.

»Herzlichen Glückwunsch«, sagte ich spöttisch.

»Wofür?«, fragte Taylor.

»Wie man hört, hast du geheiratet.«

»Oh, ach ja«, sagte er und lachte kurz auf.

»Und mich muss ich wohl auch beglückwünschen ...«

Taylor nickte lachend.

»Wie war denn unsere Hochzeit?«

»Sie war phantastisch, ein Traum. Es hat dir unglaublich gut gefallen. Und wie klasse du ausgesehen hast, in deinem Kleid! Ich werde das niemals vergessen.«

»Freut mich, zu hören. «Jetzt musste auch ich lachen. »Und die Flitterwochen?«

»Die waren genauso wunderbar«, erwiderte Taylor mit gespielter Begeisterung. »Wir waren in Rom, Paris, New York ...«

»Wir haben eine Weltreise gemacht?«

»Aber ja.«

»Waren wir auch auf Hawaii?«

»Selbstverständlich waren wir dort. Du hast Wellenreiten gelernt.«

»Das gefällt mir.«

Taylor platzierte sich auf der Bettkante. Seine nackten Füße setzen knapp neben meinen schwarzen Pumps auf. Eine Spur seines frischen Aftershaves erreichte mich.

»Und die Hochzeitsnacht?«, wollte ich wissen.

»Die …«, hob Taylor gedehnt an und sein Gesicht verzog sich dabei zu einem schelmischen Grinsen, »… die war … ehrlich gesagt, nicht so toll.«

»Was?!« Meine Empörung war nicht nur gespielt. Spontan suchte ich nach einem Kissen, um es Taylor an den Kopf zu werfen. Bevor ich etwas finden konnte, hatte er mich aber schon samt dem Stuhl gepackt und mich aufs Bett gezogen. Ich boxte spielerisch nach ihm. Das hielt ihn nicht davon ab, mich zu packen und an sich zu ziehen. Er ließ sich rücklings auf das Bett fallen und zog mich übermütig mit.

Mein Körper sprang sofort auf diesen Übermut an. Ein elektrisches Prickeln sauste von meinem Nacken quer durch meinen ganzen Körper, bis in meinen Magen. Wir ließen unsere Zungen miteinander spielen, während ich nach seinem Schwanz tastete. Er spannte schon deutlich Taylors Hose. Der Körper unter mir war also genauso geil wie ich. Es pochte zwischen meinen Schenkeln. Wir rasten so ungehemmt und leidenschaftlich ineinander, dass ich unseren Kuss kurz unterbrechen musste, um Luft zu holen.

Meine Finger zogen seinen Reißverschluss auf und bahnten sich ihren Weg zu seinem heißen, glatten Schaft. Ihn zu reiben und hartzukneten, ließ meine Erregung anschwellen. Ich konnte es kaum abwarten, ihn nach all den Monaten seit Lissabon wieder in mir zu spüren. Für einen Augenblick unterbrach ich meine Massage und strich mit einem Finger über Taylors geschwollene Eichel. Sie fühlte sich glatt an und – zu meiner Genugtuung – bereits etwas feucht.

Plötzlich griff Taylor fest an meinen Hals. Der Druck, den er ausübte, gab mir zu verstehen, dass ich mich umwenden sollte. Noch während ich das tat, wanderte eine Hand von ihm an meine Füße und zog meine Pumps aus. Ich hörte, wie sie neben dem Bett aufschlugen. Sein nächstes Ziel war mein

Slip. Seine Hände schoben sich schnell und fest unter meinen Rock und rissen ihn mit Wucht herunter.

Endlich ruhte mein Kopf über seinem steifen Glied. Doch bevor ich es anfassen konnte, zog Taylor mein Becken zu seinem Gesicht. Sein warmer Atem brandete gegen meine feuchte Scham. Ich stöhnte laut auf. Als ich wieder Luft holen konnte, ließ ich mich sinken. Meine Lippen umschmiegten seine pralle Eichel. Ich sog seinen männlichen Geruch und seinen Geschmack ein, während seine Zunge kundig durch meine feuchte Spalte fuhr. Gierig nach seiner Liebkosung, wölbte ich ihm mein Becken entgegen. Ich spürte, wie die Feuchtigkeit in meiner Pussy zusammenströmte und anfing, aus mir hinauszulaufen. Meine Augen schlossen sich und ich gab mich ganz der Erregung hin, die Taylor und meine Position in mir auslösten.

Dann spürte ich einen festen Griff an meinen Pobacken. Fordernd schob Taylor meinen Körper vor sich her, bis meine Spalte über seinen harten Schwanz gewandert war. Ich wollte aber sein Gesicht dabei sehen. Auf allen vieren fuhr ich herum und kletterte über seinen Körper. Sofort war Taylors kräftiger Griff wieder an meinen Hüften. Seine Hände hielten mich, während ich seinen Schwanz in mir versenkte.

Mein Atem ging wild. Vor Geilheit warf ich meinen Kopf in den Nacken, als Taylor in mich stieß. Meine Haare flogen mir ins Gesicht. Ich ließ ihn mich ganz ausfüllen, wartete noch eine Weile und genoss den Druck in mir, bis ich anfing, seinen Körper zu reiten.

Taylor richtete sich etwas auf und griff in den Kragen meiner Bluse. Sie war zwar eins meiner Lieblingsstücke, aber es ärgerte mich nicht, als er sie mit einer einzigen kraftvollen Bewegung aufriss, sodass die Knöpfe zur Seite sprangen. Ohne abzuwarten, arbeiteten seine Hände weiter daran, mich von sämtlicher Kleidung zu befreien. Ihr nächstes Opfer war mein BH. Kaum hatte er ihn mir runtergerissen, begann er, meine Brüste zu massieren und die kleinen, harten Warzen zu pressen und zu zwirbeln. Ich lachte und stöhnte gleichzeitig. Dieses Wiedersehen setzte meiner Garderobe gehörig zu, aber es war noch geiler, als ich es mir ausgemalt hatte. Taylor war wie ein ausgehungertes Raubtier – und ich war es auch.

Unvorbereitet raste ein Orgasmus durch meinen Körper. Ich hatte kaum wahrgenommen, wie er sich aufgebaut hatte. Er war plötzlich und heftig da, und ließ mich aufschreien. Ich kniff die Augen zu. Warme Lustkrämpfe schüttelten meinen Körper. Noch bevor dieses Gefühl der Ekstase vorüber war, warf mich Taylor auf den Rücken. Sein muskulöser Körper schob sich über mich und glitt an mir herab.

»Bitte«, flehte ich atemlos, »einen Moment noch.«

Aber da war Taylors Kopf schon zwischen meine Beine gewandert und seine Zungen schlängelte über meiner pochenden, überempfindliche Klit. Er leckte mich wild und fest, saugte an mir. Das Gefühl des Höhepunkts ließ nicht nach, wurde unerträglich. Es überrollte mich. Ich bekam kaum noch Luft.

Erst als Taylor wieder an mir heraufglitt, hatte ich ein paar Sekunden, um durchzuatmen.

Sein Körper schob sich energisch über meinen. Obwohl mir eine kleine Pause gutgetan hätte, packten meine Hände sofort seinen Schaft und führten ihn in meine Möse. Taylor nahm mich mit langen harten Stößen, zwischen denen er meine Nippel küsste und manchmal vorsichtig hineinbiss. Ich hörte, wie sein Becken kraftvoll auf meines klatschte. Der Schweiß lief mir aus den Poren.

Allmählich rollte ein zweiter Orgasmus in mir heran. Ich ließ ihn anschwellen und mit voller Wucht durchschlagen. Ich schrie auf und drückte Taylor einen festen Kuss auf die Lippen.

Kurz nach mir kam auch er. Nach drei schnellen, kräftigen Stößen zog er seinen Schwanz aus mir und ich spürte, wie sein warmes Sperma auf meinen Bauch spritzte.

Erleichtert stöhnte er auf und griff nach den Taschentüchern auf dem Nachtisch. Er wischte seinen Samen von mir und stand auf. Ich blieb erschöpft auf dem Bett liegen, während Taylor im Bad verschwand.

Als er nach ein paar Minuten zurückkam, hatte er ein dunkles Hemd übergeworfen.

»So«, sagte ich, »erfahre ich jetzt etwas über den Plan?«

Taylor griff nach einer Aktentasche, die auf dem Boden neben dem Bett stand. Im nächsten Augenblick segelte ein Blatt durch die Luft und landete auf meiner Brust. Es war ein Foto. Es zeigte einen Mann mit blonden Haaren. Er war im Gehen fotografiert worden. Auf dem Bild trug er einen schwarzen Anzug und eine Sonnenbrille. Der Wind fuhr von vorn durch seine Frisur. Hinter ihm war ein Gebäude zu sehen, das wie ein prächtiges, europäisches Landhaus wirkte.

»Das ist Sean Ryan«, sagte Taylor.

»So, so«, entgegnete ich. »Er ist sexy.« Ich betrachtete das Foto, während Taylor weiterredete.

»Mr Ryans Großvater und Vater waren zu ihren Lebzeiten zwei Schwergewichte im Zeitungs-Business. Zu dem nicht unerheblichen Vermögen, das er vor einigen Jahren geerbt hat, gehört eine Gemäldesammlung. Interessant daran ist vor allem das hier.«

Wieder segelte ein Foto durch die Luft und landetet auf meinen Brüsten. Es zeigte ein Ölgemälde. Dem unruhigen Stil nach zu urteilen, stammte es aus der Epoche des Impressionismus. Zu sehen war eine schlanke Dame in einem wallenden weißen Kleid. Sie stand vor einem Spiegel.

»Das ist ein echter van der Laan. Es heißt ›Dame vor dem Spiegel‹.«

»Van der Laan?« Ich pfiff beeindruckt durch die Zähne. »Kein schlechtes Ziel, aber auch ziemlich heiß. Das wird uns kaum ein Hehler abnehmen.«

»Wir brauchen keinen Hehler.«

»Ach nein?«

»Nein, ich habe schon einen Käufer.«

»Und wer ist das?«

»Ein Russe. Braucht dich nicht zu interessieren.«

»Eine gefährliche Angelegenheit bleibt es trotzdem«, entgegnete ich.

»Nicht unbedingt. Wir werden genug Zeit haben, um unsere Spuren zu verwischen. So schnell wird Mr Ryan das gute Stück nämlich nicht vermissen.«

Als ich zu Taylor sah, hatte er eine dunkle Papprolle aus seiner Tasche gezogen. Er öffnete sie und zog etwas heraus, das wie ein zusammengerolltes Tuch aussah. Taylor spannte es mit beiden Händen auf. Es war van der Laans »Dame vor dem Spiegel«.

»Du hast schon eine Kopie?«

»Ja. Sie taugt zugegebenermaßen nicht allzu viel, aber bis ein Fachmann sich das Bild ansieht, sind wir längst über alle Berge.«

»Verstehe«, sagte ich. Ich fokussierte die Kopie des bekannten niederländischen Meisters und dachte darüber nach, welche Rolle Taylor bei diesem Coup wohl für mich vorgesehen hatte. Wie es aussah, sollte ich ja seine Ehefrau spielen.

»Verrätst du mir auch, wie wir die beiden Gemälde vertauschen?«

»Das wird interessant.« Taylor rollte die Fälschung zusammen und steckte sie zurück in die Papprolle. Dann setzte er sich auf den Stuhl neben dem Bett und zündete sich eine Zigarette an. »Das Original hängt irgendwo im Haus von Mr Ryan. Bis jetzt weiß ich weder, wo genau sich das Gemälde befindet noch, wie es mit der Sicherheit in dem Kasten steht. Irgendjemand muss da rein und sich umsehen. Und dieser jemand wirst du sein. Du hast bereits einen Fuß in der Tür.«

»Ach ja?«

»Natürlich.« Taylor blies eine große Rauchwolke aus. »Vor ein paar Tagen hat Mr Ryan einen Anruf einer Architekturzeitschrift erhalten. Er wurde gefragt, ob sich vielleicht eine Reporterin in seinem Haus ein wenig umsehen und paar Fotos machen könnte. Er war einverstanden.«

»Lass mich raten: Diese Reporterin bin ich.«

»Genau. Du kriegst eine Kamera und fotografierst das, was du vor die Linse bekommst – die Alarmanlage, Schlösser, Kameras, Bewegungsmelder, alles. Dann sehen wir weiter.«

»Verstehe«, erwiderte ich nachdenklich. »Aber eine Sache musst du mir noch erklären.«

»Und zwar?«

»Warum müssen wir bei all dem so tun, als wären wir verheiratet?«

Taylor lachte auf. »Das müssen wir nicht. Das war nur ein Spaß. Ich wette, du hast an der Rezeption nicht schlecht geguckt, was?« Er lachte noch einmal laut auf und wehrte geschickt den Schlag ab, den ich ihm mit einem Kissen versetzte. »Aber jetzt lass uns runter ins Restaurant gehen. Ich erkläre Ihnen die Einzelheiten beim Dinner, Mrs Warren.«

Ich schüttelte amüsiert den Kopf und stand auf.

***

Ich bremste schärfer, als ich es vorgehabt hatte. Mein Oberkörper sauste abrupt nach vorn und ich hörte den Kies unter den Reifen wegspritzen. Der Porsche-Cabriolet, den Taylor gemietet hatte, besaß seine Tücken. Er reagierte sensibler, als ich es von Autos gewohnt war.

Als ich mich vom Schreck erholt hatte, drehte ich den Zündschlüssel und fühlte mit Erleichterung, wie die vierhundert PS unter mir endlich Ruhe gaben. Zum Glück schien niemand meinen unsouveränen Auftritt bemerkt zu haben.

Ich parkte in einer der feinsten Wohngegenden der Stadt, auf der Einfahrt von Sean Ryan. Das Gebäude, das sich vor mir auftürmte, kannte ich, zumindest teilweise, von dem Foto, das Taylor mir bei unserem Treffen gezeigt hatte. In natura wirkte es allerdings gleich um ein Vielfaches imposanter. Es hätte sich wirklich um den Landsitz eines barocken Königs handeln können. Die Fassade war strahlend weiß und leuchtete in der Sonne. Um die großen Fenster herum waren Zierelemente zu erkennen. Für mich sah es aus, als ob sie Schlingpflanzen darstellten, die mit ihren Blättern und Zweigen die Fenster umrankten.

Meine Eintrittskarte zu alldem lag neben mir auf dem Beifahrersitz, in Form eines kleinen Fotoapparats, eines schwarzen Notizbuches und einer Handvoll Visitenkarten, die mich als Reporterin einer Architekturzeitschrift ausgaben.

Die große Haustür schwang auf und ein Mann in Jeans und einem locker sitzenden weißen Hemd kam die Stufen zu meinem Wagen herunter. Ich erkannte Sean Ryan und winkte ihm zur Begrüßung zu. Er lief über den Kies in der Einfahrt und öffnete mir die Tür.

Hoppla, ein echter Gentleman, dachte ich, und stieg aus. Wir wechselten ein paar Worte zur Begrüßung. Ich stellte mich als Ms Clara Caldwell vor und lobte die prachtvolle Architektur des Hauses. Zur Vorbereitung hatte ich mir ein paar Fachbegriffe und Floskeln angelesen.

Endlich sagte Mr Ryan mit seiner tiefen Stimme: »Wollen wir dann hineingehen?«

Ich nickte und ging nach ihm die Stufen zur Tür hinauf.

Irgendwo da drin wartete eine halbe Million Dollar auf mich. Ich musste mich nur behutsam zu ihr vortasten.

Wir betraten eine große Halle. Das Haus hielt im Inneren, was es von außen versprach. Alles wirkte sehr royal.

»Die Räume sind herrlich. Und erst das Licht! Sie haben doch nichts dagegen, wenn ich ein paar Fotos mache?«

»Nur zu«, sagte Mr Ryan.

Immer darauf bedacht, wie eine echte Architekturkennerin zu wirken, knipste ich los. Zwischendurch schob ich ein paar Fragen ein, die ich mir zurechtgelegt hatte: »Ist das eine tragende Wand?«, »Haben Sie überall diesen wunderbaren Stuck?«, »Wissen Sie, wie dieser Raum ursprünglich genutzt wurde?«.

Wenn Mr Ryan nicht hinsah, suchten meine Augen die Decken und die Wände, auf der Suche nach Bewegungsmeldern, Kameras und allem, was Taylor und mir gefährlich werden konnte, ab.

Wir arbeiteten uns durch das Erdgeschoss, von einem Raum zu nächsten. Ich knipste, was ich konnte. Zum meinem Glück bot mir Mr Ryan einen Kaffee an und ließ mich eine Weile allein, während er ihn zubereitete. In dieser Zeit registrierte ich einiges von Bedeutung. Zwar sah ich nirgendwo van der Laans Meisterwerk – das wäre wahrscheinlich auch zu schön gewesen –, aber an der Wand neben der Eingangstür entdeckte ich das Bedienfeld einer Alarmanlage. Ich knipste es und notierte mir zur Sicherheit auch noch den Markennamen, der auf der kleinen Tastatur zu lesen war.

Anschließend führte Mr Ryan mich in den ersten Stock des Hauses. Einer der ersten Räume war fast leer. Bis auf einen hölzernen Tisch und eine Staffelei gab es keine Möbel. Es handelte sich allem Anschein nach um ein Atelier.

»Malen Sie etwa?«, fragte ich, nachdem ich ein paar Fotos geschossen hatte.

»Ja, aber ich bin nur ein Amateur. Oder besser gesagt: ein Dilettant.«

Ich ging in den Raum und besah mir den Tisch. Darauf lagen einige Äpfel und – was mich meine Augenbrauen hochziehen ließ – ein Paar Handschellen.

»Ein Stillleben«, erklärte Mr Ryan.

»Ein Stillleben mit Handschellen?«

»Ja, warum nicht? Das Motiv kam mir interessant vor. Aber wollen wir lieber weitergehen? Meine Malerei ist im Augenblick nicht mein Lieblingsthema. Ich hadere ein bisschen damit.«

Ich nickte und ließ mich von Mr Ryan weiter durch sein Haus führen. Endlich kamen wir zu einer massiven Tür.

»Dort drinnen gib es richtige Kunst. Da haben wir die Gemäldesammlung, die mein Großvater und mein Vater zusammengetragen haben.«

All meine Sinne wurden hellwach. Da war sie also: meine halbe Million. Und nur diese Tür trennte mich von ihr.

»Ach ja«, murmelte Mr Ryan plötzlich, »bevor wir da reingehen, muss ich unten die Alarmanlage ausschalten. Entschuldigen Sie mich kurz.« Er drehte sich um und ging den Flur hinunter. Ich spürte, wie das Jagdfieber in mir aufstieg. Offenbar war der Raum extra gesichert. Ich musste unbedingt herausfinden, wie genau das gesteuert wurde. Vorsichtig schlich ich ihm nach.

Mr Ryan lief die Treppen hinunter zur Eingangstür und machte sich an dem Tastenfeld zu schaffen, das ich fotografiert hatte. Leider war ich nicht annährend nahe genug, um zu erkennen, welche Ziffernfolge er eingab.

Um mich nicht zu verraten, schlich ich zurück und stellte mich wieder vor die schwere Tür. Es dauerte keine Minute, bis Mr Ryan zurück war.

»So«, sagte er, »das hätten wir.«

Er drückte die Tür auf und mein Blick fiel in einen langgestreckten Raum. Überall an den Wänden hingen Gemälde. Es war, als würde man in einen Ausstellungssaal eines Kunstmuseums schauen.

»Wow«, sagte ich und schritt die Gemäldereihen ab. Fast am Ende des Saals hing der van der Laan »Dame vor dem Spiegel«. Ich stand genau vor ihr.

Während ich so tat, als ob ich die Gemälde bestaunen und auf Fotos bannen würde, suchten meine Augen die Wände und die Decke nach Zeichen von Sicherheitstechnik ab. Mir gelang es, unbemerkt beinahe jeden Quadratzentimeter zu fotografieren. Dementsprechend gut gelaunt war ich, als Mr Ryan vorschlug, die Führung durch das Haus fortzusetzen. Am liebsten hätte ich vor Vergnügen vor mich hingesummt. Natürlich ging das nicht; ich mimte schließlich eine ernstzunehmende Reporterin.

***

Taylor lehnte sich an die Wand und steckte sich eine neue Zigarette an. Ich hatte mich auf die Fensterbank gesetzt. Es war gegen siebzehn Uhr. Draußen auf der großen Straße vor dem Hotel schob sich träge der Berufsverkehr entlang. Wir unterhielten uns über das große Bett hinweg.

»Also«, hob er gedehnt an, wie es seine Art war, »unser Glück ist, dass Mr Ryan keine Angestellten im Haus hat. Aber auf der anderen Seite haben wir das Pech, dass diese Alarmanlage ein echter Brocken ist. Ohne den richtigen Code werden wir es nicht schaffen.«

»Und wie kommen wir da ran?«, fragte ich. Dabei hatte ich allerdings schon eine Ahnung.

»Soweit ich weiß, führt der kürzeste Weg zu den Geheimnissen eines Mannes durch sein Bett.«

Ich schnaufte, obwohl diese Wendung genau das war, was ich von einem Plan, den Taylor austüftelte, erwartet hatte.

Taylor arbeitete bei seinen Coups gern mit Lockvögeln. Er arbeitete gern mit *mir* als Lockvogel.

»Deshalb wird es das Beste sein, wir sorgen dafür, dass aus eurer Bekanntschaft ganz unerwartet eine leidenschaftliche Romanze wird.«

Ich wandte meinen Kopf ab und sah einen Augenblick aus dem Fenster. »Und wenn ich nicht an ihn rankomme?«, fragte ich leise.

»Du kommst an jeden ran, Jennifer.«

»Du überschätz mich.«

»Unsinn.« Taylor winkte ab. »Dieser Kerl ist weder schwul noch verheiratet. Den wickelst du um den kleinen Finger.« Er ging um das Bett herum und stellte sich neben mich. Eine Hand legte sich auf mein Bein und streichelte mich. Gänsehaut wanderte meinen Rücken hinauf.

»Erinnerst du dich noch, wie du den Juwelier in Madrid rumgekriegt hast?«

Ich nickte.

»Und dieser Galerist in Lissabon? Der Kerl war jeden Sonntag in der Kirche. Er hatte Frau und zwei Kinder.«

Meine Entgegnung war ein weiteres Nicken, kombiniert mit einem Schulterzucken. Ich war weder stolz noch hatte ich ein schlechtes Gewissen wegen dem, was ich getan hatte. Die Geschichten, von denen Taylor sprach, waren für mich allesamt geschäftlich gewesen. Es gehörte zu meinem Job – dem lukrativsten Job, den ich jemals gemacht hatte.

»Es wird genauso laufen. Einfach, schnell, ohne Probleme. Gegen dich gibt es keine Medizin, meine kleine Venus. Du bist die geborene Verführerin. Vermutlich hat er seit eurem ersten Treffen schon feuchte Träume von dir.« Taylor lachte und nahm seine Hand von mir.

»Ich brauche noch eine Story, wie und warum ich ihn eigentlich wiedertreffe.«

»Das ist keine große Sache. Da habe ich schon was«, gab Taylor zurück und nahm einen Zug von seiner Zigarette.

***

Inzwischen hatte ich mich an den Porsche-Cabriolet gewöhnt. Ich hielt auf der kiesbedeckten Zufahrt, genauso wie ich mir das vorgestellt hatte, und stellte den Motor ab. Wie bei meinem ersten Besuch eilte Sean Ryan die Treppe hinunter und hielt mir die Tür auf.

»So, da bin ich wieder«, sagte ich und setzte ein Lächeln auf.

Dieses Mal trug Mr Ryan ein dunkelbraunes Cord-Sakko über einem schwarzen Hemd, dazu eine einfache Jeans. Er hätte als Kunstlehrer an einem College durchgehen können, zumindest als ein sehr sportlicher Kunstlehrer.

»Ich freue mich«, gab er charmant zurück.

Ich lachte verlegen. »Na ja, ich hoffe das Ganze macht Ihnen nicht zu viele Umstände.«

»Es macht überhaupt keine Umstände«, beteuerte er.

»Es war auch wirklich zu dumm. Da hatte ich all diese Fotos gemacht und dann geht die verfluchte Speicherkarte von meiner Kamera kaputt.«

»Es ist kein Problem.«

»Danke.«

»Wollen wir?«

Ich folgte ihm die Treppe hinauf. Als wir das Haus betreten hatten, zückte ich erneut meine kleine Kamera und knipste drauflos. Ich hatte keinen konkreten Plan, wie ich Mr Ryan verführen würde. Meiner Erfahrung nach nutzten zu genaue Pläne in dieser Angelegenheit ohnehin nichts. Die Kunst bestand darin, den richtigen Moment abzupassen und spontan auf die jeweilige Situation zu reagieren. Und bis jetzt hatte mich meine Intuition noch nie im Stich gelassen.

Mr Ryan führte mich wie zuvor durch das Erdgeschoss. Anschließend ging es in den ersten Stock. Endlich betraten wir sein Atelier. Die Staffelei stand noch genau dort, wo ich sie das letzte Mal gesehen hatte. Auf dem Tisch davor – auch daran hatte sich nichts verändert – lagen einige Äpfel und das Paar Handschellen.

»Wie geht es mit Ihrem Stillleben voran?«, fragte ich.

»Nun«, gab Mr Ryan zurück, »angesichts der Tatsache, dass ich ein Dilettant bin, eigentlich ganz gut.«

»Sie sind zu bescheiden.«

»Ich wünschte, es wäre so.«

Wir lachten und plötzlich kam mir eine Idee, ein Plan, wie ich es hier und jetzt entscheiden konnte. Ich zwinkerte ihm zu und ging langsam zu dem Tisch, auf dem er sein Stillleben aufgebaut hatte. Neben den Handschellen lag ein kleiner Schlüssel.

»Ist das der Schlüssel für die Handschellen?«

Er nickte.

Ich legte meine Kamera beiseite und griff langsam nach den Handschellen. Ich konnte sehen, wie Mr Ryans Augen vor Erstaunen erst klein, dann immer größer wurden. Es machte »Klack«. Mein rechtes Handgelenkt war gefesselt. Dann, langsam und ohne dass ich aufhörte, ihn dabei anzusehen, legte ich meine Arme auf den Rücken. »Klack«. Jetzt waren meine Hände hinter dem Rücken fixiert. Ich setzte mich auf den Tisch, spreizte meine Beine, bis ich mir sicher war, dass er meinen Slip sehen konnte. Wenn das kein Männertraum war!

Aber Mr Ryan zögerte. Er sah mich irritiert an.

War ich etwa zu forsch rangegangen? Hatte ich mich verschätzt, ihn eingeschüchtert? Vielleicht mochte er keine Frauen, die voranstürmten.

»Jetzt sagen Sie nicht, dass Sie noch nie eine Frau in Handschellen gesehen haben?«

Mr Ryans irritierter Gesichtsausdruck verwandelte sich in ein süßes, jungenhaftes Lächeln.

»Komm her«, flüsterte ich. Mit einiger Erleichterung und Genugtuung sah ich, wie er sich in Bewegung setzte. Noch besser tat mir allerdings, als ich sah, welchen Ausdruck seine Augen angenommen hatten. Ich konnte sehen, wie er mich wollte. In seinem Blick loderte die Lust. Ich lag also doch richtig bei diesem Mann. Ich hatte Sean Ryan geknackt. Und es war leicht gewesen. Taylor sollte recht behalten: Ich hatte diesen Kerl um den kleinen Finger gewickelt.

Langsam, aber kraftvoll, ergriff er mein Kinn und küsste mich. Er hatte schmale, kühle Männerlippen. Es machte Spaß, sie zu küssen – mehr als das, denn ich spürte, wie seine Liebkosungen meinen Körper aufheizten und mich zwischen den Beinen anschwellen ließen.

Ohne seine Lippen von mir zu nehmen, knöpfte er meine Bluse auf und zog meinen BH herunter. Ein kühler Luftzug strich über meine Brüste. Seine Lippen senkten sich auf mein Dekolleté und wanderten, mich unentwegt küssend, auf meine kleinen geschwollenen Warzen. Vor Erregung presste ich meine Hände bis zur Schmerzgrenze gegen das Metall der Handschellen.

Damit, dass mich dieser Job so scharf machen würde, hatte ich nicht gerechnet. Bei meinem ersten Besuch war ich ganz auf meine Aufgabe konzentriert gewesen und hatte Sean nur peripher wahrgenommen. Und jetzt war es binnen weniger Momente so intensiv. Aber ich ließ es mir gern gefallen. Warum nicht das Nützliche mit dem Angenehmen verbinden?

Ich spürte, wie sich mein Atem in Stößen aus meinem Körper presste.

»Ich will dich in mir haben, Sean«, flüsterte ich, »sofort.«

Das war nicht gelogen, denn tatsächlich hatten die Tatsache, dass ich gefesselt war, und Seans Berührungen meinen Körper so heiß gemacht, dass er dringend mehr wollte.

Sein Gesicht tauchte wieder vor meinem auf. Ich gab ihm meine Zunge, während seine Hände an mir herabfuhren und meinen Rock hochschoben.

»Willst du nicht ins Bett?«, fragte er leise.

»Nein«, antwortete ich kurz. »Fick mich hier.«

Seine Hände legten meine Spalte frei. Anstatt sogleich in mich zu dringen, wie ich es erwartet hatte, ließ Sean sich Zeit. Ich sah, wie er meinen Slip an seiner Nase vorbeiführte und meinen Geruch einsog. Erst dann ließ er ihn fallen und begann sich auszuziehen.

Er bewegte sich aufreizend langsam, fast wie ein Stripper. Sein Sakko und sein Hemd fielen zu Boden. Er hatte einen aufregenden Körper, so schlank und austrainiert, dass jeder einzelne Muskelstrang unter der Haut zu erkennen war. Im Licht, das in das Zimmer fiel, glänzten sein straffer Waschbrettbauch und seine starke, glatte Brust.

Es fing an, mich wahnsinnig zu machen, dass dieser Mann mich so auf die Folter spannte. Das war ich nicht gewohnt. Vielleicht hatte ich mit den Handschellen doch einen Fehler gemacht. Wären meine Hände nicht gefesselt gewesen, hätte ich mich auf ihn geworfen und ihm seine restliche Kleidung vom Leib gerissen. So musste ich ohnmächtig dasitzen, und spüren, wie meine Muschi vor Verlangen pochte, während er in aller Ruhe seine Hose auszog. Ich war so feucht, dass einige Tropfen von meinem Saft auf den Tisch rannen.

Dann – nach einer gefühlten Ewigkeit – stand er nackt vor mir. Ein stattlicher, breiter Penis ragte fest von ihm ab. Ich wollte ihn augenblicklich in mir haben und empfinden, wie er mich ausfüllte und stieß.

»Jetzt komm endlich«, forderte ich. »Du hast mich lange genug warten lassen.«

Sean trat an mich heran. Hektisch spreizte ich meine Beine ein Stück weiter auseinander. In Erwartung, seinen ersten Stoß zu empfangen, pressten sich meine Hände ein weiteres Mal fest gegen die Handschellen. Doch wieder tat Sean nicht das, was ich gefordert hatte. Nur eine seiner Hände fuhr zwischen meine Beine. Sean begann, meine geschwollene Klit zu massieren. Ich wollte protestieren und noch einmal fordern, dass er mich richtig fickte, aber seine Berührung rang mir ein unruhiges Stöhnen ab. Nach kurzer Zeit ließ Sean einen Finger ihn mich gleiten und stieß mich. Erst vorsichtig, dann immer fester, penetrierte mich, bis seine Hand rhythmisch gegen meine feuchte Scham klatschte. Seine schnellen Stöße pressten Saft aus meiner Pussy.

Plötzlich zog er seinen Finger aus mir heraus und ging in die Knie. Seine Hände griffen sich mein Becken und zogen mich bis an Tischkante, sodass er sein Gesicht in meiner Scham versenken konnte. Seine Zunge schoss in meine Spalte. Ich war dieser Behandlung vollkommen ausgeliefert und das nicht nur, weil meine Hände gefesselt waren. Seans Berührungen hatten mir die Kontrolle über meinen Körper genommen. Seine Liebkosungen überfluteten mich. Ich konnte nichts anderes tun, als mich hineinfallen zu lassen. Mein Plan, ihm den Sicherheitscode zu entlocken, ging vollständig in der Lust unter. Mein Geist war mit nichts anderem als diesem Moment beschäftigt. Ich dachte nichts mehr, empfand und genoss nur noch.

Als Seans Zunge auf meine Klit wanderte, explodierte ich. Der Höhepunkt nahm mir das letzte bisschen Macht über meine Motorik. Ich kippte nach hinten, fegte aus Versehen die Äpfel vom Tisch und kam heftig nach Luft schnappend.

Sean erhob sich und nahm mich vorsichtig in den Arm. Er hob mich vom Tisch und stellte mich auf den Boden, um mich gleich drauf umzudrehen und mir fest in meine Haare zu greifen.

Bereitwillig spreizte ich meine Beine und legte mich auf den Tisch. Dann spürte ich, wie Sean seinen Schwanz in mich drängte. Endlich. Er war hart und fühlte sich wunderbar an, als er mich aufdehnte.

Sean kam tief herein und begann, mich zu stoßen. Er stöhnte dabei, allerdings viel weniger heftig als ich. Nach einer Weile legte er auch noch eine Hand an meinen Schoß, sodass er meine Klit massierten konnte, während sein Schaft das tiefe Innere meiner Pussy verwöhnte. Seine zweite Hand streichelte mich zwischen den Schulterblättern. Mein Körper war kraftlos während alldem und trotzdem unsagbar gierig nach seinem Schwanz und seinen Händen.

Unwillkürlich bäumte sich mein Körper auf, als mich ein zweiter Orgasmus durchfuhr. Ich presste meinen nackten Po so fest an Sean wie ich konnte, um meinen Höhepunkt so intensiv und lange wie möglich auszukosten. Sobald die heißen Wogen etwas abgeebbt waren, packte er mich und nahm mich behutsam auf den Arm.

»Was tust du?«, fragte ich atemlos.

»Ich will dich in meinem Bett haben.« Wir küssten uns zärtlich. Ich senkte mein Gesicht an seine heiße Brust und genoss seinen aufregenden Duft. Wir setzten uns in Bewegung. Sean trug mich in sein Schlafzimmer.

»Soll ich dir die Handschellen abnehmen?«, fragte er leise, als wir eintraten.

»Noch nicht«, erwiderte ich. »Noch gefällt es mir so.«

***

Ich erwachte am nächsten Morgen aus tiefem Schlaf, streckte

mich und spürte, dass die Nacht mit Sean ihre Spuren hinterlassen hatte. Meine Handgelenkte schmerzten. In meinen Oberschenkeln machte sich ein heftiger Muskelkater bemerkbar und als ich mich auf die Seite drehte, spürte ich ganz deutlich, wie wund ich zwischen den Beinen war.

Sean war schon wach. Er stand, nur mit einer hellen Pyjamahose bekleidet, vor einer Staffelei und malte. Die Gardine war ein kleines Stück aufgezogen, sodass ein paar schmale Lichtstrahlen auf seinen Körper fielen. Hin- und wieder warf er mir einen prüfenden, aber milden Blick zu. Er sah phantastisch aus, wie er dastand. Während ich ihm zusah, wünschte ich mir, dass er zu mir ins Bett zurückkommen würde. Es war keine Lust auf Sex – davon hatte ich die Nacht über genug bekommen und mein Körper war auch vollends befriedig und wohlig schwer –, sondern ich wollte mit Sean einfach nur daliegen und ihm nahe sein.

»Was tust du da?«, fragte ich ihn nach einer Weile.

»Ich male dich.«

»Mich?«

»Du hast doch nichts dagegen, oder?«

»Nein«, antwortete ich lachend, »mich hat noch nie ein Mann gemalt.«

»Das habe ich befürchtet.« Seine Augen fuhren mich ab, sein Pinsel sauste über die Leinwand.

»Wie lange machst du das schon?«, fragte ich.

»Malen? Na ja, so ungefähr seit achtzehn Jahren.«

»Nein, ich meine, wie lange du dort stehst und malst?«

»Ein paar Stunden.«

»Wirklich?«

»Du hast mich inspiriert, wie man so schön sagt.« Jetzt fokussierte er sich ganz auf die Leinwand, zog ein paar schnelle Striche und legte seinen Pinsel weg.

»Das ist bei Weitem interessanter als ein Stillleben. Aber jetzt koche ich uns erst mal Kaffee. Bleib liegen. Ich bin noch nicht fertig und brauche dich als Modell.«

Sean ging hinaus. Sobald er weg war, huschte ich aus dem Bett und sah mir die Leinwand an. Es ist nicht leicht zu erklären, was dabei alles in mir vorging, oder warum. Ich habe seitdem viel über diesem Moment nachgedacht, als ich vor die Leinwand trat. Trotzdem habe ich immer noch keine Worte gefunden, die alles richtig beschreiben könnten.

Fest steht: Das Bild zeigte mich, schlafend auf dem Bett. Die Decke lag, Falten schlagend, über meinem Becken. Meine nackten Beine waren zu sehen. Über mein Gesicht hatte sich eine verschwitzte Haarsträhne gelegt. Seans Malstil war klar, realistisch und kontrastreich, aber aus irgendeinem unerfindlichen Grund besaß das Gemälde eine überirdische Atmosphäre. Er hatte meinen Körper nicht geschönt, wie es gewöhnliche Portraitmaler und Schnellzeichner gern tun. Doch irgendetwas, was ich nicht benennen konnte, verlieh meinem Abbild einen magischen Schimmer.

Ich hatte bis dahin eine klare Vorstellung davon, wie ich auf die meisten Männer wirkte: Sie fanden mich sexy. Dass aber jemals ein Mann das in mir sehen konnte, was dieses Gemälde ausdrückte, überwältige mich. Der Raum um mich herum schien zu verschwinden. Und dann war es, als würde tief in mir ein Wirbelsturm aufkommen.

»Jetzt verlieb dich bloß nicht, dummes Ding«, versuchte ich mich zu maßregeln. »Bleib bei der Sache. Es ist doch nur ein Bild. Der malt Duzende davon. Das ist nur eine Maltechnik, die du nicht kennst, irgendein künstlerischer Stil. Vergiss das und konzentriere dich auf deinen Job!«

Von draußen waren Schritte zu hören. Sean lief mit seinen nackten Füßen über das Holzparkett. Ich sah, wie er langsam durch die Tür kam. Auf seinen Armen balancierte er ein Tablett mit Tassen und einer dampfenden Kaffeekanne. Am liebsten hätte ich all das beiseitegefegt und mich in seine Arme geworfen.

***

»Was soll das heißen: ›Ich steige aus‹?!«

»Was wohl? Dass ich aussteige, heißt es. Der Job ist zu Ende.«

»Teufel noch mal, Jennifer! Bist du irre?!« Taylor sprang von seinem Stuhl auf und fing an, wild in der Luft herumzugestikulieren.

Ich blieb ruhig sitzen und sah mich in der Hotelsuite um. Das würden meine letzten Momente dort sein. Einerseits war das schade, besonders, weil es mit einem Streit zu Ende gehen musste. Andererseits konnte ich es kaum erwarten, wieder zu Sean zu fahren. Nach unserer ersten gemeinsamen Nacht war ich für volle vier Tage bei ihm geblieben. Abgesehen von ein paar Stunden, in denen ich meine Sachen aus dem Hotel geholt hatte, hatten wir jeden Augenblick miteinander verbracht und die meiste Zeit über heiß geliebt.

»Erklärst du mir gnädigerweise auch, warum du aussteigen möchtest?«

»Ich habe kein gutes Gefühl bei dem Job.«

Taylor starrte mich fassungslos an. Eine ganze Weile passierte nichts. Es war, als hätte jemand den Pausenknopf gedrückt.

Dann sagte er plötzlich mit leiser Stimme: »Ich fasse es nicht ... Du hast dich in diesen Kerl verknallt!«

Ich sagte nichts. Dass Taylor nicht begeistert sein würde, wenn ich den Job schmiss, war zu erwarten gewesen. Dementsprechend kalt ließ mich sein anklagender Blick.

»Oh Mann!« Er schlug die Hände über den Kopf zusammen. »Ausgerechnet du! Ausgerechnet jetzt!«

Ich schwieg weiter.

»Jennifer, ich bitte dich ... Überleg dir das. Du kennst den Kerl doch gar nicht. Ihr habt doch nur ein paar Tage rumgevögelt.«

»Es war mehr als das.«

»Ach echt? Wie viel mehr? Wie viel zahlt der Kerl dir denn pro Fick?«

Meine Gelassenheit war mit einem Schlag dahin. Ich wurde wütend, ließ es mir aber noch nicht anmerken.

Taylor zog eine Packung Zigaretten aus der Hosentasche, klopfte sich eine heraus und zündete sie an.

»Das ist Wahnsinn«, murmelte er leise vor sich, wobei er anfing, im Hotelzimmer hin und her zu tigern. Ruckartig blieb er stehen und starrte mich wieder anklagend an. »Hast du eigentlich eine leise Ahnung, wie viel Mühe und Geld ich schon in diesen Coup gesteckt habe?«

»Ich zahl dich aus«, erwiderte ich trocken.

»Was?«

»Sag mir, was du vorgeschossen hast. Ich zahl dir deine Auslagen.«

»Du bist wirkliche irre.«

Ich zuckte mit den Schultern.

»Er denkt, du wärst eine Reporterin. Das hast du doch hoffentlich nicht vergessen, oder?«

»Nein. Das habe ich nicht.«

»Und wie willst du aus der Nummer wieder rauskommen?«

»Ich werde ihm die Wahrheit sagen.«

Taylor lachte höhnisch auf. »Scheiße, Jennifer, du bist zu witzig. ›Die Wahrheit sagen‹! Weißt du überhaupt, wie das geht?« Er schüttelte sich in einem verrückten, aggressiven Lachen. Als es vorüber war, kam sein wütender Blick zurück. »Ohne mich würdest du immer noch durch Seattle schleichen und Kerlen die Brieftasche aus der Jacke ziehen.«

Darauf ging ich nicht ein. Stattdessen fragte ich trocken:

»Hast du sonst noch etwas zu sagen?«

»Das ist das Dümmste, das du jemals getan hast.«

»Vielleicht.« Ich stand auf und ging langsam zur Tür. Der Türknauf lag schon in meiner Hand, als ich mich noch einmal umdrehte. »Schreib mir auf, was du an Geld für den Job ausgelegt hast. Ich komme dafür auf. Dann sind wir quitt.«

Taylor schüttelte überheblich grinsend den Kopf und ich war mir sicher, dass unsere Partnerschaft, und alles, was wir darüber hinaus hatten, damit gestorben war.

***

Mein Weg führte mich durch die Hotellobby. Ich warf einen letzten Blick auf die spektakuläre Deckenkonstruktion mit den dreieckigen Lampen und ging weiter zum Ausgang.

Sean hatte mir erzählt, dass er den Tag über in der Stadt zu tun hätte. Das war mir sehr recht. Ich musste nachdenken, wie ich ihm klarmachen sollte, wer ich in Wirklichkeit war. Dass ich es tun würde, stand für mich fest – wie und wann allerdings noch nicht. Ich brauchte einfach noch ein wenig Zeit, um die Dinge Schritt für Schritt zu überdenken und endlich zu regeln. Am Ende – da gab es für mich keinen Zweifel – würden Sean und ich reinen Tisch machen.

Ich ging in ein Café an der Mainstreet, trank einen Espresso und versuchte, meine Gedanken zu ordnen. Leicht war das nicht. Obwohl ich mich redlich anstrengte, die Dinge in meinem Kopf zu sortieren, geriet allerhand durcheinander.

Ich musste an meine College-Zeit denken – an mein zweites Jahr, in dem von heute auf morgen die Semestergebühren erhöht worden waren. Ich hatte gerade den Brief von der Universitätsleitung erhalten und wusste nicht, was ich tun sollte. Die Summe war für mich einfach unerschwinglich gewesen.

Ich fuhr mit der U-Bahn zu einer Freundin. Mir gegenüber stand ein ausnehmend fein gekleideter Mann. Er schaute konzentriert in seine Zeitung – so konzentriert, dass er nichts von der Welt um sich herum wahrzunehmen schien. Unwillkürlich bemerkte ich, dass er eine schwarze Brieftasche in seinem Sakko trug. Dann ging die U-Bahn in eine Kurve. Halb aus Ungeschicklichkeit, halb mit Absicht rempelte ich ihn an. Ich konnte mich noch an jedes Detail erinnern.

»Oh, verzeihen Sie bitte«, hatte ich damals zu dem Mann gesagt.

»Das macht doch nichts«, erwiderte er und lächelte mich freundlich an. Für einen kurzen Augenblick besah er sich meine Titten und lächelte dann noch einmal.

An der nächsten Station stieg ich aus. Erst als ich die Treppe schon halb hochgegangen war, realisierte ich endgültig, dass ich seine Brieftasche in meinen Händen hielt.

Das war der erste Diebstahl meines Lebens gewesen. Damit hatte alles angefangen.

Jahre später hatte ich Taylor kennengelernt. Es war auf einer Vernissage in Seattle gewesen. Mein Studium hatte ich abbrechen müssen, aber meine Fähigkeiten im Taschendiebstahl hatte ich inzwischen um einiges weiterentwickelt. Perfekt waren sie jedoch nicht.

Als ich versuchte, einem attraktiven Mann in einem schwarzen Anzug die Brieftasche aus der Tasche zu ziehen, hielt er mich fest. Zu meiner Überraschung wollte er von der Polizei nicht das Geringste wissen. Er lud mich allen Ernstes auf ein Glas Wein ein. Ich war so perplex, dass ich darauf einging. Dass ich an einen Dieb und Trickbetrüger geraten war, der sich auf der Suche nach einem Komplizen befand, wusste ich da natürlich noch nicht.

Daran erinnerte ich mich, aber ich musste auch immer wieder an Sean denken. Ich fragte mich, ob er mir verzeihen würde, dass ich ihn bestehlen wollte. Außerdem gingen mir sein Gemälde und einige Erlebnisse unserer gemeinsam verbrachten Tage und Nächte durch den Kopf. Unser Sex war so leidenschaftlich und liebevoll gewesen, wie ich es noch nie in meinem Leben erlebt hatte. Ich erinnerte mich an die kleinste Geste und jeden Kuss, den er mir geschenkt hatte.

Ich kam nicht weiter. Meine Gedanken liefen im Kreis und immer wieder fesselten Szenen aus der nahen und fernen Vergangenheit meine Aufmerksamkeit.

***

Es waren ungefähr zwei Stunden vergangen, seit ich die Tür des Hotelzimmers hinter mir zugeschlagen hatte, als mein Smartphone klingelte. Die Nummer war mir nur allzu bekannt. Es war Taylor.

»Ich glaube, wir haben uns alles gesagt«, stellte ich klar, gleich nachdem ich den Anruf angenommen hatte.

»Nein«, tönte es mir entgegen. »Genau das haben wir nicht.«

»Meine Entscheidung steht fest. Ich bin raus.«

»Das glaube ich dir ja auch, aber du musst etwas wissen. Ich meine das als Freund, okay?«

Als Freund? Ich musste fast lachen. Es war erst ein paar Stunden her, dass er mich als Hure beschimpft hatte.

»Du solltest mal in die Green Avenue fahren. Dort gibt es ein Restaurant. ›Mirror‹ heißt das.«

»Was erzählst du mir für ein Quatsch?«

»Du weißt, ich habe deinen Traummann ein paar Tage lang beobachtet, bevor du angereist bist.«

»Ja und?«

»Und jetzt rate ich dir, fahr zu diesem Restaurant und sieh dich vorsichtig um.«

Taylor legte auf. Ich fluchte leise. Was war mit diesem Kerl los? Wenn er mir etwas zu sagen hatte, sollte er es sagen. Ich hatte nun wirklich genug zu tun, auch ohne diese Kopfspielchen. Ich steckte mein Smartphone weg.

Obwohl ich mich dabei über mich selbst ärgerte, zog ich es eine Minute später wieder heraus und rief einen Stadtplan auf. Die Green Avenue war nur drei Blocks weit entfernt. Ich machte mich auf den Weg, ohne genau zu wissen, warum eigentlich.

Als ich in die Straße einbog, sah ich sofort das besagte Restaurant »Mirror«. Eine große Anzahl von Tischen und Stühlen stand draußen vor der Tür. Ich hielt etwas Abstand und sondierte die Gäste. Es dauerte nicht lange, bis ich Sean ausmachte. Offenbar hatte er schon gegessen. Er saß da, hatte ein Buch vor sich auf dem Tisch liegen und eine Tasse Espresso daneben stehen.

Ich wollte gerade zu ihm gehen, als eine junge, blonde Frau an seinem Tisch auftauchte. Meine Bewegung erstarrte. Die Blondine setzte sich ohne Umschweife auf seinen Schoß und fing an, ihn wild abzuknutschen. Mir wurde schlagartig übel. Die Szene brannte sich in mein Gehirn und ich hätte am liebsten auf beide mit aller Kraft eingeschlagen.

Was für ein verdammtes Arschloch! Und er hätte mich beinahe soweit gehabt ...

Ich machte auf dem Absatz kehrt und raste die Straße hinauf. Nach ein paar Metern wurde mir noch übler und schwindelig. Meine Schritte wurden schwerfällig und es tat höllisch weh. Vor Aufregung hatte ich Mühe, richtig Luft zu bekommen. Ich kämpfte mit den Tränen.

Ich kam in einen kleinen Park und setzte mich schlapp auf eine Bank. In der Mitte des Parks gab es einen Brunnen. Ich starrte ihn an.

Wie lange ich so dasaß, weiß nicht mehr genau – zwei, vielleicht sogar drei Stunden. Dann klingelte mein Smartphone. Es war Taylor.

»Warst du bei dem Restaurant?«

»Warum hast du mir das nicht früher erzählt?«

»Als du vorhin im Hotel warst, hättest du mir ja wohl kaum geglaubt«, antwortete er. »Ich weiß, dass das nicht nett war. Aber ich wollte, dass du es mit deinen eigenen Augen siehst.«

»Aha«, sagte ich.

»Schmeißt du den Job immer noch für diesen Typen?«

»Nein.«

»Du bist also wieder an Bord?«

»Ja.«

»Schön, wir bringen es heute Abend zu Ende. Verschaff dir den verdammten Sicherheitscode.«

»Das mach ich«, hörte ich meine Stimme antworten. In mir fühlte sich alles leer an. Der Drang, zu weinen, war verschwunden.

***

Gleich nach meiner Rückkehr führte mich Sean in die ehemalige Bibliothek des Hauses. Er bot mir einen Drink an. Ich entschied mich für ein Glas Rotwein. Sean ging an die Bar und kam mit zwei Gläsern zurück. Er gab mir aber keines davon, sondern stellte beide auf einem Couchtisch ab, zog mich an sich und küsste mich. Es war ein zarter Kuss, dem aber sogleich ein energischer folgte, bei dem Sean mich noch fester an sich presste. Sofort spürte ich, wie seine Härte durch seine Hose drängte.

Dieses Mal blieb mein Körper absolut kalt. Das Feuer und die Grenzenlosigkeit der letzten Tage waren verschwunden. In meiner Wut wunderte ich mich nur ein bisschen darüber, dass Sean schon wieder so scharf war. Ich war felsenfest davon überzeugt, dass er erst vor ein paar Stunden diese kleine blonde Schlampe aus dem Restaurant gevögelt hatte. Vielleicht verschaffte es ihm einen Kick, eine nach der anderen durchzunehmen. Vielleicht nahm er auch gewisse Mittel. Vielleicht traf beides zu.

Von all diesen Gedanken ließ ich mir nichts anmerken. Ich erwiderte seinen Kuss. Als wir uns gelöst hatte, flüsterte ich ihm ins Ohr: »Ich will noch einmal die Gemäldesammlung sehen.«

Sean sah mich erstaunt an.

»Ich will dich dort, bei den Gemälden«, legte ich nach.

Er zog eine Augenbraue hoch. »Warum?«

»Ich weiß nicht. Ich habe eben Lust darauf. In letzter Zeit steh ich auf Bilder.«

»Das tut mir leid«, sagte Sean, während seine Augenbraue sich wieder senkte. »Aber das ist schlechtes Timing.«

»Was meinst du damit?«

»Nun, ich habe die Sammlung für eine Ausstellung an ein Museum verliehen. Die haben jedes einzelne Stück schon verpackt und versiegelt. Morgen wird dann alles abgeholt.«

Mein Körper wollte sämtliche Spannung verlieren und sich einfach hinlegen und schlafen.

Sean redete weiter: »Das da oben ist im Augenblick nicht mehr als ein Lagerraum voller Stahlkisten, nicht sehr stimmungsvoll. Vielleicht bleiben wir doch lieber hier.«

Er lächelte. Meine halbe Million entfernte sich meilenweit von mir. Sie war kaum noch zu sehen und ich musste darum kämpfen, die Haltung zu bewahren. Ich brauchte dringend eine neue Taktik, bevor es endgültig aus war. Doch mein Kopf weigerte sich standhaft, sich etwas einfallen zu lassen.

Sean und ich gingen zum Sofa und setzen uns. Er legte seine Hand sanft auf mein Bein und küsste mich noch einmal.

»Oh«, sagte ich, »bitte entschuldige. Ich weiß nicht, warum mir das gerade jetzt einfallen muss, aber ich habe etwas in der Redaktion vergessen. Lässt du mich einen Augenblick telefonieren?«

Sean nickte, aber ich meinte, Erstaunen in seinem Blick zu erkennen. Ich musste vorsichtig sein, um mich nicht zu auffällig zu benehmen. Aus Erstaunen konnte schnell Misstrauen werden.

Ich stand auf und ging betont ruhig in den Flur. Als ich außer Sichtweite von Sean war, riss ich mein Smartphone aus der Tasche und wählte mit zitternden Fingern Taylors Nummer.

»Was ist los?«, meldete sich seine Stimme.

»Alles ist aus«, zischte ich gedämpft und schilderte im Telegrammstil die Lage.

»Sie haben alles verpackt?«, hörte ich ihn nach einer Weile ratlos fragen.

»Ja, das sage ich doch.«

»Scheiße.«

Ein langes Schweigen entstand.

Dann kam Taylors Stimme zurück: »Lass dir was einfallen.«

»Was denn?«

»Schwatz ihm irgendwie den Code ab.«

»Wie soll das denn jetzt noch gehen? Was soll ich sagen? Was soll ich tun?«

Wieder Schweigen.

»Bleib da. Bleib in deiner Rolle. Ich denk mir was aus.«

»Das bringt doch nichts.«

»Bleib einfach in der Rolle.« Er legte auf.

Ich ließ mein Telefon wieder in der Tasche verschwinden. Zu gern hätte ich vor Enttäuschung und Frust geschrien, aber ich musste unbedingt in der Rolle bleiben.

Ich ging zurück zu Sean und setzte mich neben ihn auf das Sofa. Kaum war ich wieder da, griffen seine Arme nach mir. Ich spürte seine Lippen auf meinen und plötzlich war der eigentliche Grund, warum ich dort war, ganz weit weg. Der Plan und die Tatsache, dass er scheiterte, zählten nicht mehr. Umso mehr ärgerte ich mich über diesen Mistkerl, der es tatsächlich wagte, neben mir noch eine andere zu vögeln. Was hatte ich mir nicht alles über uns beide eingebildet? Nichts davon war echt. Zwischen uns gab es nichts als Lügen.

Ich frage mich, wo seine verfluchten Lippen heute schon überall gewesen waren, und mein Körper wollte sich schütteln vor Zorn. Ich war mir bewusst, wie paradox diese Gedanken und Gefühle waren. Das änderte nichts daran, dass ich vor Eifersucht beinahe aufgesprungen wäre und ihm eine Ohrfeige verpasst hätte.

Plötzlich ließ Sean von mir ab.

»Ist alles Ordnung?«, frage er behutsam.

Dass er ein Mistkerl war, konnte er gut überspielen. Er mimte wieder den höflichen Gentleman. Dabei konnte er es wahrscheinlich gar nicht erwarten, endlich die zweite Pussy des Tages zu ficken. Vermutlich hatte er mich schon bei unserem ersten Mal mit dieser Blondine verglichen und darüber nachgedacht, wer von uns beiden enger war. Vielleicht hatte er nebenbei noch mehr Frauen. Und bestimmt hatte er jede einzelne davon gemalt. Der Drang, ihn anzuschreien, wuchs und wurde übermächtig.

Das Klingeln meines Smartphones holte mich zurück in die Außenwelt.

»Entschuldige mich«, sagte ich atemlos zu Sean und stand auf. In sicherer Entfernung nahm ich den Anruf an und hörte Taylors Stimme.

»Okay«, sagte er, »hör gut zu. Ich komme jetzt rein. Es wird hässlich, aber du bleibst in deiner Rolle, verstanden? Spiel einfach mit. Mach bloß keinen Blödsinn.«

Mein Herz wummerte wie verrückt. Ich hatte keine Ahnung, was Taylor vorhatte, aber dass es »hässlich« werden sollte, machte mir gehörig Angst. Bevor ich irgendetwas erwidern konnte, hatte er bereits aufgelegt.

Es war unendlich anstrengend, wieder zurück zu Sean zu gehen. Warum konnte ich jetzt nicht einfach in meinem Bett liegen oder zu Hause mit einem Glas Rotwein in der Hand »Akte X« gucken? Was tat ich hier eigentlich? Alles ging zum Teufel. Ich war entschieden zu alt für dieses Chaos.

»Ist alles in Ordnung bei dir?« Sean sah mich besorgt an.

»Ja klar. War nur noch einmal die Redaktion.«

»Jetzt noch?«

»Wir arbeiten quasi rund um die Uhr.«

»Aha«, sagte Sean verwundert. Um ihn nicht zum Nachdenken kommen zu lassen, fasste ich nach seinem Kinn und gab ihm einen Zungenkuss, der so heftig ausfiel, dass es beinahe schon ordinär war. Meine Hand glitt in seinen Schritt und massierte vorsichtig seine Hoden und seinen Schwanz. Vermutlich war das der Körperteil, der ihn am meisten beschäftigte. Ich zog seinen Reißverschluss auf und fühlte, wie mir seine Erektion entgegendrängte.

»Warte«, sagte er, als ich anfing, seinen Schaft zu reiben.

»Was ist?«

»Irgendetwas stimmt nicht.«

»Alles stimmt«, gab ich zurück. Ich legte soviel Überzeugung und Geilheit in meine Stimme, wie ich konnte, und wichste ihn weiter. »Ich will dich. Ich will dich jetzt und hier, hörst du?« Ich sah allerdings in Seans Augen, dass er mir nicht richtig glaubte. Mein schauspielerisches Talent und meine Kaltschnäuzigkeit reichten einfach nicht aus. Es war alles ein bisschen viel.

Doch bevor einer von uns etwas sagen oder tun konnte, erklang ein schrilles Klingeln. Dieses Mal war es nicht mein Smartphone.

»Da ist jemand an der Tür. Entschuldige mich«, sagte Sean, packte seinen Schwanz zurück in die Hose und stand auf.

Als er den Raum verlassen hatte, versuchte ich aufzustehen. Ich wusste, dass ich es tun musste, aber eine unfassbare Schwere hielt mich zurück.

Erst, als ich einen ersticktes Keuchen und einen Schlag hörte, änderte sich mein Zustand. Ich sprang und lief, so schnell ich konnte, zur Eingangstür. Was ich dort sah, ließ mich erstarren.

Ein großer Mann, mit einer schwarzen Skimaske, stand in der offenen Tür. Vor ihm, sich auf dem Boden windend, lag Sean. Meine Blicke zuckten hin und her und mein Verstand raste in Windeseile. Ich sah, dass der Maskierte eine schwarze Tasche in der linken Hand trug. In der anderen Hand hielt er ein kleines, schwarzes Etwas. Ich schlussfolgerte, dass er Sean mit dem Stromschlag aus einem Taser zu Boden gebracht hatte.

Jetzt steckte der Maskierte den Taser weg und zog im Tausch für diese Waffe eine Pistole aus seinem Gürtel.

»Bewegt dich nicht, du Schlampe«, zischte Taylors Stimme in meine Richtung. »Du bleibst genau da.«

Taylor beugte sich über Sean und fesselte seine Arme auf den Rücken. Dann zwang er ihn auf die Knie. Sean stöhnte, während er sich halb aufrichtete.

»Los!«, drängte Taylor.

Als Sean endlich kniete und in meine Richtung schaute, ließ ihn Taylor los und ging auf mich zu. Er packte mich und hielt mir die Pistole an den Kopf.

»Und jetzt gib mir den Code für den Saal im ersten Stock. Versuch nicht, zu verhandeln. Versuch nicht, mich zu verarschen, oder die Prinzessin hier ist dran. Verstehen wir uns?«

Das war also Taylors Plan. Er wollte Sean mit mir erpressen. Mein Körper wollte sich instinktiv freikämpfen, aber ich biss die Zähne zusammen und blieb bewegungslos.

»Ist schon gut, Mann«, keuchte Sean. »Lass sie in Frieden.«

»Den Code!«

»7, 9, 0, 5, 8, 4, 5.«

»Gut. Gib das ein, Prinzessin.« Taylor stieß mich nach vorn.

Ich taumelte zu dem Tastenfeld der Alarmanlage und gab

den Code ein.

»Schön«, raunte Taylor, als ich fertig war. »Vorwärts, nach oben. Aber ganz langsam. Das gilt auch für dich, Herzchen.«

Mein Kopf war vollkommen leer. Ich folgte Taylors drohenden Befehlen, ohne einen vernünftigen Gedanken fassen zu können. Wir gingen zu dritt die Treppe in den ersten Stock hinauf. Taylor führte uns bis zu dem Saal mit den Gemälden. Ich musste die Tür öffnen und wir gingen hinein.

Vor uns stapelten sich große Kisten aus Metall. Die Wände waren leer.

»Wo ist der van der Laan?«

»Das habe ich mir nicht gemerkt«, antwortete Sean.

»Verarsch mich nicht, Mann! Wo ist er?«

»Ich weiß es wirklich nicht. In einer der Kisten.«

»Scheiße«, fluchte Taylor. »Wehe, einer von euch bewegt sich!«

Er eilte in den Saal, zog einen großen Schraubenzieher aus der Tasche und hebelte eine der Kisten auf. Seine Hände griffen hinein und rissen Papier und Folie auseinander. Als er nicht das fand, was er suchte, nahm er sich die nächste Kiste vor. Bei der vierten stutzte er. Er zog den van der Laan heraus und sah ihn sich einen Moment lang an. Dann kam er zu Sean und mir zurück.

»Umdrehen«, zischte er zu Sean.

»Was?«

»Dreh dich um, Mann.«

Kaum hatte Sean Taylor den Rücken zugekehrt, holte er aus und schlug ihm ins Genickt. Sean sackte zusammen und blieb regungslos liegen.

Taylor starrte mich an. Seine Augen funkelten wütend.

»Ich brauche einen Tisch. Wo ist in diesem verdammten Haus ist ein Tisch?«

Ich setzte mich in Bewegung und führte ihn in Seans Schlafzimmer. Die Staffelei stand noch dort, wo Sean sie abgestellt hatte. Auch die Handschellen waren noch da. Sie lagen auf dem kleinen Schreibtisch, der an der Wand stand.

Taylor nahm sie und hob sie hoch: »Ihr hattet wohl eine Menge Spaß miteinander, was? Ich wusste gar nicht, dass du auf so was stehst. Das eröffnet ja ganz neue Perspektiven.« Er lachte höhnisch und zog seine Skimaske vom Gesicht. Dann legte er das Bild auf den Tisch und löste es aus seinem Rahmen. Als er damit fertig war, zog er eine schwarze Papprolle aus seiner Tasche.

»Das Ding brauchen wir jetzt nicht mehr.« Er nahm den falschen van der Laan, legte ihn auf den Tisch und verstaute das Original in der Papprolle.

»So«, sagte er dann, »jetzt kommt der wirklich hässliche Teil.«

»Was willst du damit sagen?«

»Er kennt dein Gesicht.«

»Was?«

»Wir müssen den Zeugen loswerden, Jennifer.«

Die Welt um mich herum fing an, sich im Kreis zu drehen.

»Nein ... aber ...«, stammelte ich. »Das war nicht der Plan.«

»Das war er auch nicht, aber jetzt ist es der Plan.«

»Ich bleibe einfach hier und spiele meine Rolle weiter, während du verschwindest.«

»Jennifer, die Bullen finden doch raus, dass du nicht die bist, für die du dich ausgegeben hast.«

Tränen schossen mir in die Augen. »Wir schaffen es so. Wir hauen einfach ab«, schrie ich. Meine Hände ballten sich zu Fäusten.

»Zu heikel, nicht genügend Zeit, um unsere Spuren zu verwischen.«

»Du wirst ihm nichts tun, verdammt noch mal. Hörst du

mich? Du tust ihm nichts! Ich werde das nicht zulassen.«

»Oh Mann, Jennifer.« Taylor senkte den Kopf und ließ müde seine Schultern nach vorn fallen.

Sein Angriff kam so unerwartet und plötzlich, dass ich mich nicht einmal instinktiv verteidigte. Taylor packte mich und schmiss mich auf das Bett. Mit roher Gewalt presste er meine Handgelenkte aufeinander. Ich hörte ein leises Klacken und spürte, wie er mich mit den Handschellen am Bettrahmen fesselte.

Als er seine Arbeit erledigt hatte, stellte er sich neben das Bett und sah mich an, kopfschüttelnd.

»Soweit hätte es nicht kommen müssen«, sagte er leise. Seine Stimme klang traurig, aber sie ekelte mich an. »Ich habe doch wirklich alles getan – den Plan ausgearbeitet, diesen Russen als Käufer aufgerissen und dann noch diese ganzen Sperenzchen, um dich wieder zur Vernunft zu bringen.«

Der Schock über Taylors Attacke ließ nach. Ich konnte wieder einigermaßen denken. »Was soll das heißen? Was hast du getan, um mich wieder zur Vernunft zu bringen?«

Taylor zuckte mit den Schultern, lächelte und zuckte wieder mit den Schultern. Endlich warf er mir einen Blick zu, der durch mich hindurchsah, als wäre ich Luft. »Jetzt ist es wohl auch egal«, murmelte er. Sein Blick hellte sich auf. Er starrte mir in die Augen. »Diese Kleine, die sich deinem Traummann an den Hals geworfen hat, ging auf meine Rechnung.«

»Was?«

»Es war eine Nutte. Ich habe sie angeheuert und auf Ryan angesetzt, um dich wieder in die Spur zu kriegen.«

Mein Gesicht erstarrte vor Verzweiflung und Zorn.

»Ich dachte, wenn du glaubst, dass Ryan dich betrügt, kommt die alte Jennifer zurück. Da habe ich mich offensichtlich getäuscht.«

»Du …« Mir versagte die Stimme und ich starrte auf meine Füße. Erst als Taylor plötzlich zu lachen anfing, sah ich ihn wieder an.

»Das Ganze war übrigens haarscharf. Du glaubst gar nicht, wie schwierig es war, das alles in so kurzer Zeit einzufädeln. Und wenn du noch zwei Minuten gewartet hättest, hättest du gesehen, wie er sich von der Kleinen losgerissen hatte.« Er lachte noch einmal laut auf. »Er ist regelrecht vor ihr weggelaufen. Eigentlich verdammt komisch, wie in einer Slapstick-Komödie. Die Leute in dem Restaurant hatten jedenfalls was zu gucken, das kann ich dir sagen.«

Taylor blieb vor der Staffelei mit dem Bild von mir stehen. Er musterte es und schüttelte mit einem zynischen Ausdruck im Gesicht den Kopf.

Ich brachte immer noch keinen Ton heraus. Alles in mir verkrampfte sich. Warum um alles in der Welt hatte ich nie bemerkt, was dieser Taylor für ein Mensch war? Warum hatte ich mich von ihm so schrecklich an der Nase herumführen lassen? Warum hatte ich mich dazu gebracht, das, was zwischen Sean und mir war, zu leugnen? Ich hatte alles ruiniert.

»Na ja«, sagte Taylor mit gleichgültiger Stimme, »aber das spielt keine Rolle mehr. Auf jeden Fall muss ich jetzt euch beide loswerden.«

Ich sah, wie sich seine Hand mit der Waffe darin hob.

»Noch ein paar letzte Worte?«

»Du bist ein mieses Schwein!«, zischte ich.

»Das ist«, sagte Taylor und lächelte zynisch, »nicht gerade nett, aber wir lassen es mal so stehen.« Er biss die Zähne zusammen, riss die Augen auf und ich sah, wie sein Arm sich mit Kraft durchstreckte.

Ich spürte ein heißes Stechen in der Brust.

Das war's …, dachte ich.

***

Wenn ich mich daran erinnere, was danach geschehen war, so habe ich immer noch ein komisches, wirres Gefühl. Die Bilder in meinem Kopf wirken fast surreal, als wäre alles eine Animation oder ein Traum gewesen. Der Grund dafür ist vermutlich, dass ich, die Pistolenmündung und den Tod vor Augen, in einen tranceähnlichen Zustand verfallen war. Alle meine Sinne waren klar, aber so überreizt, dass die Welt um mich herum ihre Wirklichkeit verloren zu haben schien.

In der Luft neben Taylors Kopf tauchte etwas auf. Ich kann nicht einmal sagen, dass es plötzlich geschah. Im Gegenteil: In meiner Erinnerung bewegte sich eine schwarze Wolke wie in Zeitlupe durch die Luft. Auch als sie gegen Taylors Schädel schlug und sein ganzer Körper zur Seite taumelte, schien sich alles ganz langsam zu bewegen. Meine Augen fuhren den Raum ab. Die Wolke, die Taylor getroffen hatte, war nichts anderes als seine schwarze Tasche, in der er das Gemälde verstaut hatte. Als ich das erkannte, fingen die Dinge um mich herum wieder an, in normaler Geschwindigkeit zu laufen.

Sean sprintete mit enormem Tempo in die Mitte des Raumes und sprang ab. Sein Körper flog durch die Luft und landete auf Taylor. Ohne zu zögern, fing er an, auf ihn einzuschlagen. Die beiden Männer keuchten und parierten wechselseitig ihre Faustschläge. Mein Herz hämmerte wie verrückt. Sein panischer Rhythmus reichte bis hinter meine Augen. Die Pistole rutschte über den Fußboden in meine Richtung. Sie verschwand unter dem Bett. Der Taser glitt in die andere Richtung.

Mit einem Mal taumelte Sean zurück und stolperte. Er schlug hart auf dem Boden auf und blieb liegen. Taylor musste ihn von sich gestoßen haben. Das nutzte er und sprang auf. Ich befürchtete, dass er zum Angriff übergehen wollte, doch das tat er nicht. Stattdessen suchten seine Augen eine Sekunde lang die

Pistole. Als er sie nicht fand, sprintete er los, packte die schwarze Tasche und rannte hinaus. Wenige Sekunden später heulte der Motor eines Wagens auf. Unterbewusst begriff ich, dass es der Porsche war, den ich in den letzten Tagen gefahren hatte.

Ich weiß noch, wie verzweifelt ich nun versuchte, meine Fesseln zu lösen, um zu Sean zu kommen. Das war alles, was ich wollte. Die Panik in mir war unerträglich. Der Gedanke, dass ihm etwas zugestoßen sein könnte, ließ mich innerlich zerbrechen. Ich schrie und riss so heftig an den Handschellen, dass sie mir die Handgelenkte aufrissen.

Endlich hörte ich, wie Sean gedämpft aufstöhnte. In seinen Körper kam wieder Leben. Eine unglaubliche Euphorie stieg in mir auf, aber ich gab keinen Ton von mir. Langsam arbeitete er sich auf die Beine, tat ein paar schwankte Schritte und sah mich an.

»Bist du verletzt?«, fragte er keuchend.

»Nein.«

»Oh Mann«, sagte er mit atemloser Stimme. »Das war wirklich mal eine harte Nacht.« Er beugte sich vor und stützte sich mit den Händen auf seinen Knien ab.

Während all dem blieb ich still und regungslos.

Nach einer Weile richtete er sich wieder auf und kam dicht an mich heran. »Wo sind die Schlüssel?«, murmelte er.

»Warte«, flüsterte ich. »Ich hänge mit in der Sache drin.«

»Ich weiß. Ich habe euch reden gehört.« Er sah mir geradewegs in die Augen.

»Dann ruf die Polizei.«

»Erst einmal schließen wir deine Handschellen auf.« Sein Blick fing an, den Boden neben dem Bett abzusuchen.

Was nun passieren würde, schien mir absolut klar und eindeutig festzustehen. Sean würde die Polizei rufen und mich verhaften lassen. Er hatte jedes Recht dazu. Genau das war es, was ich verdient hatte. Aber bevor es soweit war, wollte ich ihm noch einmal zeigen, was ich wirklich für ihn empfand. Worte reichten dazu nicht aus. Er musste es mit jeder Faser seines Körpers und seiner ganzen Seele spüren, um es zu verstehen.

Ich hatte in meinem Leben mit duzenden Männern geschlafen, ohne dass es dabei um mehr ging als um Sex. Mit noch einmal so vielen war ich ins Bett gestiegen, um sie auszunutzen. Dieses eine Mal, nur dieses eine Mal, sollte es anders sein.

»Bitte«, sagte ich, »komm näher.«

Sean sah mich nachdenklich an, aber er kam so dicht an das Bett heran, dass ich ihn mit meinem Fuß berühren konnte. Ich schmiegte mein Bein an seines.

»Noch näher«, bat ich.

Zögernd beugte sich Sean zu mir hinunter und fragte leise: »Dein richtiger Name ist also Jennifer?«

Ich nickte. Er war jetzt so nahe, dass ich meinen Kopf hob und ihn küsste.

Als ich von ihm abließ, hatte sich sein Gesichtsausdruck verändert. In seinen Augen konnte ich sehen, dass er verstand, was in mir vorging. Er glaubte mir, wusste, dass das es keine Lüge und kein Spiel mehr war.

Jetzt senkte er sich zu mir herab. Unsere Körper pressten sich aufeinander. Ich spürte seine Zunge an meinen Lippen. Sie bat um Einlass. Vorsichtig öffnete ich meinen Mund und unsere Zungen begannen, miteinander zu tanzen. Es war nicht diese hemmungslose Lust wie bei unserem ersten Sex. Aber jede seiner Berührungen, selbst das kleinste Streicheln, gingen jetzt tiefer und erfüllten mich. Alles um uns herum verschwand. Ich nahm nur noch Seans Zärtlichkeiten wahr und meinen heißen Wunsch, ihm zu beweisen, wie viel er mir bedeutete.

Behutsam löste sich Sean wieder von mir. Langsam knöpfte er meine Bluse auf und zog meinen BH herunter. Seine Augen fuhren meinen Körper ab. Sein Blick war ruhig, entrückt und konzentriert gleichzeitig. So hatte er mich angesehen, als er das Gemälde von mir gemalt hatte – als wollte er jedes Detail von mir ganz genau erkennen und sich für ewig einprägen. Und genauso wollte ich mich an ihn erinnern. Ich wusste, dass ich mich von jetzt an für immer nach diesem Blick sehnen würde.

Seine Hand fuhr auf meine Brüste und begann, sanft meine Warzen zu umkreisen. Jede einzelne seiner Streicheleinheiten ließ eine unbeschreibliche Woge durch meinen Körper wandern. Ich stöhnte auf. Er senkte seinen Kopf und küsste meine aufgepumpten Brüste. Seine Berührungen wurden intensiver. Jetzt kneteten auch seine Hände wieder meine kleinen harten Warzen und seine Küsse verwandelten sich hin und wieder in sanfte Bisse.

Ohne sein Gesicht von meiner Brust zu heben, ließ Sean seine Hand an meine Wange wandern, streichelte mich auch dort und griff dann in meine Haare. Während er mich so packte, wurde mir bewusst, wie feucht ich von seinen Liebkosungen geworden war. Alles an mir war heiß und mein Körper vibrierte vor Erregung so intensiv, dass ich ein paar Mal schmerzhaft an den Handschellen riss. Ich ließ mich ganz in die Sinnlichkeit fallen und genoss jede Kleinigkeit seiner liebevollen Zuwendung.

Sean schob meinen Rock hoch und tastete nach meinem durchfeuchteten Slip. Ich schloss meine Augen. Er zog ihn so langsam herunter, dass ich genau den Weg verfolgen konnte, auf dem der Stoff über meine Beine glitt. Es war, als ob er eine Spur auf mir hinterlassen würde, eine Spur aus Kribbeln und Weichheit. Endlich spürte ich ein letztes zartes Streicheln an meinen Knöcheln und wusste, dass ich völlig entblößt und schutzlos vor ihm lag.

Seans große Hand wanderte zurück und strich über meine

Pussy, was meinen Körper zusammenzucken ließ. Meine Augen blieben geschlossen. Das leise Klirren von Seans Gürtel war zu hören, dann das Rascheln der Kleidung, die er abstreifte. Kurze Zeit später tippte seine Härte an meine Schamlippen. Langsam drang er in mich. Mein Schoß öffnete sich für ihn. Im gleichen Augenblick schoss ein Lustblitz durch meinen Körper. Ich bäumte mich auf und schrie. Erst jetzt öffnete ich wieder die Augen. Seans Gesicht schwebte über mir und als mein Schrei abgeklungen war, senkten sich seine weichen Lippen auf meine. Seine Augen funkelten, während sein Glied tief in mich drang.

Erneut grub sich das Metall der Handschellen in meine Handgelenke, weil mein Körper das Gefühl, Sean in sich zu haben, nicht anders ertragen konnte, als mit wilden Zuckungen.

Mit sanften, aber bestimmten Stößen brachte er mich in wenigen Minuten an die Schwelle zu einem Höhepunkt. Sein hartes Glied rieb genau an meinem Lustpunkt. Ich stöhnte bei jedem seiner Stöße und schlang meine Beine um ihn, hoffte, seine Kraft noch tiefer in mir zu fühlen.

»Sean«, flehte ich, »bitte, Sean.«

Seine Augen wurden vor Erregung glasig und seine Stöße kürzer. Ich presste mein verschwitztes Gesicht gegen seins. Es fühlte sich an, als würden wir zu einer Einheit verschmelzen, als wir beide explosionsartig kamen.

Noch lange zuckten unsere Körper in den Nachbeben der Höhepunkte.

Dann war es still.

Sean ruhte auf mir. Ich hätte ewig so daliegen können. Ich fühlte mich unendlich geborgen und wohlig in seinen Armen, aber ich wusste, dass dies ein Abschied war. Das Leben hatte schon entschieden. Auf mich wartete eine lange Zeit im Gefängnis.

»Jetzt ruf die Polizei«, flüsterte ich. »Ich will, dass du es tust. Es soll zu Ende sein.«

Sean glitt von mir herab und setzte sich neben mich auf das Bett. Seine Augen fuhren den Fußboden ab. Plötzlich beugte er sich vor. Als er wieder aufrecht saß, präsentierte er mit einem milden Lächeln den Schlüssel für die Handschellen.

»Die Polizei ...«, hob ich noch einmal an.

Sean unterbrach mich: »Ich denke, wir brauchen keine Polizei. Es ist schließlich nichts Ernstes vorgefallen.«

Ich sah ihn verblüfft an. »Bist du verrückt?«

»Während du und dein geschätzter Kollege euch gestritten habt, war ich nicht ganz untätig.« Er lächelte verschwörerisch. »Ich habe die Gemälde ausgetauscht. Der arme Kerl ist mit seiner eigenen Fälschung abgehauen.«

Seans Lächeln wurde breiter. »Ich könnte mir vorstellen, dass es für ihn allerhand Ärger bedeutet, wenn er das Bild seinem Käufer andrehen will.«

Ich wusste nicht, was ich sagen sollte. Sean hauchte einen Kuss auf meine Lippen. Einer seiner Arme streckte sich zum Bettrahmen. Es machte »Klack« und ich war frei.

SexKontrolle

Ich sitze wie angewurzelt auf dem Stuhl. Seine Lehne drückt in meinen Rücken, aber ich traue mich nicht, meine Position zu ändern. Direkt vor mir steht Frank. Ich sehe, wie er sein Trikot abstreift und seinen Rücken freilegt, sehe, wie die Muskeln unter seiner nackten Haut zucken, als er es beiseitewirft, sehe, wie er sich seiner Schuhe entledigt und langsam beginnt, seine Hose herunterzuziehen. Hinter Frank sitzt Sheriff Barber. Sie hat ihre Beine gespreizt, lächelt ihr halb verächtliches, halb geiles Lächeln. Eine ihrer Hände gleitet zwischen ihre Beine. Sie beginnt sich zu streicheln. Und ich frage mich, wie ich in all das hinein geraten bin.

***

Ich erinnere mich an die große Anzeigetafel im Flughafen, die mich wissen ließ, dass mein Rückflug gecancelt wurde.

Als ich meine erste Wut mehr oder weniger runtergeschluckt hatte, trottete ich zum Schalter, um mich nach dem nächsten Flieger zu erkundigen. Ich geriet an eine junge Frau mit schwarzen Haaren. Sie setzte ein betrübtes Gesicht auf und erklärte mir, dass heute gar kein Flug mehr nach New York ging. Ich wollte es nicht glauben. Ich fluchte, obwohl das nicht meine Art ist. Aber es war nichts zu machen.

Im Flughafen gab es eine Autovermietung, an die ich mich wendete. Dieses Mal geriet ich an eine junge Frau mit feuerroten Haaren. Als ich sagte, dass ich dringend einen Wagen bräuchte, setzte sie ein betrübtes Gesicht auf. »Leider sind alle unsere Fahrzeuge zurzeit indisponibel«, sagte sie.

Sie benutzte tatsächlich dieses Wort: indisponibel. Alles vermietet, alles weg, nicht verfügbar hätte man auch sagen können, aber sie sagte: »Indisponibel.« Bestimmt hatte man ihr das Wort in irgendeiner Serviceschulung beigebracht. Ich spürte wieder eine gehörige Wut in mir aufsteigen und Verzweiflung dazu. Ich sagte ihr, dass mein Flieger ausgefallen war und ich unbedingt zurück nach New York musste, aber auch das nutzte nichts. Es gab keine Wagen mehr. Alle waren sie *indisponibel.*

Ich ging mit meinem Koffer hinaus, ohne zu wissen, was ich tun sollte, und zündete mir eine Zigarette an. Der Gedanke, mich zu betrinken, ging mir durch den Kopf.

Dann stand er vor mir. Sein Anblick ließ meine Stimmung sofort kippen. Er trug das Trikot der Rugby-Mannschaft einer Universität. Er war breitschultrig, schlank und überragte mich um eine Kopflänge. Mir fiel sein kurzes schwarzes Haar auf und auch, dass es mir gefiel – aber noch mehr seine meerblauen Augen. Ich erinnere mich, wie ich ein bisschen in ihnen versank.

»Entschuldigen Sie, bitte«, sagte er. Seine Stimme hatte ein tiefes, sexy Timbre. »Ich habe eben meinen Wagen abgeholt. Da standen Sie gerade am Schalter. Ich habe das von Ihrem Flug gehört und jetzt frage ich mich, ob ich Sie mitnehmen darf.«

Ich schaute ihn verwundet an, eine ganze Weile. Irgendwann sagte ich wenig geistreich: »Ich weiß nicht.« Ein Haufen Gedanken gingen mir durch den Kopf – zum Beispiel, dass man bei einem fremden Mann nicht ins Auto steigt, auch wenn er jünger als man selbst ist, auch wenn er noch so phantastisch aussieht wie dieser, auch wenn er eine sexy Stimme hat, auch wenn man unbedingt nach Hause will ...

»Ich heiße übrigens Frank Bolter«, sagte er.

»Freut mich«, sagte ich. Ich ließ meine Zigarette auf den Boden fallen und schaute dabei zu, wie mein Fuß sie langsam austrat.

***

Wir fuhren über die Interstate. Ich erzählte Frank, dass ich seit fast zehn Jahren in einer Werbeagentur arbeitete, und von der Präsentation, von der ich gekommen war. Im Gegenzug redete er über sein Studium. Er arbeitete an seiner Doktorarbeit in Ethnologie und wollte gerade zu einem Kumpel nach New York.

Wir legten eine Pause in einem Diner ein und fuhren weiter. Irgendwann bogen wir von der Interstate auf eine Landstraße ab, von der Frank meinte, sie spare uns gut eine Stunde. Die Landschaft änderte sich, wurde ausgestorbener. Bald säumten nur noch Stoppelfelder unseren Weg.

Ich weiß nicht mehr, worüber wir geredet haben, als das Blaulicht hinter uns auftauchte. Zuerst verstand ich gar nicht, dass wir gemeint waren. Ich dachte, das Polizeiauto wollte einfach überholen, aber dann merkte ich, wie Frank die Geschwindigkeit drosselte und ranfuhr. Er machte noch eine ulkige Bemerkung über einen gelangweilten Polizisten vom Land, der sich die Zeit vertreiben wollte, und ich lachte.

Wir hielten an und ich sah in den Rückspiegel. Eine schwarze Polizistin stieg aus dem Streifenwagen aus. Sie trug keine Mütze. Ihr schwarzes Haar reichte ihr bis zu den Schultern. Sie ging einmal um unseren Wagen herum. Ohne ein Wort zu sagen, beugte sie sich zu meinem Fenster herunter und lächelte mich an. Ich lächelte zurück. Sie kam mir ziemlich sympathisch vor, mit ihrer glatten schwarzen Haut und ihrer Stupsnase. Ich schätzte sie auf mein Alter. Auf dem goldenen Namensschild an ihrer Brust stand Barber.

Sie ließ sich von Frank die Papiere zeigen. Ihre Stimme war recht tief für eine Frau, fast wie die einer Gospelsängerin.

Ohne dass ich einen Grund erkennen konnte, mussten wir beide aussteigen. Plötzlich drängte sie Frank an den Wagen und tastete ihn ab. Es war wie im Krimi. Sie fuhr mit ihren Händen an seinem Körper entlang, stutzte an seinem Po, zog etwas aus seiner Gesäßtasche und fing an zu lachen.

»Was haben wir denn da?«, rief sie triumphierend.

Ich erinnere mich an den kleinen Plastikbeutel, den sie hin und her schwenkte, und daran, wie mir das Herz in die Hose rutschte. Ich kannte diese grünen Beutel aus dem College. Marihuana.

»Ihr seid verhaftet«, zischte Barber. Und plötzlich fand ich sie gar nicht mehr sympathisch, sondern unheimlich. Sie hatte etwas von einer Amazone mit ihrem gemeinen, wilden Lächeln.

Frank protestierte mit höflichen, ruhigen Worten. Er sagte, dass ich – die Dame nannte er mich – nichts damit zu tun hätte, dass wir uns eigentlich gar nicht kennen, und dass es doch nur zwei Gramm Marihuana wären.

Barber interessierte das nicht. Sie bugsierte uns zu ihrem Streifenwagen. Frank und ich fanden uns auf dem Rücksitz wieder. Ich hörte ihn »Es tut mir unendlich leid« flüstern. Ansonsten redeten wir auf der Fahrt kein Wort miteinander.

Das Polizeirevier war menschenleer, als wir eintraten. Barber hatte unsere Führerscheine an sich genommen und warf sie auf einen Schreibtisch. Frank und ich mussten vor ihr Platz nehmen. Sie zog einen Kugelschreiber aus der Brusttasche und kritzelte etwas in ein Formular, das ich nicht richtig erkennen konnte. Das Kratzen des Kugelschreibers jagte mir einen Schauer über den Rücken. Dann lächelte sie uns plötzlich an und sagt zu Frank: »Aufstehen.«

Er tat es.

»Schön«, sagte sie und dann noch etwas – etwas, das ich einfach nicht fassen konnte. »Und jetzt zieh dich aus.«

Ich starrte sie an, um herauszubekommen, ob das ein Scherz sein sollte, und wenn ja, war es ein verdammt gemeiner Scherz für einen Sheriff.

»Wie bitte?«, fragte Frank. Er konnte es offensichtlich auch nicht glauben.

»Ausziehen. Strippen. Du weißt, was ich meine.«

»Ich bitte Sie ...«, sagte Frank.

»Was gibt es da zu bitten? Ich will, dass du, Hübscher, dich ausziehst. Wirst du doch schon mal gemacht haben. Vorm Duschen oder so.«

»Das werde ich nicht tun!«

»Ach nein?« Barber lehnte sich zurück und fuhr sich mit einem Finger über die Augenbrauen. »Weißt du, Hübscher, es ist so: Wenn wir hier eins nicht mögen, dann sind das Drogen. Und ich werde dafür sorgen, dass du wegen Drogenschmuggel drankommst. Weißt du, was das bedeutet – Drogenschmuggel? Weißt du das, Hübscher?«

Franks Kopf bewegte sich. Er nickte.

»Das gibt eine Bundessache. Da steht das FBI vor deiner Tür. Ach ja, und die da ...«, Barber zeigte auf mich und ließ ein Lächeln sehen, von dem mir flau im Magen wurde, »deine sogenannte Dame – die hängt mit drin. Darauf gebe ich dir mein Wort. Also zieh dich aus.«

***

Und da sitze ich wie angewurzelt auf dem Stuhl. Seine Lehne drückt in meinen Rücken, aber ich traue mich nicht, meine Position zu ändern. Direkt vor mir steht Frank. Ich sehe, wie er sein Trikot abstreift und seinen Rücken freilegt, sehe, wie die Muskeln unter seiner nackten Haut zucken, als er es beiseitewirft, sehe, wie er sich seiner Schuhe entledigt und langsam beginnt, seine Hose herunterzuziehen. Sheriff Barber hat ihre Beine gespreizt, lächelt ihr halb verächtliches, halb geiles Lächeln. Eine ihrer Hände gleitet zwischen ihre Beine. »Dreh dich um«, sagt sie gebieterisch.

Frank folgt ihrem Befehl und wendet mir seinen Schritt zu. In seinen Augen liegt ein ratloser, ungläubiger Ausdruck.

Ich zucke mit den Achseln, vorsichtig, weil ich nicht weiß, was Barber tun wird, wenn sie merkt, dass wir kommunizieren.

»Und jetzt wieder zurück«, befiehlt sie.

Frank folgt aufs Wort und wieder habe ich seinen Po vor Augen.

»Wenn ich *ausziehen* sage, meine ich auch *ausziehen*. Alles.«

Frank beugt sich vor und entledigt sich seiner Socken. Dann stellt er sich gerade hin.

»Willst du mich wütend machen. Alles, habe ich gesagt! Und lass diesen gequälten Blick sein. Den kann ich nicht leiden.«

Zögerlich streift Frank seine Boxershorts ab. Ich habe seinen nackten Po direkt vor mir. Da lacht Barber plötzlich auf.

»Sieh dir das an«, ruft sie. »Sieh ihn dir an.«

Ihre rechte Hand befiehlt Frank, sich ein weiteres Mal umzuwenden. Langsam gehorcht er. Er dreht sich zu mir und ich sehe ein festes Glied, das sich vor meinen Augen anhebt und endlich prall und steif nach oben ragt. Ich versuche wegzusehen, an etwas anderes zu denken, aber das Bild brennt sich in meinen Geist. Franks perfekter nackter Körper. Seine Bauchmuskeln. Dieser große erregte Schwanz. Ich spüre, wie mir heiß wird.

»Das gefällt dir, was?«, fragt Barber.

Ich weiß nicht, ob sie Frank oder mich meint. Ich versuche, die Erregung, die in mir aufsteigt, zu verscheuchen, aber es gelingt mir nicht. Mein Körper scheint sich gegen mich verschworen zu haben. Feuchtigkeit läuft in meinem Schoß zusammen.

Barber erhebt sich aus ihrem Stuhl und stellt sich direkt

hinter Frank. Sie legt einen Arm um ihn, umfasst sein Glied und zieht die Vorhaut zurück.

»Oh Mann, du bist wirklich ein Hübscher!«, sagt sie.

Obwohl ich es nicht will, sehe ich auf Franks geschwollene Eichel.

»Und wie scharf du bist ... Du kannst es ja gar nicht mehr erwarten.« Barber reibt Franks Glied, lässt es noch stärker versteifen, bis es fast senkrecht nach oben steht.

»Zieh mich aus«, befiehlt sie ihm.

Frank gehorcht. Er knöpft das Hemd ihrer Uniform auf und löst ihren BH. In seinen Bewegungen ist kein Widerwille mehr, kein Stocken. Zwei große schwarze Brüste kommen zum Vorschein. Dann zwingt Barber ihn mit einer Hand auf die Knie. Tief gebeugt schnürt er ihre Stiefel auf und zieht ihre Socken aus, befreit sie von ihrer Hose und dem Slip.

Ich sehe, dass ihr Schoß vollständig rasiert ist. Links auf ihrem straffen Bauch – kaum zu erkennen auf der dunklen Haut – ist eine Tätowierung. Eine einfache, pechschwarze Sonne.

»Komm her«, sagt Barber und setzt sich wieder auf ihren Stuhl. Frank steht auf und stellt sich vor sie. Wieder packt sie grob seinen Schwanz und reibt ein paar Mal.

»Sei ein bisschen lieb zu mir.«

Frank bleibt bewegungslos vor ihr stehen.

»Na los«, treibt sie ihn an. »Du weißt bestimmt, wie man eine Dame behandelt.«

Er geht wieder auf die Knie und beginnt, sie zwischen ihren Schenkeln zu liebkosen. Es ist so still im Raum, dass ich die feuchten Küsse höre, die er auf und in das Geschlecht der Schwarzen drückt.

Barbers Atem wird schneller und wilder.

»Deine Zunge«, stöhnt sie, »gib sie mir ganz, mehr ... Und jetzt da oben ... Ja ... Schön.« Sie wirft ihren Kopf nach hinten.

Zuckungen rasen durch ihren Körper und lassen ihre Brüste erbeben. Dann zieht sie plötzlich Franks Kopf unsanft zur Seite. »Leg dich auf den Rücken.«

Frank tut es und Barber steht vom Stuhl auf, kniet sich über ihn und drückt ihr Geschlecht in sein Gesicht. »Sieh hin!«, zischt sie mit vor Geilheit brüchiger Stimme zu mir. »Sieh es dir genau an und du«, sie tippt auf Franks Stirn, »machst weiter.«

Ich kann hören, wie Frank gehorcht. Das Schmatzen verrät mir, dass er Barber hemmungslos leckt.

»Ich höre nicht, dass es dir gefällt«, keucht Barber. Auch das ist ein Befehl, denn gleich darauf beginnt Frank lustvoll zu stöhnen, während er sie verwöhnt. Bei alldem ist Barbers Blick auf mich gerichtet. Ihr Starren wird nur unterbrochen, wenn ein Lustschub ihren Kopf nach hinten wirft.

»Von dort drüben entgeht dir ja alles. Komm hierher«, sagt sie und deutet neben sich auf den Boden.

Langsam setze ich mich in Bewegung. Ich will widerwillig und gequält wirken. Ich will wie eine Geisel aussehen – eine ohnmächtige Geisel, die nichts für irgendetwas kann. Ich will nicht, dass Barber und Frank sehen, wie scharf ich geworden bin. Ich hocke mich direkt neben die schwarze Frau auf den Boden und sehe in ihr vor Lust verzerrtes Gesicht.

Barber klettert von Frank herunter. Der Cunnilingus hat deutliche Spuren in seinem Gesicht hinterlassen. Im Lichtschimmer glänzt die Haut um seine Mund feucht von ihrer Flüssigkeit.

Barber packt grob mit ihrer Hand in sein Gesicht. Sie bohrt ihren Daumen in seinen Mund und lacht kurz auf. Dann rutscht sie, mich beim Arm greifend, eine Stück nach hinten. Wir beide knien jetzt neben Franks Lenden. Sein Glied ist immer noch steif. Barber grabscht es und schiebt die Vorhaut zurück.

»Oh, wie aufgeregt er ist. Scheiße. Er ist ganz nass. Sieh dir das an!«, sagt sie und präsentiert mir Franks feucht schimmernde Eichel. Sie presst einen ihrer langen Fingernägel dagegen. »Ganz nass vor Verlangen, der Hübsche.« Sie lässt ihn los. »So, meine Dame, du kommst jetzt hierher und du, Hübscher, kniest dich hin – über sie. So. Ich will, dass sie genau sieht, wie wir ficken.«

Sie ist wie eine Regisseurin, die ihren Schauspielern Anweisungen gibt. Als ihr Arrangement endlich fertig ist, liege ich rücklings auf dem Boden. Ich blicke direkt auf Barbers nackten Schoß. Auch Frank kniet über mir. Er soll Barber direkt über meinem Gesicht nehmen.

»Los«, befiehlt Barber und ich sehe, wie Franks Glied sich zwischen die Schamlippen presst. Es wandert ein Stück zurück, dann beginnt Frank, hart zu stoßen.

Ich höre das Klatschen der Körper, die über mir zusammenprallen und das laute Stöhnen von Barber. Die Schwarze spreizt ihre Beine noch ein Stück weiter und lässt sich etwas tiefer nach unten sinken, sodass das Schauspiel noch dichter an mein Gesicht heranwandert. Ich kann nicht wegsehen, an nichts anderes denken, als an die beiden hemmungslosen Körper über mir. Plötzlich wird mir bewusst, dass meine Hand in meinen Schoß gewandert ist. Ich werde rot und ziehe sie, so unauffällig wie ich kann, zurück.

Es scheint eine Ewigkeit zu dauern, aber irgendwann höre ich wieder Barbers Stimme. Sie klingt heiser und abkämpft und ruft: »Jetzt. Sofort!«

Einen Moment lang scheinen die Unterleiber in ihrer Vereinigung einzufrieren. Ich sehe, dass Frank die volle Länge seines Gliedes in Barber gestoßen hat. Ein Zittern ergreift seine Beine.

Er weicht nach hinten zurück. Barber lässt sich neben mir auf den Boden sinken. Sie ist verschwitzt und ein paar Strähnen hängen ihr wirr ins Gesicht. Sie lächelt mich an, verträumt und glühend.

»Mhm«, raunt sie in mein Ohr, »er ist wirklich gut. Er weiß sich zu bewegen. Und er fühlt sich schön an.« Sie schweigt einen Moment lang, ehe sie fortfährt: »Ich wette, du hast ihn stundenlang angeschmachtet, aber warst zu feige, ihn dir zu nehmen, was?« Sie lacht und ich nehme wahr, wie sie ihren Kitzler zu massieren beginnt.

»Dabei ist er ganz heiß auf dich.«

Ich sehe sie an, versuche, ihrem Blick standzuhalten, und schweige.

»Nicht gemerkt? Schön dumm von dir. Was hätte der dich geritten!« Sie fährt sich mit einer Hand durchs Gesicht und wendet sich wieder Frank zu: »Ich brauche noch etwas Zärtlichkeit, mein Hübscher. Komm wieder her.«

Frank kommt zurück und legt sich über Barber.

»Streichel mich«, fordert sie und Frank fängt an, sein Gesicht zärtlich an ihrem zu reiben. Ich höre das Geräusch von Haut, die über Haut streichelt. Er wandert tiefer, drückt ihren Brüsten ein paar Küsse auf und reibt sein Gesicht auch an ihnen.

»Küss meinen Bauch.«

Er tut es. Dann kommt er zurück und küsst sanft ihren Mund.

»Na so was. Sieh ihn dir an! Er will gleich noch mal. Der Junge ist topfit.«

Aus den Augenwinkeln sehe ich, dass Barber Franks Penis mit der Hand bearbeitet. Er ist wieder erigiert.

»Mhm«, seufzt sie genüsslich. »Aber wir wollen nicht geizig sein.« Ihre freie Hand wandert an meinen Rock und zieht ihn hoch. Meine Kehle schnürt sich zu und ich sehe, wie Barbers und Franks Augen sich auf meinen Schoß richten. Ich bin vollkommen erstarrt.

Frank wirft mir einen fragenden Blick zu. Ich bin mir nicht sicher, wie ich ihn anschaue. Seine Hände wandern an meinen Slip, entblößen mich. Wie gebannt starrt er auf meine feuchte Pussy.

Mir entfährt ein Stöhnen, das Barber mit einem Lachen quittiert.

Frank senkt seinen Kopf und lässt mich seine Zunge spüren. Ich fühle sie feucht und ein bisschen rau auf meiner Klit. Barber verfolgt jede seiner Bewegungen, ohne dabei aufzuhören, seinen Schaft zu reiben.

Die Situation ist völlig verrückt – aber so unendlich geil. Ich strecke meinen Arm aus und greife in Franks Haar, spreize meine Beine, damit er überall hingelangen kann. Seine Zunge fährt in meine Pussy. Sie ist fordernd, gierig und gleitet so tief in mich, dass ich es kaum fassen kann. Alles in ihm will in mich.

Plötzlich schiebt Barber meine Hand von Franks Kopf und befiehlt: »Aufstehen.«

Wir folgen ihrem Befehl. Sie drängt mich gegen den Schreibtisch, an dem sie gesessen hat. Als ich nicht weiter zurückweichen kann, schiebt sie Frank gegen mich. Sie ist hinter ihm stehengeblieben, umarmt ihn und sieht mir über seine Schulter direkt in die Augen.

»Zieh sie aus.«

Franks Hände fahren über meine Brüste und beginnen meine Bluse aufzuknöpfen. Ich merke, wie wild meine Atmung geworden ist. Das Blut in meinen Schläfen pocht.

Franks Hände berühren jetzt meine nackte Haut. Seine Finger spielen mit meinen Brustwarzen. Sie zwirbeln sie fest. Dann liebkost er sie mit seinem Mund, wodurch sie noch fester werden.

Barber krallt sich in Franks Haar und drückt ihn nach vorn. Unsere nackten Körper pressen sich aneinander. Als ich nach unten sehe, erkenne ich, dass Barber Franks Glied in der Hand hält. Sie lässt es gegen meine Pussy drücken und führt es in mich ein.

Ich stöhne auf. Frank ist groß. Ich habe Schwierigkeiten, ihn ganz hineinzulassen – aber irgendwann macht mein Körper auf und er ist tief in mir.

Barbers schwarze Hände fahren über Franks Brust, während er mich zu stoßen beginnt. Meine Augen tränen. Ich stöhne wie eine Verrückte. Es fällt mir schwer, meinen Körper aufrecht zu halten. Er will sich nach hinten fallen lassen – alles loslassen.

Verschwommen nehme ich wahr, wie Barber hinter Frank hervortritt. Sie stellt sich neben mich und beginnt, mit einer Hand meine Brüste zu massieren. Mit der anderen Hand spielt sie in ihrem Schoß.

Sie muss noch Franks Erguss in sich haben, schießt es mir durch den Kopf.

Ihre Hand wandert höher, berührt meinen offenen Mund und meine Stirn. Alles an mir glüht. Ich spüre, dass meine Zunge herausschnellt, um mit Barbers Fingern zu spielen. Ihr Körper rückt noch näher. Ihre feuchte Zunge umkreist abwechselnd meine beiden Brustwarzen.

Plötzlich presst sich ihr Gesicht gegen mein Ohr. »Jetzt«, sagt sie. »Jetzt!«

Ihre Stimme lässt etwas in meinem Körper zerspringen. Ich höre, wie sie einen heiseren Schrei ausstößt. Er vermischt sich mit meinem. Ein warmer Schwall ergießt sich tief in mir. Drei heiße Körper drängen sich in Ekstase aneinander.

Als die Explosion vorüber ist, trennen wir uns. Barber weist Frank und mich an, uns anzuziehen. Auch sie sammelt ihre Uniform zusammen. Als wir fertig sind, baut sie sich breitbeinig vor uns auf.

»Ihr könnt gehen«, sagt sie, und plötzlich schnellt ihr Arm

hoch. Etwas Kleines fliegt durch die Luft. Reflexartig fängt Frank es auf. Es ist sein Plastikbeutel mit Marihuana. Frank steckt ihn mit einer schüchternen Bewegung in seine Hosentasche.

Wir gehen langsam zur Tür. Als sie hinter uns zufällt, sehen wir uns an. Ich erkenne die Ratlosigkeit in Franks Augen. Er sucht nach Worten und klaren Gedanken.

Mir geht es genauso.

TIEFENSUCHE

Lucy ließ sich im Stuhl sinken und rieb ihre müden Augen. Wie viele Stunden hatte sie heute schon wieder auf den Computerbildschirm gestarrt? Wie lange dauerte dieser Arbeits-Marathon bisher? Höllisch lange. Sie ließ ihren Kopf kreisen. Das Licht im Großraumbüro war schummrig. Draußen im Dunkeln vor den großen Fenstern leuchteten die Lichter von Manhattan. In ein paar Stunden würde es schon wieder dämmern und aus dem grauen Dunst würde das Empire State Building auftauchen.

Ein paar Meter von ihr entfernt hackte George energisch auf die Tastatur seines Computers ein. Das restliche Team hatte Lucy vor drei Stunden nach Hause geschickt. Es hatte keinen Sinn mehr gemacht, es weiter schuften zu lassen. Alle waren am Ende und kamen ja ohnehin zu keinen neuen Erkenntnissen mehr. Fünf Tage hatten sie jetzt schon durchgängig gearbeitet – sechzehn bis achtzehn Stunden am Tag – und das Ergebnis war gleich Null gewesen. Nicht die geringste Spur war zu finden. Sie hatten nicht einmal eine blasse Ahnung, wie der große Unbekannte es angestellt hatte, sich in ihr System zu hacken.

Vielleicht änderte sich die Lage, wenn ihr Team ein paar Stunden Ruhe und etwas Schlaf bekam. Vielleicht hatte morgen doch noch irgendwer die zündende Idee. Vielleicht. Etwas Zeit blieb ihnen noch.

Das Geräusch von Georges Getippte schwoll einen Moment lang an. Der Bursche bearbeitete seine Tastatur wie ein Roboter.

Auch er hätte gehen können, aber er hatte bleiben wollen. George war erst seit einem halben Jahr in Lucys Abteilung und meinte, sich offenbar als besonders fleißiges Bienchen erweisen zu müssen. Sollte er. Seine Anwesenheit störte Lucy nicht. Eher im Gegenteil. Es war gut, nicht ganz allein im schummrigen Großraumbüro zu sitzen. So hatte sie etwas, das sie vom Einschlafen abhielt.

Noch einmal rieb sich Lucy die Augen und seufzte leise. Sie war schrecklich müde und trotzdem rastlos und nervös. Ihr Körper musste mit Stresshormonen vollgepumpt sein. Irgendwo hatte sie einmal gehört, dass Bewegung das beste Mittel dagegen wäre. Sport baute Cortisol oder so etwas in der Art ab. Aber für Sport war definitiv keine Zeit. So wie es stand, würde sie noch einen Kaffee trinken müssen, um halbwegs bei Kräften zu bleiben. In den letzten Tagen ernährte sie sich beinahe ausschließlich von Kaffee. Es war ein Mistleben, wenn man genau darüber nachdachte.

Während George unermüdlich weitertippte, kam Lucy die Erinnerung an das Gespräch mit Matthew Archer in den Sinn. Damit hatte alles angefangen.

Sie hatte noch genau den ersten Satz im Ohr, den Matthew ihr entgegengeschleudert hatte, als sie sein Büro betrat: »Da hat uns jemand gehörig gefickt.« Das war der Auftakt des Gesprächs gewesen. »Aber so was von gefickt! Scheiße!«

Matthews ordinäre Ausdrucksweise war im Haus schon fast legendär. Die wenigsten seiner Sätze kamen ohne die Zugabe von »Ficken«, »Eier« oder »Scheiße« aus, was Lucy nicht gerade für ihn einnahm. Aber in den Jahren, in denen sie mit Matthew zusammenarbeitete, hatte sie begriffen, dass sein ordinäres, grobschlächtiges Auftreten nur Fassade war. Er war bei weitem gerissener, als er sich gab. So wie sie den Mann inzwischen einschätzte, plante er immer ein Dutzend Züge im

Voraus, bevor er etwas sagte oder tat. Und das offensichtlich mit Erfolg. Matthew war nicht umsonst einer der leitenden Manager von »Redstone« geworden.

Nachdem sie die Tür hinter sich zugezogen hatte, ging Lucy zu Matthews Schreibtisch und setzte sich. Flüchtig streifte ihr Blick ein Foto, das knapp vor der Tischkante stand. Es zeigte Matthew neben dem ehemaligen Finanzminister. Offenbar war es an Weihnachten aufgenommen worden. Die beiden Männer saßen vor einem bunt geschmückten Christbaum.

Matthew durchblätterte ungeduldig einen dicken Stapel Papier und wirkte sichtlich genervt.

»Was ist das?«, fragte Lucy.

»Das?«, gab Matthew zurück. »Unsere Kundendaten, unsere komplette Kapitalstruktur, unsere Marktanalysen und Strategiepläne. Kurz gesagt: Es sind unsere gesammelten Firmengeheimnisse.« Er ließ den Stapel auf seinen Schreibtisch fallen.

»Okay«, sagte Lucy abwartend.

Matthew lehnte sich etwas nach vorn und sah ihr mit einem stechenden Blick direkt in die Augen. »Die interessante Frage ist, wo das hier«, er tippte auf den Stapel, »herkommt.«

»Wo kommt es denn her?«

»Es lag vorgestern in unserer Post.«

Lucy merkte, wie ihre Muskeln einfroren. Was Matthew da andeutete, war eine Katastrophe: Sämtliche Firmengeheimnisse von »Redstone« waren einfach so in der gewöhnlichen Post gewesen!

»Dabei lag ein kleines Briefchen«, fuhr Matthew fort. Er sprach jetzt so, als würde er einen Witz erzählen. »Ich werde dir sagen, was drin steht: Irgendein Komiker schreibt da, dass er in unser Datensystem eingedrungen ist und vorhat, sämtliche unserer Interna ins Internet zu stellen. Es sei denn, wir spenden innerhalb von zehn Tagen 200 Millionen Dollar.«

»200 Millionen Dollar?!«, echote Lucy ungläubig.

»Ja, er oder sie – wer auch immer – hat eine ganze Liste mitgeschickt. Halt dich fest. Auf der Liste sind zwei Dutzend Wohltätigkeitsorganisationen aufgeführt. Man fasst es nicht: Da steht sogar was von einer Suppenküche in Detroit.« Matthew machte eine Sprechpause, in der er eine seiner Augenbrauen hochzog. »Wie es aussieht, haben wir es mit so einer Art Robin-Hood-Verschnitt zu tun. Wenn er uns nicht so derartig bei den Eiern hätte, wäre es zum Lachen.« Matthew lehnte sich wieder nach hinten. Er war ein schlanker Mann Mitte Vierzig mit graumelierten Haaren und einem schmalen Gesicht, das jetzt einen lauernden Ausdruck annahm.

Lucy atmete tief durch. Mit so einer Nachricht hatte sie nicht gerechnet. Wer hätte das schon? Es war eine absurde Situation. Sie fühlte sich wie vor den Kopf gestoßen und hatte alle Mühe, sich das nicht anmerken zu lassen.

»Weißt du, welche Fragen sich mir bei alledem stellen?«

Lucy ließ ihren Blick über das Foto mit dem Finanzminister gleiten. Sie hatte eine böse Ahnung, eine sehr böse.

»Ich frage mich«, fuhr Matthew fort, »wie dieser Robin Hood wohl an all unsere Daten kommt. Ich frage mich das, Lucy, weil deine Nerd-Abteilung doch angeblich einen so tollen Job macht. Ich frage mich das, weil unser IT-Sicherheitssystem über alle Zweifel erhaben sein soll und weil wir doch angeblich nicht gehackt werden können. Ich frage mich das, weil mir noch vor einem Jahr von dir versichert worden ist, dass so eine Art von Scheiße bei ›Redstone‹ unmöglich passieren könnte!«

Lucy wurde übel. Sie war für die IT-Sicherheit des Hedgefonds verantwortlich. Und wie es aussah, war der Kopf, der heute rollen sollte, ihrer.

»Ist das die Stelle, an der du mich feuerst?«, fragte sie so kühl, wie sie konnte.

Auf Matthews Gesicht entstand ein Grinsen. »Nicht doch. Der Vorstand will das FBI bei dieser Sache so lange wie möglich draußen halten. Man hat keine Lust, dass hier Agents durch die Büros schnüffeln. Man will, dass du und deine Eierköpfe euch richtig ins Zeug legt. Ihr habt eine Woche Zeit, um herauszufinden, wie unsere Daten nach draußen gelangen konnten und wer dahinter steckt. Irgendwelche Spuren muss Robin Hood doch bei so einer Nummer in unserem System hinterlassen haben. Irgendwelche Spuren gibt es immer. Und ihr werdet sie aufspüren.«

»Ich verstehe«, sagte Lucy, selbst erstaunt darüber, wie ruhig ihre Stimme jetzt klang. »Eine Woche. Dann gehe ich jetzt wieder hoch und erledige das.«

Sie war aufgestanden und hatte die Tür zu Matthews Büro mit einem kräftigen Ruck hinter sich zugezogen.

Das lag jetzt fünf Tage zurück. Seitdem hatte Lucy so viele Stunden vor dem Rechner zugebracht, das sie kaum noch wusste, wo ihr der Kopf stand. Sie hatte ihre Leute in kleine Teams aufgeteilt, die fast bis zum Umfallen nach Spuren im Datensystem gesucht hatten. Der Ertrag ließ auf sich warten. Trotz aller Anstrengungen hatten sie nichts in der Hand. Das Einzige, was man daraus schließen konnte, war, dass Profihacker am Werk gewesen sein mussten.

Das beständige Tippen von George drang wieder in Lucys Bewusstsein und zog ihre Aufmerksamkeit auf sich. Während die Erinnerung an das Gespräch mit Matthew Archer endgültig verblasste, sah sie den jungen Mann nachdenklich an. Sie hatte, seit er in ihrer Abteilung angefangen hatte, relativ häufig über ihn nachdenken müssen. Denn George war ein wandelndes Paradox.

Einerseits war da dieser herrliche Körper, anderseits eine Persönlichkeit, die viel unsicherer und schüchterner gar nicht hätte sein können. In dem halben Jahr, in dem er für sie arbeitete, hatte er es niemals fertig gebracht, Lucy länger als zwei oder drei Sekunden in die Augen zu sehen. Manchmal schienen sogar seine Hände zu zittern, wenn sie in seiner Nähe war. Er war ein Klischee-Nerd – allerdings einer, den die Natur in einen Traum-Body gesteckt hatte.

George war fast einen Meter neunzig groß und breitschultrig. Er hatte kurze schwarze Haare und ein ebenmäßiges, elegantes Gesicht, in dem zwei blaue Augen funkelten. Leider hatte er sie hinter einer dieser typischen Nerd-Brillen eingekerkert, sodass sie kaum zur Geltung kommen konnten. Seine Stimme hatte einen angenehmen männlichen Klang. Allerdings machte er in Lucys Gegenwart fast nie den Mund auf.

Falls er auf alle weiblichen Wesen dieser Welt so reagierte wie auf sie, musste er noch Jungfrau sein. Lucy merkte, wie ein Lächeln über ihr müdes Gesicht huschte. Das erste Mal seit Tagen bekam sie einen Anflug von guter Laune. Jungfrau! Um Gottes willen! Es war eine Schande, wie dieser Bursche sich aufführte. Wenn sie sich richtig an seine Personalakte erinnerte, war er achtundzwanzig Jahre alt. Als sie in seinem Alter gewesen war, hatte sie ein Start-up-Unternehmen hochgezogen und niemals ihren Blick gesenkt. Matthew hatte es mit Sicherheit auch nicht getan.

Lucy lehnte sich weit zurück, streckte ihren Rücken durch und spürte, wie die Müdigkeit aus ihren Gliedern verschwand. Die Rastlosigkeit in ihrem Körper hatte sich verwandelt. Der Anblick von George hatte ihr ein angenehmes Prickeln im Bauch beschert. Ein paar vage, sehr unanständige Gedanken schwirrten durch ihren Kopf. Vielleicht sollte sie sich nach den Strapazen der letzten Tage eine kleine Auszeit gönnen. Sie könnte die Zeit nutzen, um dem guten George ... vielleicht ... eine heilsame Lektion zu erteilen. So wie es aussah, brauchte er eine Frau, die ihn bei der Hand nahm.

Lucys Lächeln wurde breiter, als sich in ihrem Bewusstsein ein Plan zu formen begann. Unwillkürlich knabberte sie an ihrer Unterlippe. Sie beide würden etwas gegen den Stress tun und ein wenig Bewegung bekommen. Das konnte nur hilfreich sein.

Einen Augenblick prüfte sie, ob das, was sie da vorhatte, zu verrückt war. Nun, es war verrückt! »Redstone« steckte mitten in einer schweren Krise und sie dachte an Sex mit einem ihrer Mitarbeiter.

Lucy fuhr sich durch die Haare, griff nach ihrer Handtasche und stand auf. »Ich bin gleich wieder da«, sagte sie, als George zu ihr aufblickte.

Er nickte.

Draußen auf dem Flur lehnte sich Lucy an die Wand. Es war jetzt vollkommen still im Gebäude. Es gab noch ein paar Wachmänner, aber die hatten strikte Anweisung, den zwölften Stock, in dem Lucys Team arbeitete, nicht zu betreten, um die IT-Spezialisten nicht zu stören.

Ihr Blick fiel auf einen der Papierkörbe aus Edelstahl, die im Flur aufgestellt waren. Ein Witzbold hatte einen kleinen Superman-Sticker darauf geklebt. Hieß diese Journalistin in den Superman-Filmen nicht auch Lucy? Quatsch! Die Figur hieß Lois. Und Superman nannte sich Clark Kent. Genau. Lois und Clark. Lucy hatte es immer bescheuert gefunden, dass niemand Clarks wahre Identität erkannte, nur weil er sich seine Haare anders kämmte und eine Brille aufsetzte. Die ganze Idee war hergesucht und völlig abwegig.

Lucy verjagte diese dummen Gedanken. Was beschäftigte sie sich überhaupt damit? Sie hatte doch etwas vor.

Sie trug ihr schwarzes Lieblingskostüm. Sachte zog sie ihren Rock hoch und nestelte ihren Slip herunter. Schon die Vorfreude auf das, was jetzt kommen würde, hatte ihre Pussy ein bisschen feucht und kribbelig werden lassen. Einen Augenblick dachte sie darüber nach, was genau sie zu George sagen würde, gab ihren Sätzen den letzten Schliff. Dann steckte sie ihr Höschen in die Handtasche und ging zurück ins Büro.

George tippte immer noch mit Tunnelblick auf seiner Tastatur. Er hob nicht einmal den Kopf, als sie an seinem Tisch vorbeischlenderte. Aber das würde er noch ...

Lucy setzte sich auf ihren Stuhl und stellte ihre Handtasche beiseite. Vorsichtig zog sie ihren Rock hoch und spürte, wie ein kühler Luftzug über ihre feuchte Mitte strich. Dann wandte sie sich George zu. Eine Weile beobachtete sie ihn dabei, wie er konzentriert auf seinen Bildschirm blickte.

Dann räusperte sie sich und sagte: »George, gib mir doch mal bitte die Analyseergebnisse von heute Mittag.«

Er erhob sich, ohne sie anzusehen. Er war vollkommen vertieft in seine Arbeit. Seine Augen ruhten immer noch auf dem Bildschirm. Seine Hand griff nach einem Stapel Zettel, der auf seinem Tisch lag. Dann stand er endlich vor ihr und sah sie an. Es war, als hätte ihm jemand den Strom abgestellt. George blieb wie angewurzelt stehen. Einen Augenblick lang starrte er fassungslos auf ihre gespreizten Schenkel. Dann verschluckte er sich hörbar und blickte beschämt und eingeschüchtert zu Boden.

»George, die Analyse bitte«, flötete Lucy genüsslich. George schwieg, aber sie konnte sehen, dass er schwer zu atmen angefangen hatte. Hoffentlich fiel er nicht in Ohnmacht, witzelte sie in Gedanken.

»George, hörst du mich nicht?«

»Miss Harper ...«, kam es leise aus seinem Mund.

»Das ist mein Name. Gut, George. Du hast ihn dir richtig gemerkt und jetzt gibt mir die Analyse.«

»Miss Harper. Ich ... da ... Sie sind ...«, seine leise Stimme verlor sich in der Stille.

»Was bin ich?«

Er sagte nichts.

Das könnte länger dauern, als sie angenommen hatte, ging es ihr durch den Kopf. Dieser Gedanke verflog, als George wieder zu sprechen anfing.

Er stammelte: »Sie machen mich nervös, Miss Harper.«

»Oh, na so was. Nervös? Das wollen wir aber nicht, oder?«

George deutete ein Kopfschütteln an.

»Schön. Und jetzt leg die blöden Zettel weg und komm hierher.«

Lucy war selbst ein wenig erstaunt darüber, wie rasch George auf diesen Befehl reagierte. Der Hüne legte etwas ungeschickt die Papiere zurück auf seinen Schreibtisch und ging zwei Schritte auf sie zu. Dort blieb er stehen. Die meiste Zeit starrte er immer noch eingeschüchtert auf den Boden, aber hin und wieder hob sich sein Kopf und er blickte sie an. Immerhin.

»Gut, und jetzt zieh dein Hemd aus.«

George ließ sich nicht lange bitten. Er tat es und legte den Traum von einem Männerkörper frei. Er war straff, schlank und vollkommen glattrasiert. Seine Brust hatte einen kantigen Zug. Seine Haut wirkte dunkel und makellos im schummrigen Licht.

»Du siehst gut aus, George«, sagte sie. Dabei fiel ihr auf, dass die Strenge in ihrer Stimme ein wenig nachgelassen hatte. Georges Körper hatte sie aus dem Konzept gebracht. Was sah der Bursche aber auch lecker aus!

»Gefalle ich dir auch?«

»Ja«, sagte George leise.

»Sag mir, wie ich aussehe.«

»Wunderschön.«

»So? Und was möchtest du jetzt tun?«

George schien etwas sagen zu wollen, stutzte dann aber. Lucy bemerkte, dass er sich etwas von ihr wegdrehte. Vermutlich wollte er seine Erektion vor ihr verbergen. Ob er überall so gut gebaut war? Ob er sich zwischen den Beinen rasierte? Eine Woge aus Prickeln durchwanderte ihren Unterkörper. Dazu kam das geile Gefühl, zwischen den Schenkeln anzuschwellen.

»Ich weiß nicht«, flüsterte Georg.

»Oh Mann, du bist echt speziell …« Lucy verdrehte gespielt genervt die Augen und wiegte ihren Körper im Stuhl hin und her. »Kommst du vom Land?«

»Nein, Miss Harper.«

»Wo kommst du her, George?«

»Aus Detroit.«

»Detroit. Aha.«

Mit einem Finger strich sie sich langsam an der Innenseite ihres Schenkels entlang. Es war wirklich erstaunlich, wie scharf es sie machte, George so gebieterisch und ordinär zu behandeln. Sie hatte es immer gern gehabt, beim Sex die Initiative zu ergreifen, aber mit so einem Maß an Dominanz war sie noch nie einem Mann gegenübergetreten. Sie hatte es auch noch nie mit einem Burschen getan, der so viel jünger war als sie. Genauso wenig mit einem ihrer Untergebenen.

»Du willst dich erst einmal ganz ausziehen und dann möchtest du mich fragen, was du für mich tun darfst, George – ist es nicht so?«

Er nickte.

»Also, los.«

George tat es tatsächlich. Sie hatte recht gehabt. Das hier war genau die richtige Lektion für ihn. Er zog seine Schuhe und Socken aus. Als er damit fertig war, knöpfte er sichtlich nervös seine Hose auf und zog sie herunter. Lucy sah auf eine schwarze Boxershorts mit einer stattlichen Beule darin. Sie spürte, wie sich die Hitze zwischen ihren Schenkeln steigerte.

Unwillkürlich wanderte ihre Hand auf die Quelle ihrer Hitze zu.

Jetzt tat George den entscheidenden Handgriff: Er streifte seine Boxershorts ab und stand vollkommen nackt vor ihr. Vor seinem straffen Bauch ragte ein schmucker Schwanz fast senkrecht in die Höhe. Im Schambereich war er glatt rasiert.

Lucy räusperte sich, um das Prickeln in ihrem Inneren etwas zu zügeln.

Jetzt, da er nackt war, schien George eine Wolke zu umgeben, ein Energiefeld, eine Art Aura, die Lucy unheimlich scharf machte. Die Lust, ihn anzufassen, hatte etwas Quälendes. Sie konnte sich kaum noch zurückhalten.

»Was kann ich nun für Sie tun?«

»Oh«, rief Lucy mit gespielter Überraschung. »Dreh dich mal ganz langsam um.«

George folgte aufs Wort. Er präsentierte Lucy einen wunderbaren, festen Arsch und einen muskulösen Rücken. Den Teil seines Lebens, den er nicht vor dem Computer saß, musste er in einem Fitnessstudio verbringen. Der Bursche hatte sich einen adretten Luxuskörper antrainiert. Und er war wirklich von oben bis unten rasiert. Nicht einmal an seinen Beinen waren Haare. Das hatte Lucy noch nie bei einem Mann erlebt.

»Schön«, sagte sie, als George ihr wieder seine Vorderseite zuwandte. »Und jetzt knie dich hin.« Sie sah seinen zögerlichen Ausdruck im Gesicht. Als Reaktion spreizte sie ihre Beine noch etwas weiter und lehnte sich ein Stück nach hinten.

»Was hast du an ›Knie dich hin‹ nicht verstanden, George?«

Lucy sah, wie er seine Brille abnahm, auf den Schreibtisch legte, und sein massiver Körper dann auf den Boden sank. Langsam schob George seinen Kopf über ihren Schoß. Sein Atem strich über ihre feuchten Schamlippen. Dieses Gefühl ließ sie beinahe aufstöhnen, aber Lucy unterdrückte diesen

Impuls. Ein Stöhnen zu diesem Zeitpunkt hätte ihr die Souveränität genommen, fand sie. Sie wollte noch eine Weile kühl und kontrolliert sein.

Georges Atem wurde intensiver. Sein Gesicht war näher an ihre Pussy gewandert. Endlich fühlte Lucy die erste vorsichtige Berührung seiner Lippen. Er warf einen Kuss auf ihre Scham und ließ ein sanftes Tasten seiner Zunge folgen. Ihr Weg führte nach oben. George fing mit ihre Klit zu spielen an. Als er einen zarten Kuss auf ihre Perle drückte, musste sie doch aufstöhnen. Vielleicht war dieser Bursche nicht ganz so unerfahren, wie sie angenommen hatte. Das, was er mit ihr da unten anstellte, fühlte sich jedenfalls nach Erfahrung an. Er hatte einen aufregenden Stil – nicht so fest, und ungeduldig, wie viele andere. Seine Zunge und seine Lippen liebkosten ihre Klit und lösten einen wahren Strom in ihrem Schoß aus. Ihre Muschi wurde klitschnass und Lucy spürte, wie ihr der Schweiß ausbrach. Plötzlich saugte George ihre Klitoris ein. Lucy stöhnte laut auf, griff nach seinen Haaren und krallte sich darin fest. Ihr Atem geriet aus dem Takt.

George wanderte wieder tiefer und ließ seine Zunge kraftvoll in sie fahren. Als er sich kurz zurückzog, hörte Lucy, dass auch er aufgeregt atmete. Sie brachten sich gegenseitig um den Verstand. Dass es mit George so schnell so intensiv werden könnte, hätte sie nicht für möglich gehalten. Lucy zog ihn an seinen Haaren in die Höhe. Sie wollte ihn jetzt noch näher bei sich haben, ihn richtig spüren.

Zu ihrer Überraschung folgte George ihrem Willen dieses Mal nicht. Er blieb einfach knien. Als sie zu ihm hinabsah, erkannte sie, dass sein Gesichtsausdruck sich verändert hatte. Die Wandlung war grundlegend. Die Schüchternheit aus Georges Augen war verschwunden. An ihre Stelle war ein entschlossener Ausdruck getreten.

George löste vorsichtig ihren Griff und sein Gesicht tauchte erneut zwischen ihre Schenkel. Wieder spürte sie die elektrisierenden Liebkosungen seiner Zunge auf ihrer geschwollenen Klit. Doch jetzt fühlte sie auch Georges Finger. Langsam drang er in sie, während er sie unablässig leckte.

»Oh, George. Was machst du?«

Vor Erregung riss Lucy ihre Arme in die Luft, was George mit ein paar schnellen, kräftigen Stößen quittierte. Sein Finger fühlte sich groß und fest in ihr an. Ein feuchtes, saugendes Geräusch drang aus ihrer Pussy. Gleichzeitig nahmen das Ziehen und Pochen tief in ihr eine Intensität an, vor der Lucy wusste, dass sie einen heftigen Orgasmus ankündigte und als er ein weiteres Mal an ihrer Klit saugte, entlud sich die angestaute Lust. Eine Welle aus Wärme und Krämpfen flutete ihren Körper und ließ ihren Atem stocken.

Es dauerte etwas, bis sie genügend Luft bekam, um wieder vernünftig sprechen zu können. George blieb solange zwischen ihren Beinen knien. Alle paar Sekunden hauchte er einen sanften Kuss auf ihre Schenkel.

»Du bist gar nicht so unerfahren, oder?«, fragte Lucy endlich. »Du bist gar nicht wirklich dieser zu groß geratene Nerd, der vor Frauen am liebsten davonlaufen will …«

George sah sie an. Seine Augen wirkten jetzt ruhig und streng. Anstatt zu antworten, richtete er sich auf und knöpfte Lucys Bluse auf. Einen Augenblick lang spielte sie mit dem Gedanken, es George zu verbieten, und ihn zu ein paar klaren Antworten zu zwingen. Aber das Gefühl, das seine großen, festen Hände in ihre Brüste fließen ließ, spülte diesen Gedanken fort.

George streifte ihr den Blazer und die Bluse ab und öffnete mit einem gekonnten Handgriff ihren BH. Ohne Brille, mit diesem Ausdruck in den Augen und seinen wild verwuschelten

Haaren, war er wirklich ein ganz anderer Typ.

Kaum war Lucy nackt, übersäte er ihre Brustwarzen mit Küssen, was ihren Atem wieder flach und aufgeregt werden ließ.

Plötzlich löste er sich von ihr, stand schnell auf und zog Lucy auf die Beine, presste sich an sie. Sein Schwanz war steinhart. Mit Kraft drückte George ihn gegen ihren Bauch.

Fragend blickte sie ihn an. Und während er sie küsste, schlüpfte sie aus ihrem Rock, ließ ihn einfach auf den Boden fallen. Dann umschloss sie Georges Glied mit einer Hand, spürte, wie ihre Handlung seinen Körper durchfuhr. Vor Erregung kniff er seine Augen zu und ließ seine Muskeln kontrahieren. Vorsichtig schob sie seine Vorhaut vor und zurück. Georges Glied wollte sich steiler aufrichten und wurde noch praller. Einer ihrer Finger fuhr die Konturen seiner Eichel ab. Behutsam strich sie über sein empfindliches Bändchen und tastete das kleine Loch in seiner Schwanzspitze ab. Jetzt war George wieder in ihrer Hand.

»Du hast mir noch nicht gesagt, was du jetzt tun willst«, raunte Lucy verführerisch.

»Ich wollte Sie fragen, was ich noch für Sie tun darf?«, keuchte George. In seinem lustverzerrten Gesicht tauchte ein Lächeln auf.

»Gut«, sagte sie. »Du darfst mich jetzt fragen, ob ich dir erlaube, mich zu ficken.« Sie hatte nicht aufgehört, Georges Schaft zu massieren, während sie sprach.

Der junge Mann schluckte. »Würden Sie ...« Ihm entfuhr ein Stöhnen. Er musste neu ansetzen. »Würden Sie mir erlauben, Sie ...«, noch ein Stöhnen und Lucy presste Georges Glied fester in ihrer Hand, während sie es rieb. »... zu ficken?«

Abrupt sie ließ ihn los.

»Okay, das erlaube ich. Setzt dich da auf den Stuhl.«

George tat es.

Hoffentlich hatte sie ihn mit ihrer Hand nicht zu sehr gereizt. Lucy kletterte auf ihn, wobei Georges Arme ihr Halt gaben. Langsam ließ sie ihr Becken sinken und Georges Glied in sich gleiten. Er stöhnte laut auf. Lucy antwortete in der gleichen Weise. Sie hielt sich an Georges Schultern fest und konnte seinen männlichen Geruch wahrnehmen, während sie ihn in sich aufnahm. Ein kleiner Schwall Flüssigkeit rann aus ihr, als sie seinen Schaft tiefer stechen ließ.

»Spürst du mich?«, fragte sie.

»Ja«, seufzte George wie aus der Ferne.

Lucy ging dazu über, ihre Hüften sachte kreisen zu lassen. George war zu groß, um gleich mit heftigen Bewegungen ans Werk zu gehen. Sie musste ihrem Körper noch Zeit geben, bevor sie anfangen konnte, diesen Burschen richtig zu reiten.

»Ich werde dir sagen, wann du kommen darfst, hast du verstanden?«

»Ja«, stöhnte George.

Es würde nicht lange dauern, bis er ihre Erlaubnis erhalten würde, denn Georges Schwanz fühlte sich unglaublich gut in ihr an! Sie hatte da offensichtlich einen Schatz gehoben. Vielleicht würde er in Zukunft öfter etwas für sie tun müssen.

George umschloss ihr Gesicht mit seinen großen Händen und zog es zu sich. Sie küssten sich und ließen ihre Zungen miteinander tanzen. Ohne sich von ihm zu lösen, bewegte Lucy sich mutiger. Ihre Hüften kreisten lasziv über seinen Lenden. Als sie vollkommen geöffnet war, ließ sie sich nach oben federn, sodass nur noch Georges Eichel in ihr blieb, um gleich darauf wieder seine volle Länge in sich zu rammen.

Es waren nur wenige Minuten, die sie so auf dem heißen Körper geritten war, als sich der nächste Orgasmus in Lucy ankündigte. Sie spürte, wie es sich in ihrem Schoß und ihren Brüsten aufbaute. Es wollte jede einzelne ihrer Zellen überschwemmen. Lucy ließ sich auf George nach vorn sinken, sodass ihr Mund direkt neben seinem Ohr lag.

»Mach jetzt. Komm!«, raunte sie.

Ein warmer Schwall ergoss sich in ihren Schoß und setzte die Lust frei, die sich in ihr angesammelt hatte. Es war, als hätte sie die pure Lebendigkeit zwischen den Beinen. Sie schrie laut auf. Unter ihr bäumte sich George auf und spritzte noch einmal in sie. Endlich riss die Spannung in ihrem Körper ab.

Lucy sank auf George und hörte, wie er ein paar Mal heftig die Luft einsog. Anscheinend wollte er sie noch einmal an sich ziehen und fest drücken, aber Lucy wandte sich grob aus seiner Umarmung und stand auf.

Kaum war sie auf den Beinen, merkte sie, wie ihr leicht schwindelig wurde. Vielleicht hatte sie es mit der Bewegung etwas übertrieben.

Jetzt erhob sich auch George. Er lächelte verträumt und begann, seine Kleidung vom Boden aufzusammeln. Er schien regelrecht high von ihr zu sein. Wie sollte er auch anders reagieren? Er hatte gerade mit seiner Chefin Sex gehabt! Er setzte seine Brille auf. Wahrscheinlich hielt er sich gerade für Superman, dachte Lucy. Sie stockte. Irgendetwas war an diesem Gedanken ... wieso dachte sie ausgerechnet jetzt an Lois Lane und Clark Kent?!

George zog seine Boxershorts über sein noch halb erigiertes Glied.

Lucy sah ihn konzentriert an. »In einem schlechten Film ...«, entfuhr es ihr plötzlich, aber sie unterbrach sich und schwieg.

George richtete sich auf. »Wie bitte?«, fragte er.

»Ich wollte sagen: In einem schlechten Film, würde sich herausstellen, dass du hinter allem steckst. Du wärst der große Unbekannte, der ›Redstone‹ erpresst.«

George sah sie scharf an. »Was?!« Als Lucy schwieg, fügte er hinzu: »Ich weiß nicht, ob ich Ihren Gedanken folgen kann ...«

»Nein?«

»Nein, Mam.«

»Ach, vergiss es einfach«, sagte Lucy genervt über sich selber, dass sie ihre Gedanken ausgesprochen und ihn unnötigerweise beschuldigt hatte. Sie begann, ihre Kleidung vom Boden aufzulesen.

Als sie sich anzog, blickte sie zu kurz zu George.

Dieser beobachtete sie. Als er ihren Blick bemerkte, lächelte er, nahm seelenruhig seine Brille ab und brach sie entzwei.

Zu jung

Das läuft völlig verkehrt, denke ich und es ist, als würde ich plötzlich aufwachen, als hätte ich den Tag über schlafgewandelt und käme erst jetzt wieder zu Bewusstsein.

Ich stehe in der Küche und starre auf den Esstisch. Schon das ist völlig verkehrt. Schon die Küche ist ein Fehler. Ich sollte nicht hier sein. Die ganze Idee, Steve noch einmal zu mir nach Hause einzuladen, ist ein Wahnsinn gewesen. Warum komme ich erst jetzt darauf? Was ist los mit mir? Warum halte ich mich nicht einmal an die einfachsten Grundregeln? Wir hätten uns an einem neutralen Ort treffen müssen. In einer Bar, in einem Park, irgendwo, von wo ich schnell fliehen kann. Irgendwo – bloß nicht hier! Bin ich tatsächlich so bescheuert?

Die Weinflasche ist schon offen. Ich gieße mir ein Glas ein und nehme einen Schluck. Noch so ein Fehler. Warum stelle ich eine Flasche Wein bereit und zünde Kerzen an? Gott, ich habe mich sogar so zurechtgemacht, wie Steve es mag. Ich habe nach der Arbeit geduscht und kein Parfüm mehr aufgelegt, nicht einmal Deo benutzt, als wollte ich ihm immer noch unbedingt gefallen.

Steve hat es gern, wenn ich kein Parfüm benutze. Er mag es, wenn ich nach mir rieche, wie er sagt. Und Make-up trage ich auch kaum – genauso, wie er es sich einmal gewünscht hat, als wir morgens dalagen und er die Bettdecke über uns gezogen hatte. Was um in alles in der Welt soll das?

Ich muss bescheuert sein!

Wenigstens tut mir der Wein gut. Er fühlt sich warm und angenehm in meinem Bauch an. Ich nehme noch einen Schluck. Der Gedanke, Steve anzurufen und einen anderen Treffpunkt zu vereinbaren, geht mir durch den Kopf. Aber es ist schon zu spät dafür. Er muss in wenigen Minuten hier sein. Möglicherweise steht er in diesem Augenblick bereits an der Tür und setzt zum Klingeln an. Vor meinem geistigen Auge sehe ich ihn mir gegenüberstehen und mich anlächeln. Er wird bestimmt eines seiner dunklen Hemden tragen, die so eng sitzen, und mich berühren wollen. Immer wenn wir uns treffen, fasst er mich sofort an. Er kann es nie abwarten. Zur Begrüßung nimmt er meine Hand und liebkost sie, streichelt mir mit seinen großen Händen über den Po und küsst meine Lippen oder meinen Hals. Wenn wir sitzen, wandern seine Hände sofort auf meine Schenkel. Jedes Mal, wenn wir zusammen sind, scheinen wir uns pausenlos zu streicheln und zu liebkosen. Meine Erinnerung an Steve ist vor allem die Erinnerung an seine Berührungen. Es vergehen selten ein paar Minuten bei unseren Treffen, in denen ich ihn nicht an mir spüre.

All das muss ich gleich irgendwie abwehren. Steve darf nicht zu dicht an mich rankommen. Ich muss ruhig und zielstrebig sein, ernst und fokussiert.

Ich gieße mir nach. Die Nervosität in meinem Körper ist kaum zu ertragen. Es zieht in meinem Magen und meine Beine sind ganz schwach.

All die sogenannte Lebenserfahrung ist in Wirklichkeit überhaupt nichts wert. Ich hatte jetzt über vier Jahrzehnte Zeit, um erwachsen und souverän zu werden. Gut funktioniert hat das offensichtlich nicht – jedenfalls nicht in dieser Angelegenheit. Ich kann eine PR-Abteilung leiten, einen Sohn großziehen und mich scheiden lassen. Aber die Sache mit Steve bringt mich an meine Grenzen und darüber hinaus.

Ich setze mich an den Küchentisch. In Gedanken gehe ich die Sätze durch, die ich mir seit Wochen überlegt habe. Zwischenzeitlich ist ein regelrechter Vortrag daraus geworden. Ich will über unser erstes Mal sprechen und Steve erklären, dass wir da beide einen Fehler gemacht haben. Ich will ihm erzählen, wie es sich für mich angefühlt hat. Es war, als würde ich mitgerissen werden. Die Dinge überschlugen sich. Wir überschlugen uns. Es war ein schönes Erlebnis, aber richtig war es deswegen nicht.

Viel von diesem Vortrag übrig ist jetzt nicht mehr. Alles, was ich noch sagen will, ist, dass es sehr schön mit ihm war, aber es nun einmal nicht geht, weil er zu jung und ein Freund von Brian ist. Die letzten Worte, die ich vorbereitet habe, spreche ich leise vor mich hin: »Du bist Brians Freund und ich bin seine Mutter. Das funktioniert nicht zusammen. So etwas tut man einfach nicht.«

Plötzlich nehmen meine Gedanken ihre eigene Wendung. Anstatt weiter darüber zu grübeln, was ich Steve sagen will, erinnere ich mich an jenen Abend, an dem alles anfing. Es war Thanksgiving. Damals habe ich auch Wein getrunken.

Brian kam mit seiner Freundin Charlotte zu Besuch. Die beiden brachten Steve mit. Er war gerade erst in die Stadt gezogen und Brian meinte, er sollte Thanksgiving nicht allein verbringen. Ich fand, das war eine nette Idee von Brian. Ja, ich war deswegen richtig stolz auf meinen Sohn. Genau solche Dinge sollte man an Thanksgiving tun.

Ich erinnere mich, wie schön das Essen verlief. Seit Jahren hatte ich mich wieder einmal selbst daran gewagt, einen Truthahn zuzubereiten, und er gelang mir wirklich sehr gut. Wir lachten und tranken Wein im Esszimmer.

Doch während alldem geschah etwas. Mit mir geschah etwas.

Alles, was mit Steve zu tun hatte, bekam eine andere Qualität. Es war nichts Plötzliches, sondern etwas, das sich nach und nach entwickelte, sich irgendwie in mich schlich.

Als er zum Essen erschienen war und ich ihn das erste Mal gesehen hatte, war er für mich ein gutaussehender junger Mann gewesen. Während die Stunden vergingen, wurde aus gutaussehend mehr. Ich kann es nicht anders in Worte fassen: Er wurde sexy. Und aus dem Freund meines Sohnes wurde ein ... na ja, ein Mann eben.

Steve hat braune kurze Haare und sieht sehr athletisch aus. Er trug an jenem Abend ein braunes Sakko und darunter ein schwarzes Hemd zu einer schwarzen Hose. Seine Stimme hat einen schönen männlichen Bass. Mir gefiel es, ihm zuzuhören und dabei zuzusehen, wie er redete. Er erzählte Geschichten vom Segeln und Kite-Surfen. Bevor er nach Chicago gezogen war, hatte er eine Weile in Sydney gelebt. Fast jede freie Minute sei er am Strand oder auf dem Wasser gewesen, sagte er.

Ich weiß noch genau, wie ich ihn über den Tisch und die Kerzen hinweg angesehen habe. Nach ein, zwei Stunden war ich wie hypnotisiert von ihm.

Obwohl ich es nicht will, trinke ich noch einen Schluck Wein und obwohl ich auch das nicht will, erinnere ich mich weiter an Thanksgiving.

Wir hatten eben die Nachspeise hinter uns gebracht und ich wollte den Tisch abräumen. Steve bestand darauf, mir zu helfen. Als wir zwei in der Küche angekommen waren, fragte er mich, was er mit dem Tellerberg, den er in seinen Händen aufgetürmt hatte, anstellen sollte. Ich sagte ihm, dass er ihn auf die Spüle stellen sollte, dabei fasste ich ihm an die Schulter. Und dann – als Steve die Hände frei hatte – nahm er plötzlich meine Hand und küsste sie. Er zog mich zu sich und sah mir in die Augen. Mein Körper reagierte wie von allein.

Ich küsste ihn und fühlte, wie unsere Zungen miteinander zu spielen anfingen. Gott! Ich habe alles noch lebhaft vor Augen: Er – gute zwanzig Jahre jünger als ich und der Freund meines Sohnes – und ich knutschten mitten in der Küche miteinander und ich spürte, wie er unter meiner Berührung hart wurde …

Mein Glas ist leer und ich gieße mir wieder nach. Steve muss jeden Moment hier sein. Ich stehe auf und sehe aus dem Fenster. Seit Tagen ist es scheußlich nasskalt und es gibt immer wieder kurze Schauer. Ich sehe auf den nassen Asphalt, der unter den Laternen golden glitzert, und setze mich gleich wieder hin, um einen Schluck Wein zu trinken.

Ich mache immer noch alles verkehrt. Aber ich kann nichts dagegen tun – dann ist es eben verkehrt! Aber wer beurteilt, dass so etwas verkehrt ist?!

Mein Blick fällt auf die Spüle und ich erinnere mich, wie ich mich an Thanksgiving von Steve löste und versuchte, die Hitze zu verscheuchen, die mir seine Küsse ins Gesicht steigen ließen. Noch einmal beugte sich sein Kopf zu mir herunter und er raunte »Nachher« in mein Ohr. Ich bekam eine Gänsehaut von diesem Wort. »Nachher«. Es war schwer, wieder ins Esszimmer zu Brian und Charlotte zu gehen, aber ich zwang mich dazu und hoffte, die beiden würden nichts bemerken.

Die nächste Stunde erlebte ich wie im Fieberrausch. Während Steve fröhlich und lässig Konversation betrieb, brach in meinem Kopf das Chaos aus. Lass dir bloß nichts anmerken, dachte ich ständig und gleichzeitig überfiel mich die Erinnerung an Steves Berührung und seine Küsse. Ich wusste kaum noch, wie ich still sitzen sollte.

Endlich verbreitete sich Aufbruchsstimmung. Ich begleitete die drei jungen Leute zur Tür. Brian und Charlotte umarmten mich zum Abschied. Steve gab mir sehr höflich und distanziert die Hand. Er hatte schauspielerische Qualitäten. Sein

Händedruck verriet nichts darüber, dass er gleich mit mir ins Bett gehen wollte.

Als ich die Tür hinter den drei geschlossen hatte, rannte ich sofort ins Bad und stellte mich vor den Spiegel. Das heißt: Ich tanzte eigentlich eher davor herum, wackelte hin und her, während ich meine Frisur und mein Make-up kontrollierte. Dabei mischten sich diese inneren Mahnungen, es nicht zu tun, mit Träumereien über Steves Körper. Ich malte mir aus, wie phantastisch er nackt aussehen müsste, und sein »Nachher« hallte in meinen Gedanken.

Ich kann es jetzt noch hören und es geht mir immer noch genauso durch und durch, wie am Thanksgiving-Abend. Der einzige Unterschied ist, dass ich über Steves Körper inzwischen nicht mehr wild phantasieren muss. Ich habe Erinnerungen gesammelt. Ich weiß, dass er nackt alles einlöst, was er angezogen verspricht, und ich weiß, wie mein Körper reagiert, wenn er in der Nähe ist. Alles drängt dann zu ihm hin. Es gab Augenblicke in den letzten Wochen, da kam es mir vor, als könnte er mit mir alles machen, was er wollte.

Aber mit dieser Art von Gedanken darf ich mich jetzt nicht aufhalten. Zwanzig Jahre sind zwanzig Jahre und er ist ein Freund von Brian. Eine Mutter darf sich einfach nicht so benehmen. Steve muss das verstehen. Er wird es verstehen und es wird ihm nicht wirklich wehtun. Es ist besser für ihn und für mich. Es besser für uns beide. Steve wird noch genügend Beziehungen in seinem Leben haben. Er ist ein Frauenschwarm. Er weiß, dass er einer ist, und er hat noch jede Menge Zeit.

Damals, an Thanksgiving, schien die Zeit überhaupt nicht zu vergehen. Nachdem ich eine Weile vor dem Spiegel herumgetanzt hatte, räumte ich gedankenverloren das Geschirr in die Spülmaschine und goss mir noch ein Glas Wein ein.

Steves »Nachher« ließ auf sich warten. Er musste sich draußen noch von Brian und Charlotte verabschieden und einmal mit seinem Wagen um den Block fahren, um keinen Verdacht zu erregen. Das alles hatte keine zwanzig Minuten gedauert, aber es kam mir wie eine Stunde oder mehr vor.

Als ich endlich die Tür öffnete, schossen unsere Körper sofort aufeinander los, als wollten sie es am liebsten gleich auf dem Flur miteinander tun. Ich hatte Mühe, die Tür wieder zu schließen, weil Steve mich an die Wand presste und meinen Rock hochschob. Wir waren beide ganz außer Atem.

»Moment«, keuchte ich.

Steve löste seine Umarmung und ließ sich von mir ins Schlafzimmer führen. Ich wollte ihn gleich mit mir ins Bett nehmen, aber dieses Mal hielt Steve mich zurück. Er zog mich an sich und sah mich mit einem Blick an, der so leidenschaftlich war, dass ich fast Angst bekam.

»Mhm«, machte er, »wie schön du bist.«

Ich muss mit dem Wein vorsichtig sein. Ich bin schon fast ein bisschen beschwipst. Dabei brauche ich meine Konzentration. Ich muss das heute mit Steve klären. Wir können so nicht weitermachen. Allein deswegen, weil er einfach zu jung ist, können wir nicht. Sicher, er geht nicht mehr aufs College, aber er ist viel, viel zu jung.

Ich habe früher nie von einem jungen Lover geträumt. Als ich jung war, kam es für mich auch nie infrage, mit einem älteren Mann zusammenzusein. Mein Ex-Mann, Jacob, ist drei Monate älter als ich, und auch alle Freunde, die ich vorher hatte, waren in meinem Alter. Für mich war das immer eine Selbstverständlichkeit.

Es ist gar nicht lange her, da saß ich mit meiner Freundin Samantha in einer Cocktail-Bar an der Grand Avenue. Nach drei Gin Tonics beichtete sie mir, dass sie auf einer Reise mit einem Mann geschlafen hatte, der ihr Sohn hätte sein können.

Ich weiß noch, wie ich sie deswegen angeblickt habe. Ich habe nichts dazu gesagt, sie zwar nicht mit Worten verurteilt, aber mit Blicken ... Sie wusste, was ich als Mutter davon hielt. Sofort redeten wir über etwas anderes. Den ganzen Abend blieb dieser Vorwurf zwischen uns. Ich glaube, wir beide bereuten es sehr, dass sie mir diese Geschichte anvertraut hatte.

Und jetzt? Jetzt tue ich das Gleiche. Nein! Das hier ist schlimmer! Ich bin nicht einfach mit Steve ins Bett gegangen, es war kein Abenteuer für eine Nacht, sondern ich bin seit Thanksgiving mit Steve zusammen! Richtig zusammen! Wir treffen uns regelmäßig. Ich habe mitgezählt. Sechzehn Mal haben wir uns seitdem verabredet, heute nicht mitgerechnet.

Steves Gegenwart nimmt mich vollkommen ein. Er ist alles um mich herum. Er ist an mir, über mir, in mir. Jeder Abschied dauert endlos lange, weil wir uns ständig gegenseitig zurückhalten und noch einmal küssen müssen.

Neulich – es war unser zwölftes Rendezvous – haben wird es tatsächlich im Flur miteinander getan. Steve wollte gerade gehen, aber eine Zärtlichkeit ergab die nächste und dann stand ich da, entblößt, an die die Haustür gepresst, und Steve kam wieder in mich. Wir beide hatten die Nacht davor kaum geschlafen und mussten es trotzdem noch einmal erleben.

Diese Intensität ist immer da, wenn wir uns sehen. Aber wenn er weg ist, fühle ich mich schrecklich und denke, dass es sich einfach nicht gehört und ich Brian das alles nicht antun darf.

Steve ist sein Kumpel, verdammt! Er sollte nichts mit seiner Mutter haben. Seine Mutter sollte nichts mit Steve haben. Es muss Schluss damit sein, und zwar heute!

Meine Hand schnellt entschieden nach vorn, greift sich die Flasche Wein und gießt ein neues Glas ein. Während ich trinke, verfluche ich mich für den Schwips, den ich mir schon eingehandelt habe. Ich spüre ihn ganz genau über der Nervosität in meinem Magen. Und dann ist da noch dieses andere Gefühl. Ich weiß, was es ist. Es ist der nächste große Fehler. Es ist dieses Gefühl, das ich jedes Mal habe, wenn ich auf Steve warte. Das »Nachher«-Gefühl.

Hastig nehme ich noch einen großen Schluck. Viel helfen tut das nicht. Ich muss daran denken, wie Steve mich sanft auf das Bett legt und meinen nassen Slip herunterzieht. Für einen Moment sehen wir uns an. Steves Augen blicken gleichzeitig gütig, erregt und verliebt. Dann taucht er zwischen meine Beine und ich fühle seinen Atem. Genau da.

Er flüstert etwas, so leise, dass ich es nicht richtig verstehe. Sein Atem streicht über die Innenseiten meiner Schenkel. Er lässt sein Gesicht über meine Haut wandern, bis es gegen meine Scham drückt. Ich spüre die Berührung seiner Zunge. Sie umwandert meine Klitoris. Plötzlich küsst er mich auf den Bauch, um gleich wieder zurückzuhuschen. Dann wandert sein Mund tiefer. Seine Zunge dringt in mich ein. Ich spüre sie in meinem ganzen Schoß, wie sie mich ertastet und erforscht. Ich komme so heftig, dass ich mich deswegen schäme, bis ich merke, wie erregend es für Steve ist. Ich höre ihn stöhnen und sehe, wie er sich meinen Saft vom Gesicht wischt, seine Lippen leckt. Dann klettert er über mich. Er thront wie ein Löwe über mir. Ich kann an nichts mehr denken. Meine Augen sind geschlossen. Ich bin ein stöhnender, vor Lust geschwollener Körper. Meine Hände klatschen auf Steves Rücken, während er mich stößt. Er löst sich ein bisschen von mir, kommt dann aber wieder ganz nahe, und ich fühle, wie er sich mit drei Schüben kräftig in mir ergießt.

Dann liegen wir da, seine Stirn auf meiner Stirn und wir atmen uns ...

Ich versuche, meine Gedanken abzuschütteln und stehe vom Küchentisch auf, gucke aus dem Fenster. Draußen hat es wieder angefangen zu regnen. Es nieselt. Irgendwo in der Nähe rauscht ein Auto über den nassen Asphalt. Ich kann es nicht sehen, nur hören. Das wäre genau Steves Route.

Ich gehe ins Bad und schaue in den Spiegel. Der Schwips lässt mir mein Gesicht ein wenig fremd vorkommen. Während ich mich mustere, spüre ich die Erregung, die mir meine idiotischen Gedanken eingebrockt haben. Ich bin feucht und heiß zwischen den Beinen. Ich weiß, dass Steve diese Energie bemerken wird und dass das alles nur noch schwieriger macht.

Der schrille Ton der Türklingel lässt mich zusammenzucken. Als ich mich vom Schreck erholt habe, bewege ich mich durch den Flur in Richtung Haustür. Ich will laufen, aber ich zwinge mich, langsam und ruhig zu gehen. Bevor ich die Tür aufziehe, atmete ich tief durch. Dann steht er vor mir.

Er lächelt mich mit seinem wunderbaren Lächeln an und greift nach mir. Ich kann überhaupt nicht agieren. Schon wieder bin ich in seinen Armen und mein Körper will augenblicklich in seiner Umarmung versinken. Es fühlt sich unendlich vertraut und aufregend zugleich an. Steves große Hand streichelt mein Gesicht, legt sich unter mein Kinn. Ich sehe, wie sein Gesicht sich nährt und spüre, wie seine weichen Lippen sich auf meine legen. Gott, schmeckt er gut! Warum müssen die verkehrten Dinge immer so gut schmecken?

Aber ich muss ihm trotzdem etwas sagen. Ich muss!

Seine Lippen lösen sich von mir. Er sieht mich forschend an. Er hat es anscheinend bemerkt. »Ist irgendetwas?«, fragt er leise.

»Ja, also, ich ... äh ... wir beide, du und ich, wir ...«, bringe ich stockend hervor.

Er sieht mich aufmerksam an.

Auch wenn er verrückt nach mir scheint, so gibt er mir die Zeit, die ich brauche, um das zu sagen, was ich muss. Ich bin ihm dankbar dafür.

»Also, ich wollte dir sagen«, setze ich neu an, »dass du sehr jung bist. Viel jünger als ich. Du könntest mein Sohn sein.«

Er nickt. Das ist natürlich nichts Neues für ihn.

»Und ich möchte dir heute sagen, dass ...« Ich schlucke, sehe in seine Augen, die mich freudig abwartend taxieren.

Er lächelt mich an und sagt: »Sprich es ruhig aus, meine Süße.«

Er macht mich sprachlos. Diese unglaubliche Selbstsicherheit! Seinem Aussehen und dem Geburtsdatum nach mag er jünger sein als ich, aber innerlich ist Steve ein gestandener Mann.

»Ich möchte dir sagen, dass es mir egal ist, dass du so jung bist. Denn du bist einfach ein toller Mann!«

Er strahlt. Dann küsst er mich leidenschaftlich. Als er sich von mir löst, sagt er: »Und du bist einfach eine tolle Frau! Es vergeht keine Minute, in der ich nicht an dich denke. Ich hoffe, dass wir uns noch ein Leben lang lieben werden.«

Er zieht mich in seinen Arm und drückt mich fest. Eng umschlungen stehen wir da. Einfach ein Mann und eine Frau.

DreamLust

Lindsey sah aufs Meer hinaus. Am Horizont schimmerte das letzte Sonnenlicht und die Wellen gingen langsam und stetig. Eine Brise strich ihr über das Gesicht. Sie spürte, wie der Wind in ihre langen Haare fuhr.

Sie wandte sich um. Der Wald, an den der Strand stieß, war licht. Sein Boden schien mit hellem, grünem Moos überwachsen zu sein. Seine Bäume hatten schlanke, gerade Stämme, die – soweit Lindsey es im schwachen Licht erkennen konnte – von einer glatten Rinde überzogen wurden. Ihr Blick ruhte jetzt auf der Laubkrone des Waldes. Einen Moment lang hatte sie den Eindruck, auf eine Unterwasserlandschaft zu schauen. Das lag an dem Laub der Bäume. Ihre Blätter waren lange hellgrüne Fäden, die wie Tang aussahen. Da und dort reichten die Fäden von den Baumkronen, die zwanzig Meter hoch sein mochten, bis zum moosbewachsenen Boden herab. Der Wind ließ sie langsam hin und her schaukeln.

Lindsey erinnerte sich, dass sie schon einmal von diesen merkwürdigen Bäumen geträumt hatte. Es musste letzte oder vorletzte Woche gewesen sein. Damals standen die Bäume am Fuß eines gigantischen Gebirges, über deren Kronen riesige blaue Vögel geflogen waren. Ihre Erinnerung daran war sehr deutlich. Da war auch ein Fluss gewesen. Sein Wasser hatte dieselbe Farbe gehabt wie der Sand, auf dem sie gerade stand.

Schon einmal davon geträumt? Etwas irritierte sie an diesem Gedanken. Geträumt? Aber ja, sie träumte. Natürlich. Es war, als würde die Welt um sie herum plötzlich aufklaren. Ihr Verstand sprang an und wurde hellwach.

Lindsey nahm seit einigen Wochen an einem Forschungsprojekt von Professor Donovan teil. Donovan erforschte sogenannte Klarträume – Träume, in denen sich der Träumer bewusst war, dass er träumte, Träume, die der Träumer selber gestalten konnte. Der Professor und sein Forscherteam hatten einen Apparat entwickelt, der mittels bestimmter Schallwellen, solche Klarträume gezielt hervorrufen konnte. Die Erinnerung an den Apparat war jetzt ganz deutlich in Lindseys Geist. Er sah aus wie ein kleiner Staubsauger und musste in diesem Moment genau neben ihrem Bett auf dem Boden stehen. Damit er wirken konnte, musste sie immer Kopfhörer vor dem Einschlafen aufsetzen.

Ihre Hand fuhr prüfend an ihr Ohr. Es war nicht das Geringste zu fühlen, aber die Kopfhörer mussten da sein. Jetzt. In der Realität.

Donovan wollte untersuchen, ob und wie das Klarträumen die Persönlichkeit beeinflusste. Er hatte seine Apparaturen an ein paar Dutzend Studenten der Psychologischen Fakultät verteilt. Lindsey gehörte dazu.

Über ein halbes Jahr lang mussten Donovans Probanden jede Nacht an seinen Apparat angeschlossen schlafen und ein Traumtagebuch über ihre Erlebnisse führen. Zusätzlich erfolgte alle zwei Wochen ein Persönlichkeitstest im Institut.

Jetzt, da ihr das einfiel, stieg ein merkwürdiges Gefühl in Lindsey auf. Sie wusste nicht warum, aber irgendetwas behagte ihr an der Erinnerung an ihr Tagebuch und jene Tests nicht. Ihre Erinnerung war in diesem Punkt undeutlich, aber da war irgendetwas mit diesem Tagebuch. Und dieses Etwas war nicht besonders gut.

Lindsey gab es auf, darüber nachzudenken, und konzentrierte sich wieder auf ihre Umgebung, dieses Mal im Wissen, dass nichts daran echt war.

Vor ihr lag immer noch die surrealistische Strandlandschaft. Ein Pärchen wanderte Hand in Hand an ihr vorbei. Für einen kurzen Augenblick folgte ihr Blick den beiden. Dann blitzte plötzlich ein Gedanke in ihr auf. Klarträumen hieß: Alles ist möglich. Alles. Einfach alles.

Ein erregtes Lachen schüttelte ihren Körper durch. *Alles*, jubelte es in ihren Kopf, *alles, was du willst.*

Ein Ruck ging durch ihren Körper und im nächsten Moment schoss Lindsey senkrecht in die Luft. Der Wind blies ihr scharf und kühl ins Gesicht und die Wolken wurden größer und größer. Sie streckte ihre Arme aus und ließ ihren Körper steif werden, bevor sie in eine besonders große weiße Wolke tauchte. Die Wolke fühlte sich weich an und – das war merkwürdig – sehr trocken. Zuckerwatte. Als Lindsey durch sie hindurchgetaucht war, bremste sie ihren Flug ab und setzte mit einem ausgelassenen Jubelschrei auf der Wolke auf.

Was sie als nächsten tun würde, war ihr, obwohl sie keine Sekunde darüber nachgedacht hatte, völlig klar: Es war Zeit für eine kleine Partie Tennis. Sie spielte seit ihrer frühsten Jugend und war Mitglied der Universitätsmannschaft.

Was sie nun brauchte, war ein Tennisplatz. Kaum hatte sie das gedacht, färbte sich die Wolke unter ihren Füßen grün und verwandelte sich in Gras. Auch das Licht änderte sich mit rasendem Tempo. Eben war Abend gewesen, jetzt schon helllichter Tag. Vor ihr wuchs ein Netz aus dem Wolkenboden und um sie herum hoben sich Tribünen in den Himmel.

Lindsey stand in einem Tennisstadion. Es befanden sich sogar Menschen auf den Plätzen, obwohl sie das gar nicht gewollt hatte. Ein einzelnes Pärchen saß verloren inmitten der

Ränge. Lindsey konnte die Gesichter der beiden nicht richtig erkennen, aber es waren definitiv ein Mann und eine Frau. Anscheinend hatte sie ihren Traum nicht ganz in der Gewalt.

Etwas verschwommen kam ihr die Erinnerung an einen Vortrag, den Donovan ihr und den anderen Testpersonen gehalten hatte. Er hatte darin gesagt, dass man auch einen Klartraum nie vollständig unter Kontrolle haben könnte. Man hatte zwar die Dinge im Großen und Ganzen in der Hand, aber unbewusste Wunschbilder, Phantasien und Erinnerungen konnten sich einmischen.

Ein kleines gelbes Geschoss pfiff an ihrem Ohr vorbei und riss sie aus ihren Gedanken. Ein Tennisball! Auf der anderen Seite des Netzes stand Gina Malone. Lindsey hatte vor einem Jahr gegen sie das Finale der Universitätsmeisterschaft verloren. Ein Lächeln eroberte ihr Gesicht. Heute würde das Spiel anders ausgehen.

Gina setzte zum Aufschlag an. Der Ball sauste über das Netz, drehte aber plötzlich fast senkrecht nach oben ab und verharrte bewegungslos, gut zehn Meter über Lindseys Kopf, in der Luft. Sie lächelte und ließ sich in die Lüfte schnellen. Als sie nahe genug war, schmetterte sie den Ball zurück zu Gina. Die brachte eine Rückhand. Lindsey lief zurück auf den Platz und schlug einen Slice. Sie schlug ihn so gut, dass sie in aller Ruhe ans Netz vorrücken konnte. Malone sprintete nach vorn. Sie versuchte natürlich einen Lob, aber sie schlug ihn nicht hoch genug, um Lindsey zu überspielen. So konnte Lindsey am Netz voll durchziehen und hämmerte den Ball so hart auf das Grün, dass er sich nach dem Aufprall in die Zuschauerränge verabschiedete.

0:15.

Aus den Augenwinkeln sah Lindsey, dass das Pärchen von seinen Plätzen aufstand und zu einem der unteren Ränge abstieg. Gina setzte zu ihrem nächsten Aufschlag an. Der Ball kam genau richtig für eine harte Vorhand. Lindsey setzte sorgfältig an, schlug zu und punktete.

0:30.

Gina wurde augenscheinlich wütend. Dann kam ihr nächster Aufschlag. Lindsey parierte ihn und ein langer Ballwechsel entstand. Gina stöhnte jedes Mal, wenn sie den Ball schlug. Beide arbeiteten mit Topspin-Schlägen. Lindsey gelang es, Gina zum Laufen zu zwingen und ließ sie von einer Ecke in die andere hetzten – so wie Gina es bei der Universitätsmeisterschaft mit Lindsey gemacht hatte. Als Lindsey sah, dass Gina langsamer wurde, zog sie voll durch. Der Schlag war zu präzise und heftig, als dass Gina ihn noch erreichen konnte.

0:40.

Lindseys Blick huschte zu dem Pärchen in den Zuschauerrängen. Als sie jetzt genauer hinsah, ließ sie vor Schreck den Schläger fallen. Die junge Frau des Pärchens war sie selbst! Lindsey. Sie trug sogar ihr Tennisdress. Das war aber nicht alles, was sie schockierte. Der Begleiter ihres anderen Ichs kniete vor ihr und küsste leidenschaftlich ihren Hals. Er selbst war nackt. Lindsey sah seinen von Schweiß glänzenden, v-förmigen Rücken und das Spiel der Muskeln, die unter seiner Haut arbeiteten.

Mit einem Mal drückte ihre Doppelgängerin ihren Liebhaber nach hinten. Wie auf einen Befehl hin, schob er ihren Rock hoch und streifte ihren weißen Slip herunter. Sie spreizte langsam ihre Beine und gab sich vollkommen preis. Der Mann ließ seinen Kopf zwischen ihre Schenkel sinken.

Während Lindsey dieses Schauspiel beobachtete, veränderte sich der Raum um sie herum. Der Abstand zwischen ihr und dem Pärchen schrumpfte zusammen, sodass sie plötzlich genau vor den beiden stand. Und das war nicht die einzige Veränderung, die vor sich ging. Obwohl sie im Tennisstadion unter freiem Himmel stand, hörte Lindsey ihr zweites Ich und den Mann plötzlich wie in einem kleinen Zimmer. Ganz deutlich drang das erregte Seufzen von der anderen Lindsey an ihr Ohr und sie hörte, wie der Mann ihr Geschlecht liebkoste und daran leckte. Ihr Kopf war erfüllt von diesen obszönen Geräuschen.

»Oh Mann«, rief die andere Lindsey. Ihre Stimme war vor Erregung ganz hoch, fast schrill. Ein aufgegeiltes Zittern ging durch ihre Arme. Als es abgeklungen war, zog sie ihr Tennis-Shirt aus und warf es achtlos beiseite. Sie knöpfte ihren BH auf und warf ihn hinterher. Ohne seine Lippen von ihrem Schoß zu lösen, reckte der Mann seine Arme hoch und begann, die kleinen festen Brüste zu massieren, die sie ihm anbot.

Lindsey spürte, wie dieses Bild sie in seinen Bann zog. Die beiden Gestalten vor ihr schienen einen Augenblick ineinander zu verschwimmen, eins zu werden.

Dann schaute ihre Doppelgängerin sie plötzlich durchdringend an und lächelte. »Was denn? Nur Zuschauen?«, fragte sie.

Lindsey wusste nicht, was sie sagen oder tun sollte.

Ein wildes Zucken ließ den Kopf der nackten Frau nach hinten schnellen, ihr Arm ging nach vorn, packte den Mann grob an seinen kurzen Haaren und stöhnte. Kurz danach sah sie Lindsey wieder an. »Du bist ja ganz scharf«, sagte sie, »und so schrecklich erregt.«

Ein Schauer jagte durch Lindseys Körper. Sie fühlte zwei große Hände an ihrem Rücken. Männerhände. Sie glitten unter ihr enges Shirt und zogen es ihr über den Kopf. Auch ihren BH zogen sie aus. Sie konnte sich nicht mehr richtig bewegen. Hände glitten über ihre kleinen Brüste und ihr Rock wurde hochgezogen.

»Ich weiß doch, dass du es willst«, flüsterte ihre Doppelgängerin.

Eine der Hände, die ihr Tennisröckchen hochgezogen hatten, wanderte direkt zwischen ihre Beine und schob ihren Slip beiseite. Lindsey war nun vollkommen nackt. Ein kühler Windhauch streichelte über ihre feuchte Scham, dann warmer Atem.

Lindsey stöhnte, ohne sich regen zu können. Die Kontrolle über das Geschehen um sie herum war ihr entglitten. Sie war machtlos, ausgeliefert und schloss die Augen.

Ein großer nackter Körper presste sich fordernd an ihren Rücken. Sie spürte warme Haut und ein steifes Glied an ihrem Po. Als sie ihre Augen öffnete, sah sie, dass das Stadion mit einem Mal bis zum letzten Platz gefüllt war. Hunderte von Augen waren auf sie gerichtet. Alle Welt sah sie!

»Genieße es«, sagte die andere Lindsey plötzlich. Sie saß mit weit gespreizten Beinen direkt vor ihr. Ihre Pussy und die Innenseiten ihrer Schenkel glänzten vor Feuchtigkeit in der Sonne.

»Lass es zu.«

Da hörte sie die Stimme des Mannes, der hinter ihr stand. »So lange ... so schrecklich lange ... von dir ...« Die Stimme wurde unverständlich, ging in ein tiefes Murmeln über.

Lindsey fühlte sein kurzes Haar an ihrer Hand. Ein großes Gesicht rieb sich an ihrem Schenkel. Dann war es ganz plötzlich verschwunden. Die Berührung war fort. Mit Mühe senkte Lindsey ihren Kopf und blickte an sich hinab. Unter ihr war nichts weiter als das Gras vom Tennisplatz. Auch der Fremde war fort.

Die andere Lindsey schloss ihre Beine und nestelte ihr Tennisröckchen zurecht. Als sie damit fertig war, lächelte sie Lindsey verschmitzt an, stand auf und ging durch die Reihen davon.

Lindsey sah ihrem merkwürdigen Zwilling nach. Die Bewegungen fielen ihr jetzt wieder leichter, aber sie konnte immer noch keinen Schritt tun.

Als ihre Doppelgängerin verschwunden war, prallte ein Tennisball direkt vor Lindsey auf den Boden. Er schlug auf, federte nach oben, fiel, schlug wieder auf und federte. Das alles geschah merkwürdig schnell – viel zu schnell für einen Tennisball – und es nervte schrecklich. Lindsey wurde wütend und versuchte, den Ball zu fangen, griff aber jedes Mal daneben. Dann erklang das Geräusch. Erst hörte es sich nur wie das Ploppen eines normalen Tennisballes an. Aber der Ton verzog sich, wurde höher. Eine kreischende Sirene, die ihr in die Ohren biss.

***

Lindsey schlug mit ihrer Hand auf den Wecker, um sein entsetzliches Piepsen abzustellen. Es war neun Uhr. Sie streckte sich und zog die kleinen Kopfhörer aus ihren Ohren, die sie mit Donovans Klartraumgenerator verbanden. Von draußen drang Verkehrslärm hinein. Ihr Zimmer lag direkt zur Hauptstraße.

Noch etwas wirr vom Schlaf dachte sie darüber nach, was sie heute zu erledigen hatte. Um zwölf Uhr wollte sie bei Aubrey sein. Aubrey war eine Kommilitonin von ihr. Die beiden mussten im Seminar für Entwicklungspsychologie ein Referat vorbereiten. Vorher hatte sie natürlich noch ihren Text für das Traumtagebuch zu schreiben. Lindsey wälzte sich schwerfällig aus dem Bett und schlurfte zu ihrer Dusche.

***

Eine halbe Stunde später saß sie mit nassen Haaren und einer Tasse Kaffee in der Hand vor ihrem Computer und starrte auf den weißen Bildschirm. Jetzt wusste sie wieder, was ihr an ihrem Traumtagebuch so unangenehm war.

Die Psychologin in ihr wollte, dass sie alles ganz genau aufschrieb, was sie während ihrer Klarträume erlebt hatte. Sie wollte genau und sorgfältig sein, doch eine andere Lindsey wollte das nicht. Es war paradox: Psychologie zu studieren und als Therapeutin zu arbeiten, war seit vielen Jahren ein Traum von ihr. Trotzdem konnte sie die Vorstellung nicht ertragen, dass eine Gruppe von Psychologen ihre Sexphantasien analysierte. Jedes Mal, wenn sie versuchte, ihre erotischen Traumerlebnisse für einen ihrer Berichte in Worte zu fassen, stieg Scham in ihr auf. Dann löschte sie ihre Berichte wieder. Es war ein unlösbares Dilemma. Normalerweise endete es damit, dass Lindsey mit einem unangenehmen Gefühl im Bauch einen Bericht tippte, in dem von Sex nichts zu lesen war.

Genauso würde es auch heute laufen. Sie tippte drauflos und nach einer halben Stunde waren zwei Seiten gefüllt. Lindsey berichtete darin, wie sie geflogen war und das Tennismatch gegen Gina Malone bestritten hatte. Ein ganzer Absatz schilderte die surrealistische Landschaft, in der sie zu sich gekommen war. Von ihrer Doppelgängerin und den Männerkörpern war keine Rede.

Lindsey sendete das Manuskript per E-Mail an die Forschergruppe.

Dann stand sie auf, um sich für ihr Treffen mit Aubrey fertig zu machen.

***

Um Punkt zwölf stand Lindsey vor einer Wohnungstür, an der drei Namensschilder hingen: Brewster, Smith, James. Aubrey hieß James mit Nachnamen und wohnte in einer Dreier-WG.

Lindsey drückte den Klingelknopf. Nach einer Weile hörte sie Schritte und die Tür öffnete sich. Lindsey blickte auf ein schwarzes T-Shirt, unter dem sich ein paar imposante Brustmuskeln abzeichneten. Vor ihr stand ein groß gewachsener junger Mann, der sie abwartend anschaute. Er hatte braune kurze Haare und dunkelgrüne Augen.

»Ja bitte?«, fragte er. Seine Stimme war tief und klang sehr sympathisch.

»Hi. Ich wollte zu Aubrey«, sagte Lindsey.

»Sie ist nicht da.«

»Nein? Oh ...« Lindsey blieb an den grünen Augen des Typen hängen und wurde nervös. »Oh ... äh ... Aber wir waren verabredet.«

»Soweit ich das mitbekommen habe, hat sich Aubreys Freund den Knöchel verstaucht oder so was und sie ist zu ihm gefahren, um Händchen zu halten.«

»Ach so.« Lindsey überlegte, was sie tun sollte, und starrte dafür an den Türrahmen.

»Bist du eine der Probanden von Donovan?«, fragte der Mann plötzlich.

Lindsey sah ihn an. In ihre Überraschung mischte sich die Erkenntnis, dass seine grünen Augen wirklich großartig aussahen. »Woher weißt du das?«, stieß sie hervor.

»Ich hab dich bei seinen Vorträgen gesehen – und beim letzten Test am Institut.«

»Ach so.« Lindsey versuchte sich zu erinnern. Tatsächlich kam ihr der Typ jetzt vage bekannt vor. Aber warum hatte sie sich ihn damals nicht genauer angeschaut?

»Willst du einen Kaffee oder so was?«

»Gern«, sagte sie. Sie sagte es, ohne darüber nachzudenken und so schnell, dass es ihr sofort merkwürdig vorkam.

»Dann komm rein.« Er drehte sich um und ging den Flur entlang.

Lindsey folgte ihm. Sie kamen in eine kleine Küche mit einem dunklen Tisch und vier Stühlen. Lindsey stieg Kaffeeduft in die Nase. Aus dem hinteren Teil der Wohnung war leise Musik zu hören. Ruhiger, elektronischer Jazz.

»Setz dich doch. Ich hatte gerade Kaffee aufgesetzt. Milch

oder Zucker?« Er nahm einen Kaffeebecher aus einem der Küchenschränke und stellte ihn auf den Tisch.

»Nur Milch bitte.« Lindsey setzte sich.

»Okay.« Als er ihr eingegossen hatte, setzte er sich Lindsey gegenüber und lächelte sie an.

»Ich bin übrigens Mason«, sagte er.

»Lindsey.«

»Freut mich«, sagte er. »Also Lindsey, jetzt mal unter uns: Was hältst du von der ganzen Sache?«

»Äh ...«, machte sie, »also wenn ihr Freund sich den Knöchel verstaucht hat ...«

»Nein«, unterbrach Mason sie. »Ich meine Donovans Wundermaschine. Du benutzt sie doch auch, oder?«

»Ach so. Ja. Ich finde das Projekt total spannend«, sagte sie.

Da Mason an dem Versuch teilnahm, musste er auch Psychologie studieren. Lindsey versuchte ein paar intelligente Sätze zusammenzubringen. Das war gar nicht so leicht. Der Typ machte sie irgendwie unkonzentriert, aber er sah auch zum Anbeißen aus.

»Und was ist es, das du so spannend findest?«, wollte er wissen.

»Allein die Frage, was der Traum für ein Subjekt bedeutet, besonders, was seine psychische Selbstwirksamkeit anbelangt.«

»Aha«, sagte Mason. In seiner Stimme schwang ein Hauch von Spott mit. Vielleicht hatte es zu aufgesetzt geklungen, als sie »Selbstwirksamkeit« gesagt hatte.

»Findest du das nicht?«, fragte sie.

»Doch. Aber ich dachte, wir reden über etwas anderes.«

»Worüber denn?«

»Darüber, was du im Traum tust.«

»Ich ... äh ... na ja ...« Lindsey fuhr sich, um Zeit zu schinden, durch die Haare. »Was tust du denn so im Traum?«

»Fliegen, durch Wände gehen, Sex. Jede Menge Sex, um ehrlich zu sein.«

Lindsey starrte Mason an. Seine Offenheit und die lapidare Art, mit der er das Wort »Sex« gebrauchte, ließen sie noch nervöser werden.

»Ich schätze mal, du wirst im Großen und Ganzen dasselbe träumen, oder?«

Lindsey wusste nicht recht, was sie sagen sollte. Endlich entschied sich für ein: »Eigentlich nicht.«

»Wirklich nicht? Keine erotischen Träume?«

»Nein.«

»Du bist merkwürdig. Ich glaube, du weißt gar nicht, was du dir da entgehen lässt.«

Sie wollte ihn gerade fragen, ob er die erotischen Erlebnisse in seine Berichte für den Professor schrieb, als ihr Handy vibrierte. Es war eine Nachricht von Aubrey. Darin stand, dass sie leider keine Zeit für die Vorbereitung ihres Referates hatte, weil ihr Freund sich den Fuß gebrochen hatte und sie mit ihm ins Krankenhaus gefahren war. Gebrochen also … Lindsey steckte ihr Handy wieder in die Handtasche und sah Mason an. Sie bemerkte, dass sich in seinem Gesicht etwas verändert hatte. Er starrte mit einer Spur von Unsicherheit auf den Tisch.

»Es ist übrigens so«, sagte er schließlich, »dass ich den Sex im Traum mit dir habe – also mit meiner Phantasie von dir, meine ich. Seit ich dich bei Donovan gesehen habe, bist du mir nicht mehr aus dem Kopf gegangen. Und jetzt sitzt du plötzlich hier. Tja, irgendwie beeindruckend, oder?«

Lindsey umklammerte mit beiden Händen den Kaffeebecher und starrte Mason ungläubig an. Was hatte der Typ gerade gesagt?! Aber sie kannten sich doch erst seit zehn Minuten. Eine sonderbare Veränderung ging in ihr vor.

Und allem Anschein nach bemerkte Mason sie auch. Denn er blickte ihr tief und durchdringend in die Augen. »Mann«, sagte er, »deine Augen sind eine Offenbarung! Ich habe versucht, sie mir im Traum auszumalen, aber sie sind in Wirklichkeit noch tausendmal besser.«

Lindsey spürte, wie ihr Atem schneller wurde, als Mason aufstand und langsam um den Tisch herumging. Jede Faser ihres Körpers war angespannt.

»Ich wette, deine Beine sind auch zig Mal besser, als ich sie mir vorstellen konnte.« Sein großer Körper beugte sich vor und Mason drückte ihr einen sanften Kuss auf die Lippen. Dann zog er sie zu sich, bis sie fest an seinen Körper gepresst vor ihm stand. Ihre Arme versuchten, ihn wegzuschieben, änderten dann aber ihre Meinung, umschlangen seine Taille und zogen ihn heran.

Wieder gab ihr Mason einen sanften Kuss – länger dieses Mal. Seine Lippen fühlten sich wunderbar weich und feucht an und während sie sich küssten, nahm Lindsey seinen erregenden Geruch wahr. Er roch nach einem milden fruchtigen After Shave und darunter herrlich nach Mann.

»Aber weißt du, wovon ich am meisten geträumt habe?«, fragte er, als sie sich voneinander gelöst hatten.

Lindsey schüttelte den Kopf. Sie war außer Atem und die Gedanken in ihrem Kopf gingen durcheinander.

»Hiervon.« Langsam berührte Mason ihren Schritt und ließ sie leise aufstöhnen. »Ich wette, da bist du auch wunderschön.«

Unter seiner Berührung spürte Lindsey schlagartig Feuchtigkeit in ihrem Schoß zusammenlaufen.

»Komm mit.« Mit einer ruckartigen Bewegung ergriff Mason ihr linkes Handgelenk und führte sie aus der Küche. Sie gingen in ein Zimmer, das Lindsey kaum wahrnahm. Sie sah nur, dass es recht groß und spartanisch eingerichtet war. Es gab ein großes Bett, einen Schreibtisch mit Stuhl und einen Schrank.

Mason führte sie direkt zum Bett, hob sie hoch und legte sie behutsam rücklings darauf. Seine Hände schoben ihren Rock hoch und sie spürte, wie Mason ihren Slip herunterzog.

»Ich wusste es: Du bist wunderschön«, hörte sie ihn flüstern.

Der Gedanke, dass er dabei auf ihren Schoß schaute, entlockte Lindsey einen Seufzer. Sie lag vollkommen entblößt vor diesem Mann. Es war eigentlich völlig abwegig. So etwas tat sie nie! Aber sie konnte sich ihm irgendwie nicht entziehen.

Sein warmer Atem strich über ihre Pussy. Sie war klatschnass und spürte, wie er sie sanft anpustete. Ihre Klit begann zu pulsieren. Ein Finger strich langsam über ihre Schamlippen, dann folgte ein vorsichtiger Kuss. Masons Lippen liebkosten ihren Schoß und wichen ab und an auf ihre Oberschenkel aus. Er beschrieb einen Kreis aus Küssen um ihre Scham. Als er ihn geschlossen hatte, widmete er sich wieder der Mitte. Tief ließ er seine Zunge in sie fahren. Dann leckte er sie fest. Seine Zunge fuhr von unten nach oben durch ihre feuchte Spalte und glitt weiter, zurück zu ihrer Klitoris. Sie spürte, wie er ihre Knospe leicht einsaugte.

Ihr Atem war unruhig und schnell geworden, ging in Stößen. Lindsey griff mit ihrer Hand nach Masons Haaren, fühlte das Kitzeln, das es an ihren Fingern verursachte, und krallte sich darin fest, während er sie verwöhnte. Sie schloss die Augen. Er fand immer die richtigen Stellen und den richtigen Druck. Er war so unglaublich gut!

Seine Lippen saugten wieder an ihrer Klit, als sein Finger in sie eindrang. Er fühlte sich groß und fest an, glitt langsam in sie.

Ein langgestrecktes »Oh« brach aus ihr heraus und ging in ein Wimmern über. Masons Finger glitt vor und zurück und machte sie damit wahnsinnig. Masons Körper wanderte an ihrem hoch und sein Finger zog sich aus ihr zurück.

Sie öffnete die Augen, sah in sein Gesicht.

Er schenkte ihr einen zärtlichen Kuss. An seinen Lippen haftete die Spur von ihrem Geschmack. Mason löste sich und ließ sich seitlich von ihr auf das Bett fallen. »Dreh dich um«, flüsterte er.

Sie legte sich auf den Bauch. Vor Lust immer noch keuchend, begab sie sich auf alle viere. Dabei wurde ihr bewusst, wie heiß ihr Körper von Masons Zärtlichkeiten geworden war. Ein kleiner Fluss aus Schweiß rann zwischen ihren Pobacken entlang.

Mason ging hinter sie und sie hörte, wie er seine Kleidung auszog. Dann fasste er ihre Hüfte, stieß aber nicht in sie, wie sie es erwarten hatte, sondern ließ noch einmal seine Zunge in ihre feuchte Pussy fahren. Sie stöhnte. Seine Zunge schnellte vor und zurück, dann nahm er seinen Finger. Dieses Mal härter und schneller. Heftig stieß er in sie. Mason versenkte seinen Finger in der vollen Länge in ihr und ließ seine Handfläche jedes Mal gegen ihren feuchte Schoß klatschen. Sie stöhnte laut auf.

Langsam zog Mason seinen Finger wieder aus ihr. Dann tippte seine warme Eichel gegen ihre Pussy. Aus dem Tippen wurde ein Drücken. Lindsey spürte, wie Masons Glied ihren Schoß weitete. Sie musste ihre Beine weiter spreizen, um ihn tief in sich zu lassen. Dabei ließ sie ihren Kopf auf das Bett sinken.

Er packte ihre Hüften und es wirkte, als würde er sie auf sein Glied ziehen. Dann begann er sie zu stoßen. Seine ersten Bewegungen waren langsam und kreisend, als wollte er ihre Pussy vorsichtig vorbereiten – ihr Zeit geben, um sich an seine Größe zu gewöhnen. Die Kreise wurden kleiner, die Stöße heftiger. Endlich stieß Mason sie kraftvoll und wild, und ihr unruhiger Atem ging in ein andauerndes Stöhnen über. Ihr Schoß brannte vor Lust und die Hitze aus der Tiefe fuhr ihr bis ins Gesicht. Sie presste es tief in die Kissen.

Nach einem tiefen Stoß wurde Mason langsamer, zog seinen Schaft aus ihr und bedeutete ihr, sich umzudrehen. Sie folgte und richtete sich ihm gegenüber auf. Er presste sie fest an sich und küsste sie. Als sie die Lippen von seinen nahm, ließ er sein Gesicht auf ihr Schlüsselbein sinken. Trotz ihres Keuchens hörte sie, wie er ihren Geruch einsog und genüsslich seufzte. Seine Hand fuhr um ihren Körper herum und packte sie an ihrem schweißnassen Hinterteil. Mason richtete sich auf und zog sie auf den Rücken. Kaum lag sie, drängte sein Schaft zwischen ihre Beine. Sie griff mit beiden Händen nach seinen Haaren und während sie ihn zu sich zog, drang er tief in sie.

Er stieß sie kraftvoll, aber nicht mehr so wild wie eben, als er sie von hinten genommen hatte.

Lindsey wusste, dass gleich eine Explosion durch ihren Körper jagen würde. Sie spürte es ganz deutlich. Es war, als würde sie ihren Höhepunkt auf sich zukommen sehen. In jeder Faser ihres Körpers kündigte er sich an. Und dann war er da, packte sie zuerst in ihrem Schoß und raste dann in ihre Brüste. Ihr Körper bäumte sich auf. Ihr Gesicht und ihre Lippen stießen auf warme feste Haut. Sie biss hinein. Im selben Moment fühlte sie, wie Mason sich nass und warm in sie ergoss.

Als die quälende Lust nachließ und sie die Augen öffnete, fand sie sich in Masons rechte Hand verbissen wieder.

»Oh«, stammelte sie und ließ sofort los, »entschuldige!«

»Ich denke, ich werde damit fertig«, entgegnete er mit erschöpfter, amüsierter Stimme.

Mason zog sie zurück und ließ seinen Körper auf Lindsey sinken, bis seine Stirn sanft auf ihrer lag. So lagen sie einen Augenblick da. Und alles, was sie wahrnahm, war die Wärme seines Körpers und sein Atem, der im selben Rhythmus ging wie ihr eigener. Da hob Mason plötzlich seinen Kopf und sah ihr mit prüfendem Blick in die Augen.

»Was ist?«, flüsterte Lindsey.

»Ich frage mich gerade, ob ich träume ...«

SexNachwehen

Verdammt, konzentrier dich, denke ich zum hundertsten Mal. Und noch während ich das denke, weiß ich, dass es auch dieses Mal nichts nutzt, dass ich mich nicht konzentrieren werde. Es ist aussichtslos.

Die Erinnerung an Chris verfolgt mich schon den ganzen Tag, um genau zu sein, seit dem Moment, als er aus der Tür gegangen ist. Ich muss ständig an seine Haut denken, seine Hände, seinen Arsch, das kitzelnde Gefühl seiner Bartstoppeln in meinem Gesicht, seinen Geruch. Aber ich muss nicht nur daran denken. Chris ist auf eine seltsame Art noch an meinem Körper. Er ist so präsent, als hätte er mich vor einer Sekunde noch berührt.

Ich sitze an meinem Schreibtisch vor dem Computerbildschirm und wuschele in meinen Haaren herum wie ein verwirrter Teenager.

Nach dem ersten Sex mit Chris war ich nicht so durcheinander. Dieses Mal war es auch noch intensiver. Unsere Körper waren aufeinander eingespielt, überzeugt, dass sie einander wollten. Außerdem haben wir zum ersten Mal in meiner Wohnung miteinander geschlafen. An allem um mich herum haftet die letzte Nacht. Ich glaube, dass ist der eigentliche Grund, warum ich so durcheinander bin. Aus meinen Möbeln sind Erinnerungstücke geworden – Zeugen, die mir ununterbrochen von letzter Nacht berichten.

Wenn ich auf meinen Tisch blicke, habe ich noch den Moment vor Augen, als Chris mich an sich zieht, während ich ihm die Wohnung zeigen will. Hier hat er mich auch ausgezogen, mich auf meinen Schreibtischstuhl gesetzt, meine Jeans aufgeknöpft und mit seinen vollen Lippen ...

Wer soll sich da konzentrieren können?!

Ich stehe auf und gehe in die Küche, um mir einen Kaffee zu kochen. Dabei spuken seine Augen in meiner Erinnerung herum. Ich erinnere mich, wie sie mich anblicken, während Chris in mir ist und ich fühle ihn noch zwischen meinen Beinen. Er hat mich ein bisschen wund gestoßen und bei jedem Schritt kommen mit dem Brennen die Bilder und Empfindungen aus der Nacht zurück.

Dabei könnte ich etwas Konzentration und Nüchternheit im Kopf gut gebrauchen. Ich sollte an meinen Schreibtisch gehen und arbeiten, denn morgen muss ich meinem Verlag ein Manuskript abgeben. Ich schreibe an einem Buch über die Kunstszene von San Francisco. Anfang des Jahres war ich dort, um zu recherchieren und das Fotomaterial zusammen zu bekommen. Aber der Textteil ist noch nicht fertig. Den Abgabetermin musste ich schon zwei Mal verschieben. Und jetzt stehe ich hier – völlig übernächtigt und wirr von einem Mann. Schlechtes Timing. Ich sollte darüber nachdenken, Erotikromane zu schreiben. Dann wäre ich zwar immer noch hundemüde, aber immerhin könnte ich über das schreiben, was mir durch den Kopf geht.

Das Wasser brodelt im Kessel und ich gieße den Kaffee auf. Während ich auf ihn warte, habe ich Chris' Stimme im Ohr.

Wir stehen in der Küche, jeder mit einem Glas in der Hand, und Chris sagt, dass ich wunderschön aussehe. Eigentlich ein langweiliges Kompliment – aber weil *er* es mir macht, geht es mir durch und durch. Ich werde ein bisschen nervös und schlage vor, ihm erst einmal meine Wohnung zu zeigen. Wir gehen durch den Flur, auf dem er mir vorsichtig über den Po streichelt. Wir stehen in meinem Zimmer und die Szene, von der ich mich gerade ablenken wollte, läuft von Neuem an. Ich auf meinem Schreibtischstuhl. Chris mit seinem verführerischen Lächeln im Gesicht. Langsam beugt er sich zu mir herunter …

Endlich ist der Kaffee fertig. Ich gieße mir einen Becher ein. Vielleicht sollte ich ihn wegschütten und in ein Café gehen, um dort an meinem Laptop weiterzuschreiben. Mit etwas Glück kommt die Konzentration zurück, wenn ich unter Leuten bin. Anderseits ist es schön, von letzter Nacht und Chris zu träumen. Wann hat ein Kerl mir das letzte Mal so zugesetzt? Am Ende der Highschool, als ich mit Benny zusammen war? Nein. Eigentlich noch nie.

Ich kann mich nicht entscheiden, bleibe unschlüssig in der Küche stehen und nippe an meinem Kaffee. Wenn ich mich wirklich zusammenreiße – das heißt, falls ich mich wirklich zusammenreiße –, bekomme ich das Manuskript in vier bis fünf Stunden fertig. Es ist also noch nichts verloren. Ich muss mich einfach nur konzentrieren und arbeiten. Einfach schreiben.

Ich gehe durch den Flur zurück in mein Arbeitszimmer und bleibe vor dem Schreibtisch stehen.

Noch einen Schluck Kaffee und die Erinnerung an Chris' Lippen kommt zurück. Ich kann sie noch schmecken und ihre Weichheit fühlen. Sie liebkosen meinen Hals und wandern tiefer, bis in mein Dekolleté. Chris ist ein phantastischer Küsser. Ich spüre, wie meine Brustwarzen unter seinen Liebkosungen fest werden. Und dann sind seine Hände schon wieder an meiner Jeans und knöpfen sie langsam auf. Ich lasse mich auf meinem Stuhl nieder, damit er sie von meinen Beinen ziehen kann. Ich weiß, wie sehr er es mag, meinen Schoß zu verwöhnen. Er ist regelrecht verrückt danach und er versteht es nicht als Vorspiel wie die meisten. Er liebt es, mich mit seinem Mund zu erfahren. Es ist fast ein Fetisch, glaube ich. Das hat mich bei unseren ersten Malen ein wenig irritiert. Ich war nicht darauf vorbereitet, dass er mich kommen lassen wollte, bevor er überhaupt in mir war. Letzte Nacht war es anders. Da war ich darauf vorbereitet und konnte es genießen. Seine Zunge und seine Lippen zwischen meinen Beinen.

Verdammt noch mal. Konzentriere dich endlich! Du hast zu schreiben.

Ich schüttele mir Chris aus den Kopf und starre auf den Monitor. Ich lese die letzten zwei Seiten, die ich gestern Vormittag getippt habe. Als ich damit fertig bin, stelle ich fest, dass ich beim Lesen kein bisschen aufgepasst habe. Alles ist an mir vorbeigerauscht. Ich hätte das Lesen ebenso so gut sein lassen können.

Mein Blick streift durch das Zimmer.

Ich habe es nicht einmal fertig gebracht, richtig aufzuräumen, nachdem Chris gegangen ist. Mein Slip liegt immer noch auf dem Boden neben meinem Schreibtisch – da, wo er ihn letzte Nacht hingeworfen hat. Mein BH liegt direkt daneben. Kein Wunder, dass ich mich auf nichts konzentrieren kann. Ich werde erst einmal Ordnung schaffen. Das wird meinem Verstand guttun. Ein ordentliches Arbeitszimmer bringt Ordnung in den Kopf. Ordnung im Kopf bringt volle Seiten. Volle Seiten bringen ein fertiges Buch.

Ich stehe auf und sammle meine Unterwäsche zusammen.

Meine Erregung von letzter Nacht hat deutliche Spuren in meinem Slip hinterlassen. Schon die Erinnerung an Chris lässt mich wieder feucht werden.

Oh Mann, nicht wieder abschweifen!

Ich knülle alles zusammen, sammele auch noch meine Socken auf, die Chris unter meinen Arbeitstisch geschmissen hat, und trage alles ins Schlafzimmer, wo der Wäschekorb steht. Als ich meine Unterwäsche und Socken hineingeworfen habe, fällt mein Blick auf das Bett. Die Decke und die Kissen liegen noch so, wie wir sie vor ein paar Stunden verlassen haben. Auch da muss Ordnung her. Chris und die letzte Nacht müssen aus dieser Wohnung raus. Vorher ist an Arbeiten nicht zu denken.

Ich fange an, die Decke zusammenzulegen. Kaum habe ich sie in den Händen, kommt mir der Gedanke, mich noch eine Stunde hinzulegen – oder eine halbe. Das könnte funktionieren.

Ich lasse mich auf das Bett fallen und lege mir die Decke über die Beine. Mein Körper fühlt sich unglaublich müde und schwer an und trotzdem völlig ruhelos. Ich bin so müde, dass ich meine Augen spüre. Gleichzeitig ist da noch dieses wunde Gefühl von ihm zwischen meinen Beinen.

Ich drehe mich auf die Seite und frage mich, ob er jetzt gerade auch an mich denkt, ob er sich auch an mich erinnert – so körperlich. Ich frage mich, ob er mich noch an seinem Penis spürt. Ich wünsche mir, dass er es tut. Allein die Möglichkeit, er könnte es tun, macht mich ganz wirr vor Erregung und Lust, ihn wieder in mir zu haben.

Oh Mann!

Ich drehe mich auf den Rücken, mit dem festen Vorsatz, eine halbe Stunde zu schlafen. Der Schlaf will nicht. Stattdessen kommt es mir plötzlich so vor, als würde alles um mich herum nach Chris riechen. Besonders das Kissen. Es ist zum Verzweifeln. Ich schiebe das Kissen aus dem Bett. Der Geruch bleibt trotzdem und nimmt mich irgendwie ein. Ich rieche ihn, als wäre er ganz nah – über mir – und ich erinnere mich, wie er in mich eingedrungen ist. Er hat mich dabei fest gepackt und sich an mich gedrückt, so als könnten wir uns gar nicht nah genug sein, und wir sehen uns direkt in die Augen. Es fühlt sich so gut an, ihn in mir zu haben. Absolut richtig. Vorherbestimmt. Meine Hände streichen über seinen Rücken und finden seinen festen Arsch. Ich kralle mich in seine Haut. Chris greift fest in mein Haar, küsst mich und beginnt, mich mit seinem Schaft zu massieren. Ich habe Mühe, Luft zu bekommen, und Chris' Stöße werden kräftiger. Wir sind beide schweißnass.

Ich sage mir, dass ich arbeiten muss, erst schlafen, dann arbeiten.

Ich wälze mich auf die Seite, von der Seite auf den Bauch und zurück auf den Rücken. Chris' Geruch und seine Berührung gehen mir nicht aus dem Kopf. Ich erinnere mich, wie ich unter seinem großen Körper explodiert bin. Ich erinnere mich, wie Chris mich anschließend aufgesetzt hat, damit ich auf ihm reite. Und ich erinnere mich, dass ich unbedingt wollte, dass er tief in mir kommt, und ich ganz ausgelassen lachen musste, als er es endlich tat. Wir küssten uns ein bisschen, redeten ein paar Minuten. Ich weiß nicht mehr, worüber. Dann wollte Chris mehr. Er war gar nicht erst aus mir herausgekommen und ich spürte, wie sein Penis in mir wieder hart wurde. Das ist mir noch nie passiert. Ihm wohl auch nicht, aber er wurde in mir wieder steif und wir machten einfach weiter. Unsere Körper waren vollkommen süchtig nacheinander. Sie wollten sich keine Sekunde voneinander trennen.

Oh Mann!

Ich setze mich im Bett auf und reibe mir die Augen. Ich weiß jetzt: An Schlaf ist nicht zu denken.

Zurück in meinem Arbeitszimmer starre ich wieder auf den Computerbildschirm. Ich nehme einen Schluck kalten Kaffee. Plötzlich klingelt es an der Tür. Ich springe auf und renne aufgeregt durch den Flur. Als ich die Tür öffne, sehe ich in Chris' Gesicht.

Er lächelt mich an und sagt: »Ich konnte nicht arbeiten, weil ich permanent an dich und gestern denken musste.«

Ich lache laut auf, schließe ihn in die Arme und weiß, dass mein Manuskript heute nicht fertig werden wird.

SchneeTreiben

Schnee. Dieser unfassbar viele Schnee! Soviel Schnee, dass man glaubt, die Welt sei in einem Meer aus Weiß versunken …

Vielleicht gibt es Kanada schon gar nicht mehr, die USA auch nicht, sondern nur noch Schnee und diesen kleinen Ford, in dem ich sitze.

Ich versuche, die Straße im Blick zu behalten, die mehr und mehr vom chaotischen Treiben verschluckt wird. Das gleichmäßige Quietschen der Scheibenwischer und das undurchdringliche Weiß machen mich träge im Kopf. Ich werde so schläfrig, dass selbst meine Furcht, von der Straße abzukommen und gegen einen Baum zu rasen, langsam ihre Macht verliert. Meine Gedanken fühlen sich zäh und wirr an, wie kurz vor dem Einschlafen. Es wird immer mühsamer, konzentriert zu bleiben und nicht in dieser müden Gleichgültig zu versinken, die sich überall in mir ausbreitet.

Die Grenze sollte noch gut achtzig Meilen entfernt sein. Ob der Sturm und die Mattigkeit mich überhaupt so weit kommen lassen?

Plötzlich tauchen ein paar blinkende Lichter vor mir auf. Eine Straßensperre. Als ich auf wenige Meter herangefahren bin, bremse ich und kurbel mein Fenster herunter. Die eisige Luft beißt mir ins Gesicht. Es ist unangenehm, aber ich freue mich, weil die Kälte mich ein wenig wacher macht.

Ein Ranger, vermummt wie ein Polarforscher, kommt zu

meinem Wagen und sagt mir, dass die Straße gesperrt wurde. Der Blizzard tobe so heftig, dass nicht einmal mehr die Räumfahrzeuge durchkämen.

»Über die Grenze schaffen Sie es heute auf keinen Fall mehr, Miss.« Er muss laut rufen, damit der Wind seine Stimme nicht davonträgt. »Aber da«, seine Hand deutete die Straße hinunter, »da ist ein Motel. Keine zwei Meilen. Warten Sie dort, bis es Entwarnung gibt.«

Das Pfeifen des Sturms und die Schneemassen, die umherwirbeln, machen jede Diskussion chancenlos. Es gibt keine Möglichkeit mehr, heute noch nach Kanada zu kommen. Ich kurbel mein Fenster wieder hoch und fahre an, um endlich von der Straße und dem unendlichen Weiß wegzukommen.

***

Das Motel entpuppt sich als ein großes dunkles Holzhaus. Im Erdgeschoss befindet sich eine kleine Bar. Ein Schild verrät mir, dass sie gleichzeitig als Rezeption dient.

Ich bin nicht die Einzige, die der Sturm hier festgesetzt hat. Als ich die kleine Bar betrete, sehe ich fast ein Dutzend Leute. Alle sitzen nah beieinander und unterhalten sich angeregt. Offenbar machen ihnen die Ausnahmesituation und ihr Glück, im Warmen zu sein, gute Laune. Die Stimmung im Raum ist jedenfalls ausgezeichnet. Die Leute lachen und reden über ihre Reiseziele und darüber, wie gefährlich so ein Blizzard sein kann. Über dem Tresen hängt ein Fernseher, auf dem der Wetterkanal läuft. Offenbar wird eine Sondersendung über das Unwetter ausgestrahlt.

Eine elegant gekleidete, ältere Dame nickt mir von ihrem Tisch aus zu. Ich habe kaum die Tür hinter mir zugemacht und schon bin ich Teil einer Schicksalsgemeinschaft.

Als ich den Schnee, so gut es geht, von meinen Stiefeln abgetreten habe, gehe ich zum Tresen. Dort bedient eine blonde

Frau in meinem Alter. Auch sie ist bester Laune. Das Unwetter bringt ihre Geschäfte in Schwung.

Ich bestelle einen Kaffee und erkundige mich, wie viel ein Zimmer kostet. Weil ich befürchte, dass der Blizzard anhält und noch mehr Leute im Motel stranden, checke ich gleich für eine Nacht ein, was der blonden Frau noch bessere Laune macht. Sie strahlt mich an und begrüßt mich überschwänglich als Gast. Dann geht sie zu den anderen und nimmt deren Bestellungen auf.

Ich trinke schweigend meinen heißen Kaffee und blicke mich um. Ich sehe zwei Billardtische, die im hinteren Teil der Bar stehen, eine Holztreppe, die wohl zu den Zimmern führt, und dann fällt mein Blick wieder auf die Leute, die sich fröhlich und angeregt über ihr kleines Abenteuer unterhalten und dabei Bier trinken. Hier rechnet wohl niemand damit, so bald wieder wegzukommen.

Einen Moment lang muss ich an ein Buch denken, das ich im College gelesen habe. Es erzählt von einer Gruppe von Leuten, sieben Frauen und drei junge Männer, die in ein Landhaus fliehen, weil in der Stadt, in der sie leben, die Pest wütet. Während sie in sicherer Abgeschiedenheit abwarten, erzählen sie sich gegenseitig Geschichten. Ich weiß noch, dass es ein sehr altes und berühmtes Buch aus Europa ist, aber mir fällt der Titel nicht mehr ein. Es ist zu lange her.

Als ich ausgetrunken habe, gehe ich hoch und sehe mir mein Zimmer an. Die Einrichtung ist puristisch, aber sehr gepflegt. Es gibt ein Bett, einen Fernseher, einen kleinen Nachttisch und eine winzige Dusche. Mehr wollte ich auch gar nicht. Meinetwegen hätte man sogar den Fernseher weglassen können.

Ich lasse mich auf das Bett fallen und sehe mir das weiße Durcheinander an, das vor dem Fenster hin und her tanzt. Wieder kommt in mir dieses Gefühl auf, dass die ganze Welt im Schnee versunken ist. Ich werde aber nicht so müde, wie ich es in meinem kleinen Auto geworden bin.

Nach einer Weile stehe ich wieder auf und mache mich auf den Weg zurück an die Bar.

Gerade als ich auf der letzten Treppenstufe stehe, geht die Tür auf und ein Mann kommt herein. Noch ein Gestrandeter. Er hat seinen Schal vors Gesicht gebunden. Kurz bleibt er bei der Tür stehen und schüttelt den Schnee von seiner Kleidung. Als er fertig ist, kommt er zum Tresen, bestellt sich einen Kaffee und verfolgt die Nachrichten auf dem Wetterkanal.

Mir fällt auf, dass seine Augen sehr ernst blicken, fast melancholisch, während er seinen Schal abwickelt. An der linken Wange hat er eine auffällige Narbe, aber sie entstellt ihn nicht. Im Gegenteil: Sie sieht vollkommen stimmig aus in seinem kantigen, interessanten Gesicht. Ich setze mich neben ihn und beobachte, wie er bei der blonden Frau ein Zimmer bucht. Offenbar schätzt er die Lage genauso ein, wie ich es getan habe.

Die eigentümliche, fröhliche Stimmung an der Bar hat auch mich angesteckt. Das merke ich jetzt. Ich habe unheimlich Lust zu reden und frage den Mann, ob er auch nicht weiter kommt.

»Sieht ganz so aus«, entgegnet er. »Die Straße wurde gesperrt. Sogar die Räumfahrzeuge sollen nicht mehr durchkommen.« Seine Stimme ist freundlich und ruhig.

»Ja, das habe ich auch gehört«, sage ich.

Und so fangen wir an, uns zu unterhalten. Nach einer halben Stunde kennen wir unsere Vornamen. Er heißt Brad, und ich stelle mich ihm mit Melanie vor.

Irgendwann bestellen wir uns etwas zu essen. Ich werde immer redseliger. Ich erzähle Brad, dass ich in San Francisco aufgewachsen und gerade dabei bin, nach Kanada umzuziehen. Ich rede von Vancouver und meinem Job dort und irgendwie komme ich davon wieder auf San Francisco und darauf, dass ich mir als kleines Mädchen ständig gewünscht habe, einmal richtigen Schnee zu sehen. Die Anekdoten und Erinnerungen purzeln aus mir heraus. Über Brad bricht ein wahrer Geschichten-Blizzard von mir herein und er hört zu. Er hat ein bisschen etwas von einem Cowboy mit seiner Narbe, seiner Ruhe und den verwuschelten, hellbraunen Haaren. Es sind nur ein paar kurze Sätze, mit denen er etwas über sich preisgibt. Immerhin erfahre ich, dass er gerade daher kommt, wohin ich will. Er war in Kanada. Warum, sagt er nicht. Jetzt ist er auf dem Rückweg nach Keystone, South Dakota. Er arbeitet dort. Was genau, lässt er mich nicht wissen.

Unser Essen geht nahtlos ins Biertrinken über. Ich spüre schon, wie der Alkohol mein Gesicht warm macht, als ich merke, dass Brad die Billardtische inspiziert.

»Willst du eine Partie spielen?«, frage ich ihn – auch weil ich langsam glaube, schon mehr als genug gequasselt zu haben.

»Kannst du das denn?«, fragt er trocken zurück, so trocken, dass ich mich verschaukelt fühle.

»Ob ich das kann? Ich bin mit vier Brüdern aufgewachsen. Ich werde dich vernichten, Cowboy«, sage ich voller gespielter Kaltblütigkeit.

»Also gut.«

Wir lachen, stehen auf und ziehen zu einem der Billardtische um. Brad drapiert die Kugeln auf der grünen Spielfläche. Ich hole zwei Queues aus einem Gestell, das an der Wand angebracht ist, und drücke Brad einen davon in die Hand.

»Worum spielen wir?«, frage ich, als alles vorbereitet ist.

»Hm«, macht er nachdenklich. »Ich denk mir noch was aus. Fang erst Mal an.«

Wir legen los. Mir gehen die Stöße erstaunlich gut von der Hand. Wie man Billard spielt, habe ich offensichtlich nicht vergessen. Gleich mit dem Anstoß versenke ich eine Kugel.

Und dann noch zwei, bis ich einen Fehler mache und Brad an den Tisch tritt.

Die Partie bleibt offen. Die Kugeln flitzen durcheinander. Der Tisch leert sich immer mehr, aber keiner von uns erspielt sich einen deutlichen Vorsprung. Wir liegen bis zum Schluss gleich und dann ist nur die schwarze Acht da. Wer sie zuerst versenkt, hat gewonnen und ich bin dran.

Ich stelle mich in Positur und ziele sorgfältig. Es geht ums Ganze. Da räuspert sich Brad plötzlich. Ich muss schmunzeln über diesen nicht gerade raffinierten Versuch, mich abzulenken. Offenbar hat der schweigsame Nachwuchs-Cowboy aus Keystone ein paar Probleme damit, gegen eine Frau zu verlieren. Dass er mich am Anfang nicht ernst genommen hat, lässt ihn natürlich noch schlechter aussehen.

»Deine billigen Tricks werden dir nichts nutzen, Cowboy«, sagte ich grinsend. »Das Spiel gehört mir.«

»So war das nicht gemeint«, gibt Brad zurück. Als ich ihn ansehe, schaut er ernst drein. »Mir ist nur gerade eingefallen, worum wir spielen.«

»Ach, ausgerechnet jetzt! Und, was wäre das?«

»Wenn ich gewinne, gehen wir beide nach oben und schlafen miteinander.«

Ich spüre, wie mein Gesicht einen entgeisterten Ausdruck annimmt. Einen Moment versuche ich mir weiter einzureden, dass Brad mich nur aus dem Konzept bringen will, um das Spiel zu gewinnen, dass alles ein Scherz ist. Aber das funktioniert nicht. Ich glaube mir nicht. Ich glaube Brads Augen, die mich ernst und entschieden ansehen. Er meint es kein bisschen albern. Er will wirklich mit mir ins Bett!

Jetzt tobt der Blizzard in meinem Kopf. Ich frage mich, ob wir die ganze Zeit miteinander geflirtet haben, ohne dass ich es mitbekommen habe, ob ich unbewusst gewisse Signale gesendet habe. Gleichzeitig denke ich daran, dass ich seit vier Jahren mit keinem Mann mehr zusammengewesen bin.

»Was ist los?«, fragt er mich ruhig. »Du bist dran.«

Nur, um nicht einfach geschockt dazustehen, frage ich ihn, ob er mich verschaukeln will.

»Nein.«

Ich spüre, wie ich nervös und nervöser werde und mein Blick die ganze Bar abfährt, um zu prüfen, ob uns einer der anderen Gäste beobachtet. Meine Schultern verkrampfen sich, mein Mund ist plötzlich trocken.

»Jetzt hör mal zu«, bekomme ich endlich heraus. »Ich lass mich von dir auf keinen Fall erpressen.«

»Wenn nicht, dann würde ich an deiner Stelle jetzt sehr sorgfältig zielen.«

Er hebt seinen Queue und deutet auf den Tisch. »Schwer hast du es nicht. Die Kugel liegt gut. So, wie du dich bisher angestellt hast, dürfte das ein Kinderspiel für dich sein, Süße.«

Ein Schwindel erobert mein Inneres. Plötzlich habe ich das Gefühl, nicht mehr scharf sehen zu können, und da ist eine Stimme in mir, die sagt: »Geh weg«, aber ich höre nicht auf sie. Stattdessen beuge ich mich langsam wieder über den Tisch und versuche zu zielen. Ich bin fahrig geworden. Was tue ich da eigentlich?

Schon als die Stoßkugel anrollt, weiß ich, dass es nichts werden kann. Sie touchiert die schwarze Acht nur. Die Kugel bewegt sich nicht einmal richtig, dreht sich nur ein Stück um die eigene Achse. Ich bleibe über den Tisch gebeugt stehen, fühle mich kraftlos und frage mich, ob ich das gerade mit Absicht getan habe.

Plötzlich fühle ich Brads Hand auf meinem Po. Vor Schreck zucke ich zusammen, aber Brads Hand lässt sich nicht verjagen. Sie bleibt an mir und bittet mich zur Seite.

»Ich bin dran«, flüstert er.

Ich mache ihm Platz und sehe, wie er die Stoßkugel anvisiert. Es kommt mir wie eine Ewigkeit vor, obwohl sich Brad eigentlich kaum Zeit lässt. Er bewegt sich schnell und zielstrebig. Ein harter Knall und die schwarze Acht ist versenkt.

Brad richtet sich auf und sieht mich an.

»Gewonnen«, sagt er leise.

Dann nimmt er mir den Queue aus der Hand und stellt ihn zusammen mit seinem in das Gestell an der Wand zurück.

»Brad«, sagte ich, »das sollten wir nicht machen. Wir kennen uns doch gar nicht.«

»Du hast gespielt und verloren«, ist seine Antwort. »Wir gehen nach oben.«

»Ich habe nicht Ja gesagt!«, versuche ich es.

»Das stimmt, aber du hast gespielt und verloren«, kontert er.

Ich habe angefangen, meine Hände aneinanderzureiben, wie ich es immer mache, wenn ich nicht weiß, was ich mit mir anfangen soll. Mein Blick springt zwischen meinen Schuhen und den anderen Gästen in der Bar hin und her. Irgendwie habe ich das Gefühl, dass uns alle beobachten. Vielleicht tuscheln sie schon über das Paar am Billardtisch. Vielleicht tuscheln sie schon über diese Frau, die sich einem Fremden an den Hals wirft. Aus einem unerfindlichen Grund halte ich Ausschau nach der elegant gekleideten Dame, die mir bei meiner Ankunft zugenickt hat. Ich kann sie nicht finden.

Brad zwinkert mir zu und sein Kopf ruckt in Richtung Treppen. »Nach oben gehen.« Er sagt es nicht laut, seine Lippen formen die Worte nur.

Obwohl ich immer noch nicht weiß, was ich da tue, setze ich mich in Bewegung.

Brad geht hinter mir. Wir steigen die Treppe hinauf. Bei dem Gedanken, dass alle in der Bar mitbekommen, wie wir gemeinsam nach oben gehen, wird mir noch elender.

Als wir den Flur mit den Zimmern erreicht haben, spüre ich seine Hand auf meinem Rücken. Sie streichelt mich, während ich versuche, den Schlüssel ins Schloss zu stecken und meine Zimmertür zu öffnen. Meine Hände zittern so entsetzlich, dass mir der Schlüssel runterfällt.

Brad hebt ihn auf und öffnete die Tür. Sein Körper drängt mich mit sanftem Druck ins Zimmer. Ich höre, wie die Tür ins Schloss fällt. Dann küsst er meinen Nacken und seine Hände berühren mich. Sie wollen sofort überall hin. Ich spüre sie an meinen Brüsten und zwischen meinen Beinen.

Wie wir uns ausziehen, nehme ich kaum wahr. Es geschieht wie etwas, das im Traum geschieht. Erst als wir beide nackt auf dem Bett liegen, komme ich wieder etwas zu mir. Ich liege auf den Rücken.

Eine Weile lässt Brad seinen Blick über meinen nackten Körper streichen, dann nimmt er meine Hände und führt sie zu seinem Mund, küsst sie abwechselnd. Sein Mund fühlt sich groß in meinen Handflächen an. Meine Muskeln sind vor Nervosität ganz steif. Brad lässt meine Hände los. Meine Arme sinken auf die Matratze.

Ich habe nicht die geringste Ahnung, was ich tun soll. Es ist, als ich hätte ich vergessen, wie man mit einem Mann zusammen ist. Auf Brad muss ich wie eine Klosterschülerin wirken. Mir fröstelt. Ich fühle mich plump und unattraktiv und ich ärgere mich über meine Verstocktheit. Los werde ich sie dadurch nicht.

Endlich kommt wieder Bewegung in ihn. Seine Hand taucht zwischen meine Schenkel und massiert meine Scham, bis es sich nass und weich anfühlt. Dann rollt er sich über mich.

Sein Glied ist prall und steif und drückt durch seine Boxershorts fordernd auf meine Feuchte. Brad greift an sich herab und streift seine Boxershorts ab. Dann lässt er sich wieder auf mich sinken. Er gleitet etwas an mir herab, sodass seine Eichel sich zwischen meine feuchten Schamlippen drückt. Ich spüre, wie meine kleinen intimen Muskeln anfangen, zu krampfen, als wollten sie Brads Glied greifen und fest umklammern. Sein Gesicht schwebt über meinem. Wir sehen uns direkt in die Augen und er flüstert: »Du hast verloren.«

Meine Hände setzen sich Bewegung. Es scheint mir viele Stunden her zu sein, dass ich mich das letzte Mal gerührt habe. Ich ergreife Brads Penis, spüre seine Festigkeit und Glätte. Sein kurzes Schamhaar kitzelt an meinen Fingern. Ich führe ihn vorsichtig dorthin, wohin er will. Er lässt seine Hüften kreisen, bewegt sich langsam, bittet meinen Schoß, sich ganz für ihn zu öffnen.

Allmählich werden Brads Bewegungen heftiger, seine Berührungen kraftvoller, aber ich kann mich nicht richtig hineinfallen lassen. Mein Körper will ihn, aber mein Inneres ist immer noch geschlossen.

Nach ein paar Minuten gleitet er aus mir heraus und sieht mir prüfend in die Augen. Er weiß, dass etwas mit mir nicht stimmt, und es gefällt ihm nicht.

»Mache ich etwas falsch?«, fragt er mich.

»Das ist es nicht.«

Seine Augen wollen wissen, was sonst das Problem ist.

»Ich bin mir nicht sicher. Ich kann irgendwie nicht ...«, sage ich mit leichter Verzweiflung in der Stimme.

»Lass dich gehen und sag mir, was du gern hast«, flüstert er.

»Ich ... kann irgendwie nicht ...« Ich muss aufpassen, dass ich nicht anfange zu heulen.

»Ist es wegen der Leute unten?«

»Ich weiß nicht. Vielleicht ...«

»Die siehst du nie wieder. Es ist egal, was sie denken.«

Ich schweige, weiß nicht, warum ich so bin. Alles, was ich

weiß, ist, dass ich traurig darüber bin, dass ich nichts richtig mache und alles verderbe.

»Hey, zerbrich dir nicht den Kopf«, sagt Brad. »Vielleicht muss ich dich einfach nur auf andere Gedanken bringen.« Er lächelt mich an. Dann packt er mich und wirbelt meinen Körper herum.

Ich finde mich auf ihm sitzend wieder. Seine Hände fahren so fest über mich, dass es beinahe schmerzt. Er presst meine Brüste zusammen, dann hält er mich bei den Hüften gepackt, setzt mich auf sich und schaukelt mich sofort in einen rasenden Rhythmus.

Ich spüre, wie etwas von meiner Flüssigkeit an meinen Schenkeln herabläuft. Meine Hände fallen auf seinen Mund. Er küsst sie und beißt sanft danach.

Und dann geschieht es. Ich nehme wahr, wie meine Traurigkeit und Angst sich auflösen. Es ist, als würde unsere Bewegung sie aus meinem Körper pumpen.

Die ganze Welt ist im Schnee versunken. Es gibt nur noch uns beide, Brad und mich, und dieses Bett und unsere Berührungen. Ich empfinde Freiheit, Lebendigkeit und seine Nähe. Meine Aufmerksamkeit sinkt in diesen kleinen, heißen Strudel zwischen meinen Beinen. Eine ganze Weile bin ich nur dort.

Meine Hände lösen sich von seinem Gesicht. Wir sind in einem Fluss. Ich muss nur meine Augen schließen und es erleben. Unsere Körper wissen, was zu tun ist. Sie entscheiden einstimmig darüber. Sie turnen, spielen, tanzen miteinander, kosten und genießen einander.

Da liege ich wieder auf dem Rücken und beobachte, wie der Strudel in mir anfängt, an meiner Seele zu zerren. Ich glühe vor Hitze. Meine Hände klatschen unkontrolliert auf Brads Rücken. Es ist so wunderschön, ihn in mir zu haben, dass ich weinen möchte. Endlich zerspringe ich. Brad hält inne und beobachtet mich.

Als mein Orgasmus abgeebbt ist, umklammert er mich fest und stößt mich weiter. Schließlich windet er sich in seinem Höhepunkt.

Dann wird auch sein Körper still. Unsere Wangen berühren sich und ich schließe meine Augen. Wir sind uns so nah, wie sich zwei Menschen nah sein können.

Nach einer Weile hebt Brad seinen Kopf. Ich öffne meine Augen und folge seinem Blick. Er sieht zum Fenster. Draußen schneit es immer noch. Die Schneeflocken wirbeln hin und her.

»Hoffentlich hört dieser Blizzard niemals auf«, flüstert er.

Ich lächle.

Er ist immer noch ihn mir.

»Was tun wir jetzt?«, frage ich leise.

Brad sieht mir in die Augen. »Wenn du möchtest, gehen wir runter zum Billard-Tisch. Du hast das Recht auf eine Revanche.«

Weitere erotische Geschichten:

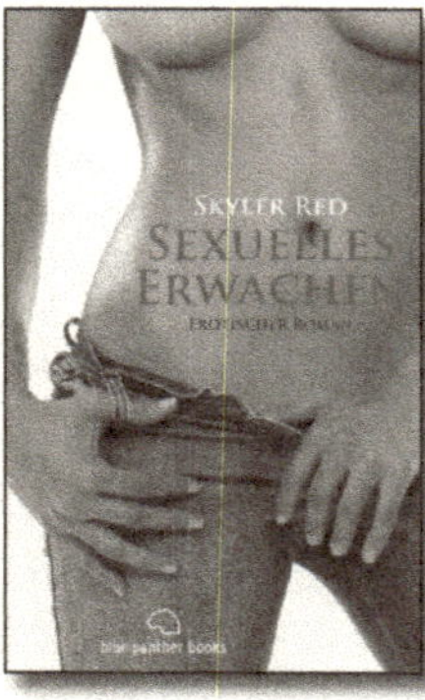

Skyler Red

Sexuelles Erwachen

Ich erwache wie aus einem Traum,
als ich meine Ehe beende.

Erstaunt stelle ich fest, dass das Leben voller Sex sein kann, wenn man es nur will.

An mir entdecke ich völlig neue lustvolle und gierige Seiten, die ich nun mit meinem Spanischlehrer auslebe.

Er ermutigt mich, meine verruchteste und geilste Seite zu zeigen und sie mit ihm oder anderen Männern zu praktizieren ...

Ich bin sexuell erwacht!

Kim Shatner

VögelBar

Stellen Sie sich vor, Sie gehen in eine Bar und könnten frei wählen, mit wem Sie vögeln möchten ...

Die Vorstellung gefällt Ihnen?

Dann begleiten Sie Marc auf dem Weg zu seiner eigenen »VögelBar«, und lesen Sie von den sexuellen und frivolen Unwägbarkeiten eines solchen Vorhabens!

Helen Carter

AnwaltsHure

Eine Hure aus Leidenschaft,
ein charismatischer Anwalt und
ein egozentrischer Sohn ...

... entführen den Leser in die Welt
der englischen Upper Class,
in das moderne London des Adels,
des Reichtums und der scheinbar
grenzenlosen sexuellen Gier.

LESEPROBE:
TRINITY TAYLOR
GIBS MIR!

... »Wunderbar!«, sagte Mrs Turner. »Ich habe nämlich noch ein paar Fragen an Sie. Kann ich mich kurz ans Pult setzen?«

»Ach äh, wenn es Ihnen nichts ausmacht, wäre es super, wenn Sie hier vorn Platz nehmen würden. Und ich ähm ... setze mich ans Pult«, sagte Paul, der Lehrer.

Betty erschrak. Wie wollte er denn seine langen Beine darunter bekommen, wenn sie dort war? Sie machte sich so leise wie möglich klein. Er schob den Stuhl zurück und setzte sich, wohlweislich allerdings mit einigem Abstand. Doch sein einer Fuß stieß an ihre Handfläche und der andere an ihr Bein. Sie hockte auf allen vieren und das seitlich. Wenn sie sich nach vorn drehen würde, hätte sie seine Männlichkeit direkt vor dem Gesicht. Sie schloss verzweifelt die Augen. Was machte sie hier bloß!

Paul räusperte sich und klappte den Laptop auf. Betty sah, wie sich Mrs Turner setzte, denn ihre Schuhspitzen waren an den unteren Schlitzen des Pultes zu sehen. Ganz brav saß sie dort. Aber Betty war sich sicher, dass Mrs Turner ganz und gar nicht brav war.

»Und, was haben Sie auf dem Herzen?«, flötete Paul freundlich.

Wie Betty ihn in diesem Moment hasste. Sie hatte er fast hochkant rausgeworfen, und mit dieser Schnecke turtelte er, während sie außerdem in dieser jämmerlichen Position unter dem Pult hocken musste. Sie würde es ihm heimzahlen! Aber wie? Als sie seine Beine sah, kam ihr eine Idee. Ihr Herz begann laut und stark zu klopfen, als sie sich ausmalte, was sie da tun wollte und wie er wohl reagieren würde. Ein Grinsen legte sich auf ihr Gesicht. Jetzt oder nie …

Langsam rutschte sie zwischen seine Beine, sodass er sie nicht mehr schließen konnte, streckte ihre Hände aus und öffnete den obersten Hosenknopf seiner Jeans. Ein Zucken ging durch seinen Körper. Seine Beine wollten sich zusammenpressen und sofort war eine Hand von ihm bei ihren Händen und versuchte, sie mit einer schnellen Handbewegung wegzustoßen, wobei er so tat, als würde er mit dem Rutschen des Hinterns eine neue Sitzposition einnehmen.

Doch Betty ließ sich nicht wegstoßen. Sie zog am Verschluss seiner Jeans und schon waren zwei weitere Knöpfe offen.

Sie hörte, wie Paul sich räusperte. Aber, er konnte nun mal nicht viel tun, wenn er sich nicht verraten wollte. Also war sie weiter mutig und zog auch die letzten Knöpfe auf. Sie sah seine Boxershorts. Frech wollte sie diese runterziehen, doch nach halb geschafftem Tun packte er ihre beiden Handgelenke. Ihr Herz wummerte.

» … und an dieser Stelle im Buch wird beschrieben, wie der kleinste gemeinsame Vielfache zu finden ist. Aber das Beispiel davon ist falsch. Meines Erachtens … Alles okay bei Ihnen?«, fragte Mrs Turner verwirrt.

»Ja, ja, zeigen Sie nur her. Aha, ich sehe schon. Das scheint aber richtig zu sein …«, versuchte Paul sich auf das mathematische Beispiel zu konzentrieren.

»Das glaube ich nicht. Können Sie nicht mal im Internet nachsehen?«

»Ja, das könnte ich. Aber ich bin mir sicher …«

»Bitte, Mr Jackmann. Ich habe kein Internet zu Hause. Bei

mir kommen erst Montag die Monteure, die mir das W-LAN wieder herstellen. Es ist aus irgendeinem Grunde ausgefallen. Aber ich brauche die Informationen dringend zu Montag.«

»Ja, ja, schon gut. Ich sehe nach.« Paul schien genervt, aber er wollte ihr gegenüber nicht unhöflich sein. Also nahm er seine Hände wieder hoch zum Pult und ließ Bettys Handgelenke los.

Beherzt legte Betty ihre rechte Hand auf die Mitte seiner Boxershorts und drückte leicht kreisend zu.

Anscheinend hatte Paul damit nicht gerechnet, denn ihm entfuhr ein Stöhnen.

»Was ist?«, wollte Mrs Turner wissen.

»Diese blöde Webseite ... Na, wird gleich gehen«, redete Paul sich raus.

Betty schmunzelte und fuhr in ihrem Tun fort. Paul presste seine Beine stark zusammen, sodass es ihr fast die Luft abdrückte. Sie drehte sich so, dass er ihr nicht mehr wehtat. Ihre Rippen schützten sie nun. Sie hörte Paul fluchen, was er allerdings auf seinen Laptop schob.

Mutig glitten ihre Finger an den Bund der Boxershorts und zogen die Mitte langsam nach unten. Das war zwar nicht ganz so einfach, weil sein Schwanz nun stark erigiert war, aber sie schaffte es. Als sich ihre Finger um das harte, warme Fleisch schlossen und es langsam zu reiben begannen, drückte Paul seine Beine noch stärker zusammen und ihm entwich ein Stöhnen. Betty hörte, wie er es auf die Schreiber der Internetseite schob, um vor Mrs Turner die Fassade aufrecht zu erhalten.

Wir sind noch nicht fertig, Paul Jackmann, jetzt bekommst du deine Strafe, dass ich hier unter dem Pult wie eine Hündin hocken muss, dachte Betty und schob ihren Körper so eng wie möglich zwischen seine gespreizten Beine. Ihr Mund konnte sich nun mühelos um seinen geilen Schwanz schließen. Ein Blick nach oben zeigt ihr, wie angespannt Paul atmete. Als sie ihren Kopf vor und zurück bewegte und seinen Schwanz so mit dem Mund massierte, keuchte er laut auf.

»Alles in Ordnung, Mr Jackmann?«, fragte sein Gegenüber besorgt.

»Ja, ja, ich rege mich nur auf, dass diese Idioten es nicht schaffen, eine vernünftige Webseite zu bauen. Wenn ich noch länger diesen Mist ertragen muss, werde ich fuchsteufelswild. Vor allem, wenn diese miesen Seiten nicht aufhören, dann werde ich denen ordentlich Dampf unterm Hintern machen. Ich kann sehr, sehr ungehalten werden!«

Betty verstand diese Zweideutigkeit.

Nur Mrs Turner nicht. »Das würde doch nichts bringen. Wie wollen Sie denn an solche Leute rankommen? Per E-Mail oder anrufen?«

»Die sitzen hier ganz in der Nähe. Ruck zuck bin ich da und würde sie mir packen!« Er stöhnte erneut und fluchte dann.

Betty machte ihre Arbeit richtig Spaß. Sie ließ sich alle Zeit der Welt, seinen Schwanz langsam in ihren Mund zu schieben und wieder herausgleiten zu lassen. Ihre rechte Hand versuchte, an seine Hoden zu kommen, doch das war etwas schwieriger, weil er saß und seine Jeans noch anhatte. Aber das, was sich ihr willig entgegenreckte, genügte ihr auch. Ihr gefiel, ihn mit ihrer Zungenmassage so quälen zu können, ihr gefiel, dass er so emotional war und ihr gefiel, dass er keine Chance hatte, sich wehren zu können.

Sie nahm sich vor, ihn noch mehr herauszufordern. Vorsichtig tauchte sie mit der Zungenspitze in den kleinen Schlitz seines Penis', sein Bauch spannte sich an und seine Pobacken pressten sich zusammen. Erneut schob sie sich seinen Schwanz tief in den Mund. Ein Zittern durchfuhr seinen Körper.

»Sie müssen sich doch nicht so sehr darüber aufregen, Mr Jackmann. Wir können doch auch auf einer anderen Seite suchen«, schlug Mrs Turner vor.

»Nein, schon gut, ich hab's gleich.«

Betty gab sich Mühe. Sie schloss die Augen und bewegte ihren Kopf nun gleichmäßig vor und zurück, während sie die Luft aus ihren Wangen sog. Sie spürte, wie sein Schwanz knüppelhart wurde. Etwas Salziges glitt auf ihre Zunge. Sie wusste, gleich hatte sie ihn. Sie würde Paul leiden und vor allem kommen lassen. Doch in diesem Moment drückte sich seine rechte Hand auf ihren Kopf und versuchte, sie von sich zu drücken. Betty wollte auf keinen Fall aufgeben. Sie hatte ein Ziel, und das würde sie weiterverfolgen, bis zum Schluss. Sie wurde schneller, trotz seiner Hand. Als sie merkte, dass sein Schwanz kurz vor dem Bersten war, nahm er die Hand weg und überließ sich ihrer Führung. Sie hörte, wie Paul verzweifelt auf den Webseiten rumklickte und versuchte, zu schimpfen und sich aufzuregen, als ihr sein Saft in den Rachen schoss. Sein Schwanz zuckte und spritzte, mehrere Male. Zeit für Paul, so richtig zu stöhnen, angeblich sauer zu sein und mit der Faust auf den Tisch zu schlagen. Sein Körper bebte.

Paul entschuldigte sich bei Mrs Turner. Er las ihr jetzt etwas vor und sie verstand. Anscheinend war ihr sein Gemütszustand nicht ganz geheuer. Sie bedankte sich und verabschiedete sich zügig, wünschte ihm ein schönes, besonders erholsames Wochenende. Sie sagte, sie wüsste ja auch, dass die Zeit auf der Klassenreise anstrengend für ihn gewesen war. Recht schnell war sie aus dem Raum und schloss die Tür.

Mit einem Satz sprang Paul auf, rannte zur Tür, drehte wild den Schlüssel im Schloss und kam zurückgelaufen, riss Betty am Oberarm unter dem Pult hervor und schrie sie an: »Sind Sie von allen guten Geistern verlassen?! Sind Sie völlig verrückt geworden?! Was sollte das?!«

»Das war meine Rache, dass Sie mich nach dem Sex am

liebsten rausgeworfen hätten und dass ich unter dem Pult kauern musste wie ein Hund!«

»Vorhin, das war ein Scherz! Und mit dem Pult eine Notlösung!«

»Das ist mir völlig egal. Sie haben Ihre gerechte Strafe bekommen!« Betty zog sich ihr Kleid zurecht und nahm ihre Tasche.

»Oh nein, so leicht kommen Sie mir nicht davon!«, zischte Paul sie wütend an. Er knallte seinen Laptop zu und riss ihn vom Pult, sämtliche Unterlagen wischte er mit einer Handbewegung auf den Boden. Dann packte er Betty und drückte sie grob auf das Pult. Sie versuchte, sich zu wehren, doch er war stärker. Außerdem war er noch voller Energie und anscheinend auch Adrenalin, sodass er wahrscheinlich Bäume hätte ausreißen können. Sein Schwanz war noch immer hart. Wie konnte das sein, fragte Betty sich, es war doch bei allen anderen Männern bereits nach dem ersten Orgasmus vorbei! Doch aus ihm sprach das Tier, und sie war sich sicher, dass es auch noch in ihm wütete. Seine Augen sprühten vor Zorn, Wut und Gier ...

Seine Hände zogen sie an den Pultrand und schoben ihr sofort das Kleid nach oben. Mit einem Ruck hatte er ihr Höschen zerrissen. Betty schrie kurz auf, als er mit einem Schwung in ihre Möse stieß. Erst jetzt merkte sie, wie geil sie war. Die ganze Situation hatte sie so dermaßen angestachelt, dass sie froh war, seine Härte erneut in sich zu spüren, nur war es diesmal wild, animalisch, kaum auszuhalten. Sie nahm dankbar seinen Schwanz in sich auf und ließ die hektischen, wilden Stöße mit Lust über sich ergehen. Ihre Füße stellte sie auf die Pultkanten und öffnete ihre Beine noch mehr für ihn. Mit Keuchen und verzerrtem Gesicht, halb geöffnetem Mund und schwitzend stieß er in sie. Sie spürte, wie ihr Orgasmus heranrollte. Sie würde ihn nicht lange zurückhalten können und sie wusste, er würde heftig werden. So, wie sie sich beide wie die Tiere benahmen, so würde auch ihr Orgasmus werden. Sie hörte das Klatschen ihrer verschwitzten Leiber, wenn sie aufeinandertrafen. Jeweils ein tiefer Laut von ihm begleitete jeden seiner Stöße.

Weitere erotische Geschichten:

Trinity Taylor

Ich will dich ganz & gar

Lassen Sie sich von der Wollust mitreißen und fühlen Sie das Verlangen der neuen erotischen Geschichten:
Gefesselt auf dem Rücksitz,
auf der Party im Hinterzimmer,
»ferngesteuert« vom neuen Kollegen
oder in der Kunstausstellung ...
»Scharfe Literatur! - Bei Trinity Taylor geht es immer sofort zur Sache, und das in den unterschiedlichsten Situationen und Varianten.« BZ, die Zeitung in Berlin

Lucy Palmer

Mach mich geil!

Lucy Palmer schafft es immer wieder, den Leser mit ihren lustvollen Geschichten in den Bann zu ziehen ...

Träumen Sie von ...
einem maskierten Lord,
zwei starken Männern im alten Rom,
einer einsamen Insel voller Begierde
oder von einem Lady-Cop?

Dann ist dieses Buch genau richtig für Sie!

Leseprobe:

Paula Cranford

VögelLaune

... Jennifer rüttelte ein wenig an den Fesseln, aber kaum mehr an Bewegung war noch möglich. Sie war gefangen und dem fremdem Willen der Männer völlig ausgeliefert.

Die Einbrecher zogen die Handschuhe nicht aus, bevor sie ihr Opfer berührten. Es schien, als wollten sie Jennifer nicht direkt anfassen. Keine Haut-zu-Haut-Berührung zulassen, oder sie taten es aus dem Grund, um keinerlei Fingerabdrücke zu hinterlassen.

Die ledernen Finger pressten sich in den offenen Schlitz ihres Dessous, schoben sich weiter bis in ihre Möse rein. Überall fühlte sie Finger, die sie aufbrachen, einen klaffenden Spalt daraus machten, der wie eine fleischfressende Pflanze darauf wartete, die lohnende Beute mit unwiderstehlicher Nässe anzulocken und zu verspeisen. Mit Daumen und Zeigefinger rieben sie ihre Schamlippen so lange hart, bis überschäumende Nässe aus der Tiefe ihres Unterleibes hervorschoss. Eine Hand öffnete ihren Hintern, strich hart und unnachgiebig um ihren Anus herum. Und es dauerte nicht lange, bis auch der besiegt war.

Jennifer presste ihr glühendes Gesicht in das Kissen. Sie schämte sich dafür, dass ihr diese Typen solche Lust bereiten konnten. Typen, die eigentlich nur gekommen waren, um ihren Schmuck zu stehlen.

Soweit es ihr in der engen Fesselung möglich war, schob sie ihren Unterleib heraus, hoffte, lederne Finger würden auch nach ihrem Kitzler greifen.

Tatsächlich klammerten sich auf einmal zwei oder drei Finger um ihren Kitzler, zogen daran, in kleinen sanften Zügen, und erzeugten in ihr rasant anschwellende Erregung. Aus dem noch zurückhaltenden Wimmern wurde ein sehnsüchtiges Seufzen, das bald in wollüstiges Stöhnen umschlug. Sie hörte Lachen zwischen ihren Lauten und wusste, sie erniedrigte sich vollkommen vor den fremden Männern. Sie gab sich gerade vollständig preis. Ihr Kitzler fing an zu schmerzen und unter dem stetigen Druck der Finger konnte sie ihre Nässe fühlen, die sich aus ihrem Unterleib löste. Dieser Orgasmus würde berauschend sein, sie konnte ihn kaum noch erwarten. Doch bevor sie sich gehen lassen durfte, hörten die Finger ganz plötzlich auf, sie zu berühren.

»Was willst du von uns, du kleine Schlampe?« Die Stimme vibrierte verheißungsvoll und unheilvoll. »Sag schon, was sollen wir jetzt mit dir machen?«

Jennifer brauchte ein bisschen Zeit, aber dann waren ihre Worte unmissverständlich und sie flüsterte beschämt, was sie sich wünschte.

»Wir sollen was mit dir machen? Geht das auch ein bisschen lauter?«

Sie musste es noch zwei Mal wiederholen, bis die Männer sich entschieden, es zu verstehen. Sie ließen Jennifer in dem Glauben, sie müssten darüber nachdenken, was sie von ihnen wollte, bis endlich einer seinen Kopf zwischen ihre Schenkel steckte und anfing, worum sie förmlich gebettelt hatte. Als die männlichen Lippen auf ihre Haut trafen, krümmte Jennifer sich zusammen. Eine männliche Zunge schraubte sich in sie und vergaß dabei nicht, an ihrem pulsierenden Kitzler zu lutschen. Jennifer schämte sich kein bisschen für ihre Lust, sie konnte auch nicht mehr denken, war wie berauscht.

Weitere erotische Geschichten:

Helen Carter

RockStar

Der harte Weg eines RockStars!

Er liebt den Erfolg,
den Alkohol und den Sex!

Ein RockStar, den alle wollen:
Die Groupies, die Presse
und seine neue grosse Liebe.

Kann er es schaffen,
allen gerecht zu werden?

Lisa Rome

Der NachBar

Eine Ehe ohne Lust,
Orgasmus & Leidenschaft!

Und dann kommt er ...

Er gibt ihr das, was ihr fehlt:
Er macht sie hemmungslos,
er macht sie willenlos &
er macht sie geil!

Alexa McNight

NeuGier

Neugier ist das Verlangen, Neues zu erfahren und Verborgenes kennenzulernen.

Ein flüchtiges, zufälliges Telefonat
und die NeuGier ist geweckt ...

Kate braucht Sex! Und Jackson will nur Sex!

Aus dem ersten Seitensprung mit verbundenen
Augen wird eine leidenschaftliche Affäre
mit ungewissem Ende ...